Diez Cosas que me Gustan de Ti

Julia Quinn

Diez Cosas que me Gustan de Ti

Titania Editores
ARGENTINA - CHILE - COLOMBIA - ESPAÑA
ESTADOS UNIDOS - MÉXICO - PERÚ - URUGUAY - VENEZUELA

Título original: *Ten Things I Love About You*
Editor original: Avon, An Imprint of HarperCollins*Publishers*, New York
Traducción: Mireia Terés Loriente

1.ª edición Septiembre 2011

SBN: 978-84-92916-11-5
E-ISBN: 978-84-9944-120-7
Depósito legal: B-30.498-2011

Fotocomposición: A.P.G. Estudi Gràfic, S.L.
Impreso por: Romanyà Valls, S.A. - Verdaguer, 1 - 08786 Capellades (Barcelona)

Impreso en España - *Printed in Spain*

*Para mis lectores. Sin vosotros, no tendría
el mejor trabajo del mundo.
Y gracias de parte de Paul, por exactamente
el mismo motivo.*

Prólogo

Hace unos años

No podía dormir.

No era nada nuevo. Aunque cualquiera diría que, a estas alturas, ya estaría acostumbrado.

Pero no. Cada noche, Sebastian Grey cerraba los ojos con la esperanza de quedarse dormido. Porque, ¿por qué no iba a hacerlo? Era un chico perfectamente sano, perfectamente feliz y perfectamente sensato. No había ningún motivo por el que no pudiera dormir.

Pero no podía.

No le pasaba siempre. A veces, y no tenía ni idea de por qué unos días sí y otros no, apoyaba la cabeza en la almohada y caía casi de forma instantánea en un plácido sopor. Los otros días se retorcía, daba vueltas, se levantaba a leer, bebía un té, se retorcía, daba más vueltas, se incorporaba y miraba por la ventana, se retorcía, daba vueltas, jugaba a los dardos, se retorcía, daba vueltas y, al final, se daba por vencido y contemplaba la salida del sol.

Había visto muchas. En realidad, Sebastian se consideraba un experto en salidas de sol desde las islas británicas.

Inevitablemente, el cansancio se apoderaba de él y, en algún momento después de la salida del sol, caía rendido en la cama, en la butaca o, como le había sucedido en varias y desagradables ocasiones, con la cara pegada al cristal de la ventana. Esto no sucedía cada día, aunque sí con la frecuencia suficiente para haberse labrado la fama de dormilón, algo que francamente le resultaba muy divertido. Nada le gustaba tanto como una mañana fría y vigorizante y estaba seguro de que no había comida más satisfactoria que un buen desayuno inglés.

Por lo tanto, se entrenaba para convivir con su desgracia lo mejor posible. Se había acostumbrado a desayunar en casa de su primo Harry, en parte porque el ama de llaves de este cocinaba de maravilla, pero también porque eso implicaba que este lo esperaba. Y eso significaba que, de cada diez veces, nueve tenía que aparecer. Y eso significaba que no podía permitirse dormir más allá de las siete y media de la mañana. Y eso significaba que, a la noche siguiente, estaba más cansado de lo habitual. Y eso significaba que cuando se metiera en la cama y cerrara los ojos, se quedaría dormido con más facilidad.

En teoría.

No, se dijo. No era justo. No necesitaba usar el sarcasmo consigo mismo. Su magnífico plan no siempre funcionaba a la perfección, pero funcionaba. Últimamente, dormía algo mejor. Y no sólo esta última noche.

Se levantó, se acercó a la ventana y apoyó la frente en el cristal. Fuera hacía frío, y el aire helado le erizaba la piel a través de la ventana. Le gustaba aquella sensación. Era importante. Vital. Una especie de momento tangible que le recordaba su propia humanidad. Tenía frío, por lo tanto debía de estar vivo. Tenía frío, por lo tanto no era invencible. Tenía frío, por lo tanto…

Se echó hacia atrás y soltó una risotada irónica. Tenía frío, por lo tanto tenía frío. No había muchos más secretos.

Le sorprendió que no lloviera. Anoche, cuando había llegado a casa, todo parecía indicar que iba a llover. Durante su estancia en el continente, había desarrollado una extraordinaria habilidad para predecir el tiempo.

Seguramente, empezaría a llover dentro de poco.

Regresó al centro de su habitación y bostezó. Quizá debería leer algo. Así le venía sueño, a veces. Aunque, claro, no se trataba de que le viniera sueño. Podía venirle todo el sueño del mundo y, aún así, estar despierto. Cerraba los ojos, colocaba la almohada en la posición correcta y, sin embargo…

Nada.

Se quedaba allí tendido, esperando, esperando, esperando. Intentaba quedarse con la mente en blanco, estaba seguro de que era lo que necesitaba. Un lienzo en blanco. Una pizarra limpia. Si podía alcanzar la nada más absoluta, entonces se quedaría dormido. Estaba seguro.

Sin embargo, no funcionaba. Porque, cada vez que Sebastian Grey intentaba alcanzar la nada, la guerra regresaba y lo alcanzaba a él.

La veía. La sentía. Otra vez. Todas esas cosas que, francamente, con una vez había más que suficiente.

Y entonces abría los ojos. Porque lo único que veía era su habitación, muy normal, con la cama, muy normal. La colcha era verde y las cortinas, doradas. El escritorio era de madera.

Estaba muy tranquilo. Durante el día, se oían los ruidos habituales de la ciudad, pero, por la noche, esa parte de la ciudad solía quedarse en silencio. Realmente era increíble poder disfrutar del silencio. Escuchar el viento y quizá también los pájaros sin tener que estar pendiente del fútbol o los disparos a la diana. O algo peor.

Cualquiera diría que, en medio de aquella tranquilidad, podría dormir plácidamente.

Volvió a bostezar. Quizá podría leer. Esa misma tarde, había seleccionado varios títulos de la colección de Harry. No había mucho dónde escoger; a Harry le gustaba leer en francés o ruso y, a pesar de que él conocía ambos idiomas, porque la abuela materna que compartían había insistido en ello, no le resultaban tan familiares como a Harry. Para él, leer en otro idioma era trabajo y ahora sólo le apetecía entretenerse.

¿Era eso pedirle mucho a un libro?

Si él escribiera un libro habría emoción. Habría muertos, aunque no demasiados. Y nunca ninguno de los personajes principales. Sería demasiado deprimente.

También tendría que haber amor. Y peligro. El peligro era bueno.

Quizás algo de exotismo, aunque sin exagerar. Sebastian sospechaba que gran parte de los autores no investigaban de forma adecuada. Hacía poco había leído una novela que se desarrollaba en un harén árabe. Y, aunque la idea del harén le resultaba interesante...

Muy interesante.

Sin embargo, tenía la sensación de que el autor no había entendido los detalles. Le gustaba una aventura como a cualquiera, pero incluso a él le costaba creer que la valiente heroína inglesa hubiera logrado escaparse colgando una serpiente de la ventana y deslizándose hacia la salvación.

Y para mayor ofensa, el autor ni siquiera había descrito qué tipo de serpiente había utilizado la chica.

De veras, él lo haría mejor.

Si escribiera un libro, lo ubicaría en Inglaterra. Y no habría serpientes.

Y el héroe no sería un dandi granuja, preocupado únicamente por el corte del chaleco. Si escribiera un libro, el héroe sería realmente heroico.

Pero con un pasado misterioso. Para mantener el interés.

También tendría que haber una heroína. Le gustaban las mujeres. ¿Cómo la llamaría? Algo normal. Quizá Joan. No, sonaba demasiado temible. ¿Mary? ¿Anne?

Sí, Anne. Le gustaba Anne. Tenía un sonido firme muy bonito. Pero nadie la llamaría Anne. Si escribiera un libro, la heroína estaría perdida; no tendría familia. Nadie la llamaría por su nombre de pila.

Necesitaba un buen apodo. Algo fácil de pronunciar. Algo agradable.

Sainsbury.

Hizo una pausa y lo pronunció mentalmente. Sainsbury. Por algún motivo, le recordaba al queso.

Estaba bien. Le gustaba el queso.

Anne Sainsbury. Era un buen nombre. Anne Sainsbury. La señorita Sainsbury. La señorita Sainsbury y…

¿Y qué?

¿Y el héroe? ¿Debería tener un título? Sebastian sabía lo suficiente de la nobleza para dibujar un retrato bastante exacto de un noble indolente.

Sin embargo, eso era aburrido. Si escribiera un libro, tendría que ser una historia excepcional.

Podría hacer que fuera militar. De eso también sabía. ¿Un mayor, quizá? ¿La señorita Sainsbury y el misterioso mayor?

Cielo santo, no. Demasiada aliteración. Incluso a él le parecía demasiado rebuscado.

¿Un general? No, los generales estaban demasiado ocupados. Y, además, tampoco había tantos. Si iba a ir por ahí, también podrían aparecer uno o dos duques.

¿Y un coronel? Alto en los rangos militares, para que tuviera autoridad y poder. Podría provenir de buena familia, alguien con dinero, aunque no demasiado. Un hijo pequeño. Los hijos pequeños siempre tenían que labrarse su propio camino en la vida.

La señorita Sainsbury y el misterioso coronel. Sí, si escribiera un libro, lo titularía así.

Pero no iba a escribir ningún libro. Bostezó. ¿De dónde sacaría el tiempo? Miró la pequeña mesa, donde sólo había una taza de té frío. ¿O el papel?

El sol ya había empezado a asomar por el horizonte. Tendría que volver a meterse en la cama. Seguramente, podría dormir unas horas antes de tener que levantarse e ir a casa de Harry a desayunar.

Miró por la ventana, donde la luz oblicua de la mañana entraba por el cristal.

Se detuvo. Le gustaba cómo sonaba.

«La luz oblicua de la mañana entraba por el cristal.»

No, no quedaba claro. Cualquiera podría pensar que se trataba del cristal de una copa de brandy.

«La luz oblicua de la mañana entraba por la ventana.»

Aquello estaba mejor. Pero necesitaba algo más.

«La luz oblicua de la mañana entraba por la ventana, y la señorita Anne Sainsbury estaba acurrucada debajo de la delgada manta preguntándose, como solía hacer, de dónde sacaría el dinero para poder comer al día siguiente.»

Era realmente bueno. Hasta él quería saber qué le pasaba a la señorita Sainsbury, y se lo estaba inventando.

Se mordió el labio inferior. Quizá debería escribirlo. Y hacer que la heroína tuviera un perro.

Se sentó frente a la mesa. Papel. Necesitaba papel. Y tinta. Seguro que encontraba algo en los cajones.

«La luz oblicua de la mañana entraba por la ventana, y la señorita Anne Sainsbury estaba acurrucada debajo de la delgada manta preguntándose, como solía hacer, de dónde sacaría el dinero para poder comer al día siguiente. Deslizó la mirada hasta su fiel perro pastor escocés, que estaba tendido en la alfombra a los pies de la cama, y supo que había llegado el momento de tomar una decisión trascendental. La vida de sus hermanos dependía de ello.»

Fíjate. Un párrafo entero. Y no le había costado nada.

Sebastian levantó la mirada y se volvió hacia la ventana. La luz oblicua de la mañana seguía entrando por la ventana.

La luz oblicua de la mañana entraba por la ventana y Sebastian Grey era feliz.

Capítulo 1

Mayfair, Londres
Primavera de 1822

La clave para un matrimonio feliz —pontificó lord Vickers—, es mantenerse alejado de la esposa.

En condiciones normales, una frase como esa poco alteraría la vida y el destino de la señorita Annabel Winslow, pero había diez motivos por los que la frase de lord Vickers le resultaba especialmente dolorosa.

Uno, que lord Vickers era su abuelo materno, lo que implicaba que, dos, la esposa en cuestión era su abuela, quien, tres, recientemente había decidido arrancar a Annabel de su tranquila y feliz vida en Gloucestershire y, en sus propias palabras, «pulirla y casarla».

Igual de importante era que, cuatro, lord Vickers estaba hablando con lord Newbury, quien, cinco, había estado casado, y aparentemente había sido feliz, pero, seis, su esposa había muerto y ahora era viudo y, siete, su hijo había muerto el año pasado sin descendencia.

Lo que significaba que, siete, lord Newbury estaba buscando esposa y, ocho, que creía que una alianza con Vickers estaría bien, y, nueve, que le había echado el ojo a Annabel porque, diez, tenía las caderas anchas.

Maldición. ¿Había enumerado dos sietes?

Annabel suspiró, porque era lo máximo que le permitían mientras estaba sentada en el sofá. Poco importaba que hubiera once puntos en lugar de diez. Sus caderas eran sus caderas y, ahora mismo, lord Newbury estaba decidiendo si su próximo heredero se pasaría nueve meses entre ellas.

—¿Has dicho que es la mayor de ocho hermanos? —murmuró lord Newbury, mientras la miraba con aire pensativo.

«¿Con aire pensativo?» No era lo más adecuado. Parecía que estaba a punto de relamerse los labios.

Annabel miró a su prima, lady Louisa McCann, con inquietud. Louisa había venido a visitarla aquella tarde y se lo estaban pasando en grande hasta que lord Newbury hizo su inesperada entrada. El rostro de Louisa estaba perfectamente sereno, como siempre que estaba en reuniones sociales, pero Annabel vio que abría los ojos con compasión.

Si Louisa, cuyos modales y actitud eran inalterablemente correctos, independientemente de la ocasión, no podía borrar el horror de su cara, Annabel sabía que estaba metida en un buen lío.

—Además —añadió lord Vickers, con gran orgullo—, todos nacieron sanos y fuertes. —Alzó la copa en un brindis silencioso por su hija mayor, la fecunda Frances Vickers Winslow a quien, Annabel no pudo evitar recordar, solía referirse como «esa tonta que se casó con ese maldito tonto».

A lord Vickers no le hizo ninguna gracia que su hija se casara con un caballero de campo sin demasiado dinero. Y, por lo que Annabel sabía, no había cambiado de opinión.

La madre de Louisa, en cambio, se había casado con el hijo menor del duque de Fenniwick, apenas tres meses antes de que el hijo mayor del duque decidiera ir a saltar con un caballo mal entrenado y se rompiera su noble cuello. Había sido, en palabras de lord Vickers, «muy oportuno».

Para la madre de Louisa, claro; no para el heredero muerto. Ni para el caballo.

No era extraño que los caminos de Annabel y Louisa apenas se hubieran cruzado antes de esta primavera. Los Winslow, amontonados con su numerosa prole en una pequeña casa, tenían poco en común con los McCann que, cuando no habitaban su mansión palaciega de Londres, se trasladaban a un antiguo castillo que había junto a la frontera con Escocia.

—El padre de Annabel tenía nueve hermanos —dijo lord Vickers.

Annabel se volvió hacia él con cautela. Era lo más cerca que su abuelo había estado de elogiar a su padre, descansara en paz.

—¿De veras? —preguntó lord Newbury, mirando a Annabel con unos ojos más resplandecientes que nunca. Annabel apretó los labios, entrelazó los dedos de las manos en el regazo y se preguntó qué podría hacer para desprender un aspecto de infertilidad.

—Y, por supuesto, nosotros tenemos siete hijos —añadió lord Vickers, agitando la mano en el aire con ese movimiento de modestia tan propio de los hombres cuando no son modestos.

—No te mantuviste lejos de tu esposa tanto como dices, ¿eh? —se rió lord Newbury.

Annabel tragó saliva. Cuando Newbury se reía o, mejor dicho, cuando hacía cualquier movimiento, las mejillas le colgaban y zangoloteaban. Era una visión terrible que le recordaba a la gelatina de pata de ternero que el ama de llaves le obligaba a tomarse cuando estaba enferma. Realmente, bastaba para que cualquier jovencita echara a correr.

Intentó calcular cuánto tiempo tendría que pasar sin comer para reducir de forma significativa el tamaño de sus caderas, preferiblemente hasta una anchura considerada inaceptable para engendrar hijos.

—Piénsalo —dijo lord Vickers, dando una palmada en la espalda a su viejo amigo.

—Lo estoy pensando —respondió lord Newbury. Se volvió

hacia Annabel, con los ojos azul claro llenos de interés—. Te prometo que lo estoy pensando.

—Pensar está sobrevalorado —anunció lady Vickers. Alzó una copa de jerez en honor de nadie en particular y se la bebió.

—Había olvidado que estabas aquí, Margaret —dijo lord Newbury.

—Yo nunca me olvido —se quejó lord Vickers.

—Me refiero a los caballeros, por supuesto —dijo lady Vickers, ofreciendo la copa vacía a cualquiera de los dos hombres que la cogiera primero para volver a llenársela—. Una dama siempre tiene que estar pensando.

—Ahí es donde no estamos de acuerdo —dijo Newbury—. Mi Margaret se guardaba sus pensamientos para ella. La nuestra fue una unión espléndida.

—Se mantenía lejos de ti, ¿no? —dijo lord Vickers.

—Como he dicho, fue una unión espléndida.

Annabel miró a Louisa, que estaba sentada con mucho decoro en la silla que había a su lado. Su prima era muy delgada, con los hombros finos, el pelo castaño claro y los ojos de color verde pálido. Annabel siempre pensaba que, a su lado, ella parecía una especie de monstruo. Ella tenía el pelo oscuro y ondulado, a la mínima que se exponía al sol acababa bronceada, y su silueta había atraído una atención no deseada desde su decimosegundo verano.

Sin embargo, nunca jamás las atenciones habían sido menos deseadas como ahora, mientras lord Newbury la miraba como si fuera un caramelo.

Annabel se quedó inmóvil, intentando imitar a Louisa, mientras procuraba que sus pensamientos no se le reflejaran en la cara. Su abuela siempre la reñía por ser demasiado expresiva. «Por el amor de Dios —decía, habitualmente—. Deja de sonreír como si supieras algo. Los caballeros no quieren una mujer que sepa cosas. Al menos, no es lo que buscan en una esposa.»

Entonces, lady Vickers solía tomarse una copa y añadía: «Puedes aprender muchas cosas cuando te hayas casado. Preferiblemente, con otro caballero que no sea tu marido.»

Si Annabel no sabía nada antes, ahora ya sí. Como el hecho de que al menos tres de los vástagos de los Vickers no eran hijos de lord Vickers. Annabel estaba empezando a descubrir que su abuela tenía, aparte de un vocabulario notablemente blasfemo, una visión de la moralidad algo diluida.

Gloucestershire empezaba a parecer un sueño. En Londres, todo era tan… reluciente. Aunque no literalmente, claro. En realidad, en Londres todo era más bien gris, cubierto por una fina capa de hollín y suciedad. No estaba segura de por qué le había venido a la cabeza la palabra «reluciente». Quizá porque nada parecía sencillo. Nada parecía franco. E incluso todo era un tanto resbaladizo.

Descubrió que tenía ganas de beberse un vaso grande de leche, como si algo tan fresco y puro pudiera devolverle el equilibrio. Nunca se había considerado particularmente remilgada, y Dios sabía que era La Winslow con más probabilidades de dormirse en la iglesia, pero parecía que cada día que pasaba en la capital traía una sorpresa nueva, otro momento que la dejaba boquiabierta y confundida.

Ya llevaba aquí un mes. ¡Un mes! Y todavía tenía la sensación de ir de puntillas, de no estar segura de si hacía o decía lo correcto en cada momento.

Y lo odiaba.

En casa estaba segura. No siempre tenía razón, pero casi siempre estaba segura. En Londres, las reglas eran distintas. Y lo peor era que todo el mundo se conocía. Y si no se conocían personalmente, habían oído hablar de los demás. Era como si toda la alta sociedad compartiera una historia secreta de la que Annabel no estaba enterada. Cada conversación escondía un significado más profundo y sutil. Y ella, que además de ser la Winslow con más probabilidades de dormirse en la iglesia, era la Winslow con más probabilidades de decir lo que pensaba, tenía la sensación de que no podía decir nada por miedo a ofender a alguien.

O a hacer el ridículo.

O a dejar en ridículo a otra persona.

No podía soportarlo. No podía soportar la idea de demostrar a su abuelo que su madre realmente había sido una tonta, que su padre había sido un maldito tonto, y que ella era la mayor tonta de todos.

Había mil maneras de hacer el ridículo, y cada día se presentaban nuevas oportunidades. Era agotador intentar evitarlas todas.

Annabel se levantó e hizo una reverencia cuando lord Newbury se marchó, e intentó no darse cuenta de que la mirada del anciano se clavaba en su escote. Su abuelo salió del salón con él y ella se quedó con Louisa, su abuela y la botella de jerez.

—Tu madre estará encantada —anunció lady Vickers.

—¿Con qué, señora? —preguntó Annabel.

Su abuela la miró con hastío, con una pizca de incredulidad y una nota de enfurecimiento.

—Con el conde. Cuando acepté traerte a Londres jamás imaginé que pudiéramos aspirar a algo más que un barón. Has tenido suerte de que esté desesperado.

Annabel sonrió con ironía. Era encantador ser el objeto de la desesperación.

—¿Jerez? —le ofreció su abuela.

Annabel meneó la cabeza.

—¿Louisa? —Lady Vickers ladeó la cabeza hacia su otra nieta, que enseguida negó con la cabeza—. No es gran cosa, eso es cierto —dijo Lady Vickers—, pero cuando era joven era bastante apuesto, así que vuestros hijos no serán feos.

—Qué bien —respondió Annabel, con un hilo de voz.

—Varias de mis amigas estaban enamoradas de él, pero él sólo tenía ojos para Margaret Kitson.

—Tus amigas —murmuró Annabel. Las amigas de su abuela habían querido casarse con lord Newbury. Las amigas de... ¡su abuela! Habían querido casarse con el hombre que, seguramente, quería casarse con ella.

Santo Dios.

—Y morirá pronto —continuó su abuela—. No podrías pedir más.

—Creo que ahora sí que me tomaré esa copita de jerez —anunció Annabel.

—Annabel —dijo Louisa, incrédula, lanzándole una mirada de «¿Qué estás haciendo?».

Lady Vickers asintió y le sirvió una copa.

—No se lo digas a tu abuelo —dijo la mujer, mientras le daba la copa—. Cree que las chicas de menos de treinta años no deberían beber alcohol.

Annabel bebió un buen trago. Le resbaló por la garganta ardiendo, aunque no tosió. En casa nunca le habían ofrecido jerez, al menos no antes de la cena. Pero ahora necesitaba fuerzas.

—Lady Vickers —dijo el mayordomo—, me ha pedido que le recuerde cuándo había llegado la hora de marcharse a la reunión en casa de la señora Marston.

—Ah sí, es verdad —respondió esta, gruñendo mientras se levantaba—. Es una vieja muy pesada, pero siempre sirve la mesa de forma estupenda.

Annabel y Louisa se levantaron mientras su abuela salía del salón y, en cuanto lo hizo, volvieron a sentarse y Louisa dijo:

—¿Qué ha pasado mientras he estado fuera?

Annabel suspiró.

—Imagino que te refieres a lord Newbury.

—Sólo he estado en Brighton cuatro días. —Louisa lanzó una mirada rápida hacia la puerta para verificar que no hubiera nadie y luego suspiró con urgencia—. ¿Y ahora quiere casarse contigo?

—No ha dicho nada de matrimonio —respondió Annabel, aunque hablaba más desde la esperanza que desde la realidad. A juzgar por las atenciones que le había prestado durante esos últimos cuatro días, seguro que iría a Canterbury a obtener una licencia especial antes de finales de semana.

—¿Sabes su historia? —le preguntó Louisa.

—Creo que sí —respondió Annabel—. En parte. —En cualquier caso, no tan bien como Louisa. Ya era la segunda temporada en Londres de su prima y, lo más importante, ella había nacido en ese ambiente. Puede que el pedigrí de Annabel incluyera un abuelo vizconde, pero, a fin de cuentas, era hija de un hombre de campo. Louisa, en cambio, había pasado todas las primaveras y los veranos de su vida en Londres. Su madre, su tía Joan, había muerto hacía varios años, pero el duque de Fenniwick tenía varias hermanas, todas muy bien situadas socialmente. Puede que Louisa fuera tímida, y puede que fuera la última persona que uno esperaría que difundiera chismorreos y rumores, pero lo sabía todo.

—Está desesperado por encontrar esposa —le dijo su prima.

Annabel le ofreció lo que ella esperaba que fuera un gesto de desprecio hacia sí misma y dijo:

—Yo también estoy desesperada por encontrar marido.

—No tan desesperada.

Annabel no la contradijo, pero la verdad era que si no concertaba un buen matrimonio pronto, sólo Dios sabía qué sería de su familia. Nunca habían tenido mucho, pero, mientras su padre estuvo vivo, siempre habían conseguido salir adelante. No sabía de dónde habían sacado sus padres el dinero suficiente para enviar a sus cuatro hermanos a la escuela, pero estaban donde tenían que estar: en Eton, recibiendo una educación de caballeros. Annabel no sería la responsable de que tuvieran que marcharse.

—Su esposa murió hace no sé cuántos años —continuó Louisa—, pero no importaba porque le había dado un hijo sano. Y dicho hijo había tenido dos hijas, de modo que la nuera era fértil.

Annabel asintió y se preguntó por qué la fertilidad siempre era un asunto de la mujer. ¿Acaso los hombres no podían ser infértiles, también?

—Pero entonces su hijo murió. De unas fiebres, creo.

Annabel conocía esa parte de la historia, pero estaba convencida de que Louisa sabía más, así que preguntó:

—¿Y no tiene a nadie que pueda heredar el título? Seguro que debe de existir un hermano o un primo.

—Su sobrino —confirmó Louisa—. Sebastian Grey. Pero lord Newbury lo odia.

—¿Por qué?

—No lo sé —respondió Louisa, mientras se encogía de hombros—. Nadie lo sabe. Por celos, quizás. El señor Grey es terriblemente apuesto. Todas las damas caen rendidas a sus pies.

—Eso me gustaría verlo —dijo Annabel, pensando en voz alta, mientras trataba de imaginarse la escena. Se imaginó a un Adonis rubio, con los músculos tensando la tela del chaleco y avanzando entre un mar de féminas inconscientes. Sería mejor si algunas de ellas todavía no hubieran perdido el sentido por completo, quizás aferradas a su pierna, desequilibrándolo...

—¡Annabel!

Annabel volvió a la realidad. Louisa la estaba mirando con una urgencia poco habitual en ella, y haría bien de escucharla.

—Annabel, esto es importante —dijo Louisa.

Annabel asintió y la invadió una sensación desconocida: quizás era gratitud, aunque seguro que era amor. Apenas acababa de conocer a su prima, pero ya habían establecido un vínculo de afecto, y sabía que Louisa haría todo lo que estuviera en su mano para evitar que ella terminara en un matrimonio infeliz.

Por desgracia, la influencia de Louisa no era demasiado grande. Además, no entendía... No, no podía entender la presión que significaba ser la hija mayor de una familia empobrecida.

—Escúchame —imploró Louisa—. El hijo de lord Newbury murió hace poco más de un año. Y antes de que el cuerpo de su hijo estuviera frío, Lord Newbury empezó a buscar esposa.

—¿Y no debería haberla encontrado ya?

Louisa meneó la cabeza.

—Estuvo a punto de casarse con Mariel Willingham.

—¿Quién? —Annabel parpadeó, intentando ubicar el nombre.

—Exacto. Nunca has oído hablar de ella. Murió.

Annabel notó cómo arqueaba las cejas. Realmente, era una manera muy fría de anunciar algo tan trágico.

—Dos días antes de la boda. Se resfrió.

—¿Y murió en dos días? —preguntó Annabel. Era una pregunta morbosa, pero es que tenía que saberlo.

—No. Lord Newbury insistió en retrasar la ceremonia. Dijo que era por la salud de ella, que estaba demasiado enferma para presentarse en la iglesia, pero todos sabían que sólo quería asegurarse de que estuviera suficientemente sana como para darle un hijo.

—¿Y entonces?

—Bueno, y entonces la chica murió. Resistió dos semanas. Fue realmente triste. Siempre fue muy amable conmigo. —Louisa meneó la cabeza y luego continuó—: Fue una pérdida para lord Newbury, aunque no demasiado cercana. Si se hubieran casado antes de que ella muriera, habría tenido que guardarle luto. En realidad, ya había intentado casarse escandalosamente pronto después de la muerte del hijo. Si la señorita Willingham no hubiera muerto antes de la boda, habría tenido que dejar pasar un año de luto.

—¿Cuánto tiempo esperó antes de empezar a buscar a otra candidata? —preguntó Annabel, temiendo la respuesta.

—Menos de dos semanas. Sinceramente, no creo que hubiera esperado tanto si ya tuviera a otra chica en la recámara. —Louisa miró a su alrededor y sus ojos se posaron en el jerez de Annabel—. Necesito una taza de té —dijo.

Annabel se levantó y tocó la campana, porque no quería que Louisa perdiera el hilo de la historia.

—Cuando regresó a Londres —dijo Louisa—, empezó a cortejar a lady Frances Sefton.

—Sefton —murmuró Annabel. El nombre le sonaba, aunque no sabía de qué.

—Sí —dijo Louisa, muy animada—. Exacto. Su padre es el conde de Brompton. —Se inclinó hacia delante—. Lady Frances es la tercera de nueve hermanos.

—Dios mío.

—La señorita Willingham era la mayor de cuatro, pero... —Louisa se interrumpió, porque no sabía cómo decirlo de forma educada.

—¿Tenía la misma figura que yo? —sugirió Annabel.

Louisa asintió, muy seria.

Annabel respondió con un gesto de ironía.

—Imagino que lord Newbury nunca se fijó en ti.

Louisa bajó la mirada hacia su cuerpo, ese cuerpo de cuarenta y siete kilos.

—Nunca. —Y entonces, en una muestra extraordinaria de blasfemia, añadió—: Gracias a Dios.

—¿Qué le pasó a lady Frances? —preguntó Annabel.

—Se fugó. Con un lacayo.

—Santo cielo. Pero debían de estar enamorados ya antes. Nadie se fuga con un lacayo para evitar una boda con un conde.

—¿Crees que no?

—No —dijo Annabel—. No es práctico.

—No creo que pensara en términos prácticos. Creo que estaba pensando en la posibilidad de casarse con ese... ese...

—No termines la frase, te lo suplico.

Louisa le hizo caso.

—Si alguien quisiera evitar un matrimonio con lord Newbury —continuó Annabel—, creo que debe de haber otras formas mejores de hacerlo que casándose con un lacayo. A menos, por supuesto, que estuviera enamorada del lacayo. Eso lo cambia todo.

—Bueno, ahora da igual. Se marchó a Escocia y nadie ha vuelto a saber de ella. Para entonces, la temporada había terminado. Estoy segura de que lord Newbury ha seguido buscando esposa, pero es mucho más fácil durante la temporada, cuando todo el mundo está en Londres. Además —añadió, por si acaso—, si hubiera estado persiguiendo a otra joven, yo no me habría enterado. Vive en Hampshire.

Mientras que Louisa se había pasado el invierno en Escocia, tiritando de frío en su castillo.

—Y ahora ha vuelto —dijo Annabel.

—Sí, y ahora que ha perdido un año entero, querrá encontrar a alguien deprisa. —Louisa la miró con una expresión horrible, entre lástima y resignación—. Si está interesado en ti, no va a querer perder el tiempo con ningún cortejo.

Annabel sabía que era cierto y sabía que si lord Newbury le proponía matrimonio, le costaría mucho rechazarlo. Sus abuelos ya habían dejado claro que aprobaban la unión. Su madre le habría permitido oponerse, pero estaba a casi cien kilómetros de distancia. Además, ella sabía exactamente la expresión que vería en sus ojos mientras le decía que no tenía que casarse con el conde.

Habría amor, pero también preocupación. Últimamente, la cara de su madre siempre reflejaba preocupación. Durante el primer año después de la muerte de su padre, todo era dolor, pero ahora sólo había preocupación. Annabel creía que su madre estaba tan preocupada por cómo mantener a la familia que ya no tenía tiempo para el dolor.

Si lord Newbury realmente quería casarse con ella, aportaría suficiente seguridad económica a la familia para aliviar las cargas de su madre. Pagaría la enseñanza de sus hermanos, y aportaría cuantiosas dotes para sus hermanas.

Annabel no aceptaría casarse con él a menos que le garantizara esas dos cosas. Por escrito.

Pero se estaba adelantando a los acontecimientos. No le había pedido matrimonio. Y ella todavía no había decidido aceptar la propuesta. ¿O sí?

Capítulo 2

La mañana siguiente

*N*ewbury tiene los ojos puestos en otra chica.

Sebastian Grey abrió un ojo para mirar a su primo Edward, que estaba sentado frente a él, comiéndose algo con aspecto de pastel, que, incluso desde el otro lado del salón, tenía un olor repugnante. Le dolía la cabeza, porque había tomado demasiado champán la noche anterior, y decidió que prefería el comedor a oscuras.

Cerró el ojo.

—Creo que esta vez va en serio —dijo Edward.

—Iba en serio las últimas tres veces —respondió Sebastian, mirando fijamente la parte interior de sus párpados.

—Sí, claro —contestó aquel—. Ha tenido mala suerte. Muerte, fuga y... ¿qué le pasó a la tercera?

—Que se presentó en el altar embarazada.

Edward se rió.

—Quizá debería haberse quedado con esa. Al menos, sabía que era fértil.

—Me temo —respondió Sebastian mientras cambiaba la posición para acomodarse mejor en el sofá con las piernas estiradas—, que incluso yo soy preferible al bastardo de otro hombre. —Tiró la toalla y dobló las piernas por encima del brazo del sofá, con los pies colgando—. Aunque cueste creerlo.

Pensó en su tío un instante y luego intentó apartarlo de su mente. El conde de Newbury siempre lo ponía de mal humor, y hoy ya tenía suficiente dolor de cabeza. Tío y sobrino siempre habían estado a la greña, pero nunca había importado hasta hacía un año y medio, cuando Geoffrey, el primo de Sebastian, había muerto. En cuanto fue evidente que la viuda de Geoffrey no estaba embarazada y que Sebastian era el heredero del título, Newbury se fue hacia Londres en busca de una nueva esposa y gritó a los cuatro vientos que moriría antes de permitir que Sebastian heredara el título.

Por lo visto, el conde no se había dado cuenta de la inconsistencia logística de tal afirmación.

Por lo tanto, Sebastian se encontró en una situación extraña y precaria. Si el conde encontraba una esposa y engendraba otro hijo, y Dios sabía que lo estaba intentando, él seguiría siendo otro de los caballeros apuestos, aunque sin título, de Londres. Si, por otro lado, Newbury no conseguía reproducirse o, algo peor, sólo engendraba hijas, heredaría cuatro casas, montañas de dinero y el octavo condado más antiguo de Inglaterra.

Y eso significaba que nadie sabía demasiado qué hacer con él. ¿Era el soltero de oro del mercado o sólo otro cazafortunas? Era imposible saberlo.

Y era muy divertido. Al menos, para Sebastian.

Nadie quería arriesgarse a que no se convirtiera en conde y, por lo tanto, lo invitaban a todas las fiestas, algo que siempre suponía una ventaja excelente para un hombre que disfrutaba de la buena comida, la buena música y la buena conversación. Las debutantes revoloteaban a su alrededor, generando un entretenimiento infinito. Y en cuanto a las damas más maduras, las que disponían de absoluta libertad para buscar el placer donde quisieran...

Bueno, frecuentemente solían escogerlo a él. Que fuera apuesto ayudaba mucho. Que fuera un amante excelente era delicioso. Que quizás acabara convirtiéndose en el conde de Newbury...

Lo convertía en irresistible.

Sin embargo, ahora mismo, con la cabeza dolorida y el estómago revuelto, se sentía absolutamente resistible. O, si no, resistente. Podría descender del techo la mismísima Afrodita, flotando en una concha marina, desnuda a excepción de unas flores colocadas de forma estratégica, y seguramente le vomitaría en los pies.

No, tendría que bajar completamente desnuda. Si Sebastian quería comprobar la existencia de una diosa, en ese mismo salón, tendría que estar desnuda.

Sin embargo, igualmente le vomitaría en los pies.

Bostezó y apoyó el peso del cuerpo un poco más sobre la cadera izquierda. Se preguntó si podría quedarse dormido. No había dormido demasiado bien la noche anterior (champán) ni la otra (por nada en particular), y el sofá de su primo era un sitio tan bueno como cualquier otro. Como tenía los ojos cerrados y el salón estaba bastante oscuro, sólo oía cómo Edward masticaba.

Ese ruido.

Era increíble lo intenso que era, ahora que se paraba a pensarlo.

Sin mencionar el olor. Pastel de carne. ¿Quién era capaz de comerse un pastel de carne delante de alguien en su estado?

Sebastian gimió.

—¿Perdón? —dijo Edward.

—Tu comida —gruñó él.

—¿Quieres un poco?

—No, por Dios.

Sebastian mantuvo los ojos cerrados, pero prácticamente oyó cómo su primo se encogía de hombros. Esa mañana, nadie se apiadaría de él.

De modo que Newbury iba detrás de otra yegua de cría. Sebastian suponía que no tenía que sorprenderle. Demonios, no estaba sorprendido. Es que...

Es que...

Diantres, no sabía qué era. Pero era algo.

—¿De quién se trata, esta vez? —preguntó, porque no es que estuviera completamente desinteresado.

Se produjo una pausa, seguramente mientras Edward tragaba la comida, y luego:

—La nieta de Vickers.

Sebastian lo consideró. Lord Vickers tenía varias nietas. Aunque tenía sentido, porque lady Vickers y él habían tenido algo así como quince hijos.

—Bueno, me alegro por ella —gruñó.

—¿La has visto? —preguntó Edward.

—¿Y tú? —respondió Seb. Había llegado a la ciudad cuando la temporada ya había empezado. Si la chica era nueva, seguro que no la conocía.

—De campo, dicen, y tan fértil que los pájaros cantan cuando se les acerca.

Vaya, eso merecía que abriera un ojo. En realidad, los dos.

—Pájaros —repitió Sebastian con la voz neutra—. ¿De veras?

—Me pareció una frase divertida —dijo Edward, defendiéndose.

Con un gruñido, Sebastian levantó las piernas y se sentó en el sofá. Bueno, al menos, en una posición que se acercaba más a estar sentado que la anterior.

—Y si esa chica es la Blancanieves virgen que Newbury asegura, ¿cómo se juzga su fecundidad?

Edward se encogió de hombros.

—Es obvio. Tiene unas caderas... —Dibujó un arco extraño en el aire y le empezaron a brillar los ojos—. Y unos pechos... —Prácticamente estaba temblando y a Sebastian no le hubiera extrañado que empezara a babear.

—Contrólate, Edward —dijo Sebastian—. Por si lo has olvidado, estás sentado en el sofá recién tapizado de Olivia.

Edward lo miró malhumorado y volvió a concentrarse en la comida del plato. Estaban sentados en el salón de casa de sir Harry y lady Olivia Valentine, como casi siempre. Edward era hermano de Harry y, por lo tanto, vivía allí. Sebastian había ido a desayunar. La cocinera de Harry había cambiado la receta de los huevos cocidos, con unos resultados excelentes. (Sebastian sospechaba que le echaba más mantequilla; todo estaba más sabroso con más mantequilla.) No se había perdido un desayuno en «La Casa de Valentine» en una semana.

Además, le gustaba la compañía.

Harry y Olivia que, por cierto no eran españoles, aunque a Sebastian le gustaba decir «La Casa de Valentine», habían ido al campo durante quince días, seguramente para escapar de Edward y Sebastian. Los dos jóvenes enseguida habían dejado que su actitud de solteros degenerara y dormían hasta mediodía, comían en el salón y habían colgado una diana detrás de la puerta de la segunda habitación de invitados.

De momento, Sebastian ganaba catorce partidas a tres.

En realidad, eran dieciséis a una. Se había apiadado de Edward a medio torneo. Y eso había añadido interés al asunto. Era mucho más difícil perder a propósito de forma realista que ganar. Pero lo había conseguido. Edward no había sospechado nada.

La partida número dieciocho se celebraría esa misma noche. Y Sebastian allí estaría, por supuesto. Prácticamente vivía en esa casa. Se decía que era porque alguien tenía que vigilar al joven Edward, pero la verdad era que...

Seb sacudió la cabeza mentalmente. Ya había dicho suficientes verdades.

Bostezó. Dios, estaba cansado. No sabía por qué había bebido tanto la noche anterior. Hacía siglos que no lo hacía. Pero se había acostado temprano, y no podía dormir, y entonces se levantó, pero no podía escribir porque...

Porque nada. Había sido terriblemente irritante. No podía escribir. Las palabras no le venían a la mente a pesar de que había dejado a la pobre heroína escondida debajo de una cama. Y al héroe, en esa misma cama. Iba a ser la escena más arriesgada hasta la fecha. Cualquiera creería que, al ser tan nuevo, le resultaría fácil.

Pero no. La señorita Spencer seguía debajo de la cama y su escocés seguía encima del colchón, y Sebastian no estaba más cerca del final del capítulo doce que la semana pasada.

Después de dos horas sentado en el escritorio, mirando una hoja en blanco, se había dado por vencido. No podía dormir y no podía escribir y, más por inquina que por otra cosa, se levantó, se vistió y se marchó al club.

Había champán. Alguien estaba celebrando algo y habría sido de mala educación no unirse a la fiesta. También había varias jóvenes muy guapas, aunque Sebastian desconocía el motivo por el cual estaban en el club.

O quizá no las había visto en el club. ¿Había ido a algún sitio, después?

Santo Dios, se estaba haciendo demasiado viejo para aquellas tonterías.

—Quizá diga que no —dijo Edward, por lo visto sin ningún motivo.

—¿Eh?

—La chica Vickers. Quizá le diga que no a Newbury.

Sebastian reclinó la espalda y se presionó las sienes con los dedos.

—No dirá que no.

—Creí que no la conocías.

—Y no la conozco. Pero Vickers estará deseoso por emparentar con Newbury. Son amigos y Newbury tiene dinero. A menos que la chica tenga un padre realmente indulgente, tendrá que hacer lo que diga su abuelo. Eh, un momento. —Arqueó las cejas y las arrugas de la frente pareció que le activaban su perezosa mente—. Si es la hija de los Fenniwick, dirá que no.

—¿Cómo sabes todo eso?

Seb se encogió de hombros.

—Sé cosas.

Básicamente, se limitaba a observar. Era increíble lo que se podía llegar a saber acerca de otro ser humano a través de la observación. Y escuchando. Y comportándose de forma tan encantadora que la gente solía olvidarse de que tenía un cerebro.

No solían tomárselo en serio, y él casi lo prefería así.

—No, espera —dijo, recreando la imagen de una chica muy delgada, tanto que desaparecía cuando se ponía de perfil—. Es imposible que sea la hija de los Fenniwick. No tiene pechos.

Edward se terminó el último trozo de pastel de carne. Por desgracia, el olor no desapareció tan deprisa.

—Espero que no lo sepas de primera mano —dijo.

—Soy un excelente juez de la forma femenina, incluso desde lejos. —Sebastian miró a su alrededor, buscando algo sin alcohol para beber. Un té. Un té le sentaría bien. Su abuela solía decir que, después del vodka, era lo mejor del mundo.

—Bueno —dijo Edward, observando cómo Sebastian se levantaba y tocaba la campana para llamar al mayordomo—, si lo acepta, prácticamente habrás perdido el condado.

Seb volvió a dejarse caer en el sofá.

—Nunca fue mío, para empezar.

—Pero podría serlo —dijo Edward, inclinándose hacia delante—. Podría ser tuyo. Yo, seguramente soy el trigésimo noveno en la línea de sucesión de algo importante, pero tú... tú podrías ser el próximo conde de Newbury.

Sebastian contuvo la arcada que le subió por la garganta. El conde de Newbury era su tío, enorme y escandaloso, con su mal aliento y su carácter todavía peor. Le costaba imaginarse, algún día, respondiendo a ese nombre.

—Sinceramente, Edward —dijo, mirando a su primo con la mayor franqueza que pudo—, me da igual una cosa y la otra.

—¿No lo dirás en serio?

—Pues sí —murmuró Seb.

Edward lo miró como si se hubiera vuelto loco. Sebastian decidió responderle volviendo a tenderse en el sofá. Cerró los ojos y estaba decidido a mantenerlos así hasta que llegara el té.

—No digo que no apreciara las facilidades que acompañan al título —dijo—, pero he vivido treinta años sin ellas y veintinueve sin ni siquiera imaginarme que podrían ser mías.

—Facilidades —repitió Edward, considerando la palabra—. ¿Facilidades?

Seb se encogió de hombros.

—El dinero sería muy conveniente.

—Conveniente —repitió Edward, atónito—. Sólo tú definirías algo así como conveniente.

Seb volvió a encogerse de hombros e intentó echar una cabezadita. Casi siempre acababa durmiendo así, a ratitos, en sofás, sillas, cualquier sitio excepto su cama. No obstante, su mente se negaba a relajarse y a olvidarse de los últimos chismes acerca de su tío.

Realmente le daba igual heredar el condado. A la gente le solía costar creérselo, pero era cierto. Si su tío acababa casándose con la chica de los Vickers y tenía un hijo con ella, mejor para él. El título no sería para él. Sebastian no podía tomarse la molestia de enfadarse por haber perdido algo que, para empezar, nunca fue suyo.

—La mayor parte de la gente —dijo Sebastian en voz alta, puesto que sólo estaba Edward en la habitación y podía permitirse parecer un bufón sin pensar en las consecuencias—, sabe si va a heredar un condado. Yo sólo soy el heredero aparente. Aparentemente, el heredero. A menos que alguien consiga matarme antes, heredaré.

—¿Perdón?

—Que alguien podría redefinir el concepto como heredero obvio —murmuró Seb.

—¿Siempre das lecciones de vocabulario cuando has bebido demasiado?

—Cachorro. —Era el apodo preferido de Seb para referirse a

Edward y, siempre que quedara en la familia, a Edward parecía no importarle.

Edward chasqueó la lengua.

—Monólogo interrumpido —dijo Sebastian, y luego continuó—: Con el presunto heredero, todo son presunciones.

—¿Me estás diciendo algo que no sepa? —preguntó Edward, sin una gota de sarcasmo. Sólo era para asegurarse de si tenía que prestarle atención o no.

Sebastian lo ignoró.

—Uno es el presunto heredero, a menos y siempre que... etcétera, como en mi caso, Newbury consiga casarse con una pobre de caderas fértiles y pechos grandes.

Edward volvió a suspirar.

—Cállate —dijo Seb.

—Si los hubieras visto, sabrías a qué me refiero.

Su voz estaba tan cargada de lujuria que Sebastian tuvo que abrir los ojos y mirar a su primo.

—Necesitas una mujer.

—Envíame una. No me importa aprovecharme de lo que tú no quieres.

Se merecía algo mejor, pero a Sebastian no le apetecía tener esa conversación, al menos no sin una base.

—Necesito esa taza de té.

—Sospecho que necesitas algo más que una taza de té.

Seb arrugó una ceja.

—Pareces bastante molesto con la endeblez de tu posición —explicó Edward.

Sebastian se lo pensó unos segundos.

—No, no estoy molesto. Pero fingiré estar ligeramente irritado.

Edward cogió el periódico y se quedaron en un amigable silencio. Sebastian miró hacia el otro lado del salón, hacia la ventana. Siempre había tenido muy buena vista y ahora veía a las jóvenes que paseaban por el otro lado de la calle. Las observó durante un buen rato, sin pensar en nada importante. Parecía que el color de moda era el azul celeste. Una buena elección; le sentaba bien a casi todo el mundo. Aunque no estaba tan seguro sobre la forma de las faldas; parecían un poco más tiesas y de forma cónica. Eran atractivas, sí, pero suponían un mayor reto para cualquier hombre que quisiera levantarlas.

—El té —dijo Edward, interrumpiendo los pensamientos de Sebastian. Una doncella depositó la bandeja en la mesa, entre los dos y, durante unos segundos, esos dos hombres grandes con manos grandes se quedaron mirando el delicado conjunto de té.

—¿Dónde está nuestra adorada Olivia cuando la necesitamos? —preguntó Sebastian.

Edward se rió.

—Me aseguraré de explicarle lo mucho que valoras sus habilidades para servir el té.

—Seguramente, es el motivo más lógico para conseguir una esposa. —Sebastian se inclinó hacia delante y examinó la bandeja en busca de la pequeña jarra de la leche—. ¿Quieres?

Edward meneó la cabeza.

Sebastian se sirvió un poco de leche en la taza y luego decidió que necesitaba tanto el té que no tenía tiempo para dejarlo reposar. Se lo sirvió e inhaló el aroma cuando invadió el ambiente. Era impresionante lo bien que le sentaba al estómago.

Quizá debería irse a la India. Tierra de promesas. Tierra de té.

Bebió un sorbo y notó cómo el líquido caliente le resbalaba por la garganta hasta el estómago. Era perfecto, sencillamente perfecto.

—¿Te has planteado alguna vez ir a la India? —le preguntó a Edward.

Edward levantó la mirada con las cejas ligeramente arqueadas. Era un cambio de tema repentino, aunque ya conocía a Sebastian lo suficiente para extrañarse por algo.

—No —respondió—. Hace demasiado calor.

Seb reflexionó sobre esa respuesta.

—Supongo que tienes razón.

—Además, está la malaria —añadió Edward—. Una vez conocí a un hombre que la padecía. —Se estremeció—. No te gustaría.

Sebastian había sufrido malaria mientras luchaba con el 18º Regimiento de los Húsares en Portugal y España. «No te gustaría» parecía una frase muy irónica.

Además, le resultaría muy complicado continuar con su carrera de escritor clandestino desde el extranjero. Su primera novela, *La señorita Sainsbury y el misterioso coronel*, había sido un éxito rotundo. Tanto, que Sebastian enseguida había escrito *La señorita Davenport y el oscuro marqués*, *La señorita Truesdale y el silencioso caballero*, y el mayor éxito hasta la fecha: *La señorita Butterworth y el alocado barón*.

Todos ellos publicados bajo un seudónimo, claro. Si se descubriera que escribía novelas góticas…

Se quedó pensativo unos segundos. ¿Qué sucedería si se descubriera? Los miembros más rígidos de la alta sociedad lo vetarían, aunque quizá ya le estaría bien. El resto de la alta sociedad se sentiría encantada. Darían fiestas en su honor durante semanas.

Pero también le harían preguntas. Y la gente le pediría que escribiera sus historias personales. Sería horrible.

Le gustaba tener un secreto. Ni siquiera su familia lo sabía. Si alguno de ellos se preguntaba de dónde sacaba el dinero, jamás se lo había dicho abiertamente. Seguramente, Harry daba por sentado que lo recibía de su madre. Y que iba a desayunar a su casa cada día para ahorrar.

Además, a Harry no le gustaban sus libros. Los estaba traduciendo al ruso (y le pagaban una fortuna. Seguramente, más de lo que el propio Sebastian había cobrado por escribirlos), pero no le gustaban. Le parecía que eran estúpidos. Lo decía con bastante frecuencia. Y Sebastian no se atrevía a decirle que, en realidad, Sarah Gorely, la escritora, era Sebastian Grey, su primo.

Lo incomodaría mucho.

Sebastian se bebió el té y observó cómo Edward leía el periódico. Si se inclinaba hacia delante, quizá pudiera leer la página que estaba girada hacia él. Siempre había tenido muy buena vista.

Aunque, por lo visto, no era tan buena como creía. El *London Times* utilizaba una letra ridículamente diminuta. Aún así, lo intentó. Al menos, podía leer los titulares.

Edward bajó el periódico y lo miró fijamente.

—¿Estás muy aburrido?

Seb se bebió el último sorbo de té.

—Mucho. ¿Y tú?

—Bastante, puesto que no puedo leer el periódico si no dejas de mirarme.

—¿Tanto te distraigo? —Seb sonrió—. Excelente.

Edward meneó la cabeza y le ofreció el periódico.

—¿Quieres leerlo?

—Dios, no. Anoche me vi atrapado en una conversación con lord Worth sobre impuestos indirectos. Leer sobre ello en el periódico sería poco más agradable que arrancarme una uña del pie.

Edward lo miró fijamente.

—Tu imaginación roza lo macabro.

—¿Sólo lo roza? —murmuró Seb.

—Intentaba ser educado.

—Por mí, no tienes que hacerlo.

—Obviamente.

Seb hizo una pausa lo suficientemente larga como para que Edward pensara que se había olvidado del tema, y entonces dijo:

—Te estás volviendo más aburrido con los años, cachorro.

Edward arqueó una ceja.

—¿Y eso te convierte a ti en…?

—Un anciano, pero interesante —respondió Sebastian, con una sonrisa. Ya fuera por el té o por la diversión que le provocaba atormentar a su primo pequeño, empezaba a encontrarse mejor. Todavía le dolía la cabeza, pero, al menos, ya no tenía la sensación constante de querer vomitar en la alfombra—. ¿Acudirás a la fiesta de lady Trowbridge esta noche?

—¿En Hampstead? —preguntó Edward.

Seb asintió y se sirvió otro té.

—Creo que sí. No tengo otra cosa mejor que hacer. ¿Y tú?

—Creo que tengo una cita con la encantadora lady Cellars en el brezal.

—¿En el brezal?

—Siempre me ha gustado la naturaleza —murmuró Sebastian—. Sólo tengo que encontrar la forma de entrar en la fiesta con una manta sin que nadie se dé cuenta.

—Por lo visto, la naturaleza no te gusta tanto como dices.

—Sólo el aire fresco y la aventura. Puedo pasar sin las ramas y las quemaduras de la hierba.

Edward se levantó.

—Bueno, si hay alguien que puede conseguirlo, ese eres tú.

Seb levantó la mirada, sorprendido y quizás un poco decepcionado.

—¿Adónde vas?

—He quedado con Hoby.

—Ah. —En tal caso, no podía retenerlo. Nadie decepcionaba al señor Hoby y, ciertamente, nadie se interponía entre un caballero y sus botas.

—¿Estarás aquí cuando vuelva? —preguntó Edward desde la puerta—. ¿O tienes pensado volver a tu casa?

—Seguramente, seguiré aquí —respondió Sebastian, y bebió un último sorbo de té antes de tenderse en el sofá. Apenas era mediodía y todavía quedaban horas para tener que arreglarse para lady Trowbridge y lady Cellars.

Edward asintió y se marchó. Sebastian cerró los ojos e intentó dormir, pero, al cabo de diez minutos, tiró la toalla y cogió el periódico.

Le costaba mucho dormir cuando estaba solo.

Capítulo 3

Esa misma noche

No podía casarse con él. Santo Dios, no podía.

Annabel avanzaba por el oscuro pasillo a toda velocidad, sin importarle dónde iba. Había intentado cumplir con su obligación. Había intentando comportarse como le correspondía. Pero ahora estaba asqueada, con el estómago revuelto y, sobre todo, necesitaba respirar aire fresco.

Su abuela había insistido en que debían asistir a la fiesta anual de lady Trowbridge, y cuando Louisa le explicó que estaba fuera de la ciudad, en Hampstead, Annabel se animó. Lady Trowbridge tenía un jardín espléndido, con vistas al famoso brezal de Hampstead y, si hacía buen tiempo, seguramente lo engalanaría con antorchas y adornos, con lo que la fiesta podría celebrarse fuera.

Sin embargo, antes de que Annabel pudiera ir más allá del salón de baile, lord Newbury ya la había encontrado. Ella había hecho una reverencia y había sonreído, fingiendo ante el mundo que se sentía honrada por sus atenciones. Había bailado con él, dos veces, y no dijo nada cuando lord Newbury la pisó.

Y tampoco cuando descendió la mano hasta su trasero.

Bebió limonada con él en una esquina e intentó entablar un poco de conversación, con la esperanza de que algo, lo que fuera, le resultara a él más interesante que sus pechos.

Pero entonces, lord Newbury había conseguido llevarla hasta el pasillo. Annabel no sabía cómo lo había hecho. Dijo algo acerca de un amigo y un mensaje que tenía que transmitir y, antes de darse cuenta, la tenía arrinconada en el oscuro pasillo, pegada a la pared.

—Santo Dios —gruñó él, cubriéndole uno de los pechos con la enorme mano—. Ni siquiera llego a cubrirlo entero.

—¡Lord Newbury! —exclamó Annabel, intentando quitárselo de encima—. Deténgase, por favor…

—Rodéame con las piernas —le ordenó él, dándole un beso en los labios.

Ella intentó decir: «¿Qué?», intentó gritar, pero apenas podía mover los labios bajo la presión.

Él gruñó y se abalanzó sobre ella, con la erección dura contra ella. Se aferró a su nalga con una mano para intentar que llevara la pierna hacia donde él quería.

—Levántate la falda, si es necesario. Quiero ver hasta dónde puedes abrirte.

—No —jadeó ella—. Por favor. No puedo.

—La moral de una dama y el cuerpo de una ramera. —Lord Newbury chasqueó la lengua y jugueteó con un pezón por encima de la delicada tela del vestido—. La combinación perfecta.

Annabel notaba cómo el pánico se le acumulaba en el pecho. Había tenido que hacer frente a otros intentos de sobrepasarse con anterioridad, pero nunca por parte de nadie de la nobleza. Y jamás por parte de un hombre con el que se suponía que tenía que casarse.

¿Significaba eso que esperaba que se tomara demasiadas confianzas? ¿Antes incluso de pedir su mano?

No, era imposible. Puede que fuera un conde y que estuviera acostumbrado a ver cumplidas todas sus órdenes, pero seguro que no quería comprometer a una joven dama.

—Lord Newbury —dijo, con la intención de parecer firme—. Suélteme. Ahora mismo.

Sin embargo, él sólo sonrió e intentó besarla otra vez.

Olía a pescado y sus manos parecían dos enormes cosas fofas, y Annabel no podía tolerarlo. No se suponía que tenía que ser así. Ella no esperaba ningún príncipe azul, ni el amor verdadero, ni… Dios, no sabía qué esperaba. Pero esto no. No a ese horrible hombre abalanzándose sobre ella en una casa extraña.

Su vida no podía ser eso. No podía ser su vida.

No supo dónde encontró las fuerzas, porque debía de pesar casi ciento veinte kilos, pero consiguió colocar las manos entre los dos y lo empujó con fuerza.

Él retrocedió a trompicones, maldijo cuando se golpeó contra una mesa y estuvo a punto de perder el equilibrio. Annabel tuvo el tiempo justo para arremangarse la falda por encima de los tobillos y echar a correr. No tenía ni idea de si lord Newbury la seguía; no se detuvo para mirar atrás hasta que llegó a una cristalera y salió a lo que parecía un jardín lateral.

Se apoyó en la pared de piedra de la casa e intentó recuperar el aliento. Tenía el corazón acelerado y la piel cubierta por una fina capa de sudor, lo que provocaba que temblara ligeramente con la brisa fresca.

Se sentía sucia. No por dentro. Lord Newbury no podría hacerla dudar de sus valores y de su conciencia. Pero por fuera, sobre la piel, allí donde la había tocado…

Quería bañarse. Quería agarrar un trapo y una pastilla de jabón y borrar cualquier rastro de él. Incluso ahora notaba algo extraño en el pecho derecho, donde la había tocado. No era dolor. Era una sensación extraña. Tenía esa misma sensación por todo el cuerpo. No le dolía nada, pero era una sensación indescriptible de que algo no estaba bien.

A lo lejos, veía la luz de las antorchas del jardín principal, pero aquí estaba casi oscuro. Estaba claro que se suponía que los invitados no tenían que estar en esa parte de la casa. No debería estar allí, seguro, pero no podía reunir el valor para regresar a la fiesta. Todavía no.

En el césped había un banco de piedra, así que se acercó y se dejó caer en la piedra fría con un «¡Uf!». Era el tipo de expresión poco femenina, acompañada de ese tipo de movimiento poco elegante, que no podía permitirse en Londres.

El tipo de cosas que hacía cuando corría alegremente con sus hermanos en Gloucestershire.

Echaba de menos su casa. Echaba de menos su cama, su perro y las tartas de ciruela de la cocinera.

Echaba de menos a su madre, echaba mucho de menos a su padre, pero, sobre todo, echaba de menos la tierra firme bajo sus pies. En Gloucestershire sabía quién era. Sabía qué se esperaba de ella. Y sabía qué esperar de los demás.

¿Era pedir demasiado tener la sensación de saber lo que hacía? Seguro que no era un deseo poco razonable.

Levantó la mirada para intentar localizar las constelaciones. La fiesta desprendía demasiada luz para ver el cielo nocturno con claridad, pero igualmente veía el brillo de alguna estrella ocasional.

Las pobres, pensó Annabel, tenían que luchar contra la polución para poder brillar. Una polución lumínica, de brillo.

En cierto modo, parecía que estaba mal.

—Cinco minutos —dijo, en voz alta. Dentro de cinco minutos volvería a la fiesta. Dentro de cinco minutos habría recuperado el equilibrio. Dentro de cinco minutos sería capaz de volver a dibujar una sonrisa y hacer una reverencia al hombre que acababa de atacarla.

Dentro de cinco minutos se convencería de que podía casarse con él.

Y, con un poco de suerte, dentro de diez minutos quizá se lo creyera.

Pero, mientras tanto, tenía cuatro minutos más para ella.

Cuatro minutos.

O no.

Annabel oyó unos susurros y, con el ceño fruncido, se giró y miró hacia la casa. Vio a dos personas que cruzaban las cristaleras y, a juzgar por las siluetas, eran un hombre y una mujer. Annabel gruñó. Seguro que habían huido de la fiesta para tener una cita secreta. No podía haber ninguna otra explicación. Si habían buscado esa parte del jardín y habían elegido esa puerta, entonces es que querían evitar que los vieran.

Y ella no quería ser quien les arruinara los planes.

Se levantó e intentó encontrar una ruta alternativa hacia la casa, pero la pareja avanzaba deprisa y, si quería evitarlos, sólo podía adentrarse más entre las sombras. Se movió con rapidez, sin correr, pero a paso muy ligero, hasta que llegó al seto que marcaba el límite de la propiedad. No la entusiasmaba la idea de pegarse a las zarzas, así que se deslizó hacia la izquierda, donde vio una abertura en el seto que, probablemente, daba al brezal.

El brezal. El enorme, maravilloso y glorioso espacio que era todo lo que Londres no era.

Seguro que aquí no es donde se suponía que debía estar. Seguro que no. Louisa se horrorizaría. Su abuelo se pondría furioso. Y su abuela…

Bueno, su abuela seguramente se reiría, pero Annabel ya hacía tiempo que había aprendido a no basar ninguno de sus juicios morales en el comportamiento de su abuela.

Se preguntó si podría encontrar otra entrada en el seto que llevara a la casa de lady Trowbridge. Era una propiedad gigantesca; seguro que había varias entradas por ahí. Pero, mientras tanto…

Dejó que la vista se perdiera en la enorme extensión de tierra. Era increíble encontrar aquella naturaleza pura tan cerca de la ciudad. Era salvaje y oscura y el aire arrastraba una claridad fresca que ni siquiera se había dado cuenta que añoraba. Pero no era sólo que fuera fresco y limpio, ya sabía que añoraba eso, incluso desde el primer día que respiró el gas ligeramente opaco que sustituía al aire en Londres. Aquí, el aire era cortante, un poco frío y un poco penetrante. Cada bocanada le provocaba un cosquilleo en los pulmones.

Era el cielo.

Levantó la mirada y se preguntó si desde allí se verían mejor las estrellas. Y la respuesta era que no, no mucho mejor, aunque ella mantuvo la cara hacia el cielo y retrocedió muy despacio mientras contemplaba la delgada tajada de luna que flotaba por encima de las copas de los árboles.

Era una de aquellas noches que tenían que ser mágicas. Y lo habría sido si no la hubiera manoseado un hombre con la edad suficiente para ser su abuelo. Lo habría sido si le hubieran dejado ponerse un vestido rojo, que favorecía a su complexión mucho más que aquel tono rosa pastel.

Habría sido mágica si el viento hubiera soplado al ritmo de un vals. Si el susurro de las hojas fueran castañuelas españolas y hubiera un príncipe apuesto esperándola entre la niebla.

No había niebla, claro, pero tampoco había príncipe. Sólo un horrible viejo que quería hacerle cosas horribles. Y, al final, tendría que dejar que se las hiciera.

La habían besado tres veces en la vida. El primero fue Johnny Metham, que ahora insistía en que lo llamaran John, pero sólo tenía ocho años cuando le había dado un beso en los labios, de modo que siempre sería Johnny.

El segundo fue Lawrence Fenstone, que le había dado un beso el primero de mayo de hacía tres años. Estaba oscuro y alguien había puesto ron en los dos cuencos de ponche, con lo que la ciudad entera perdió el norte. A Annabel la sorprendió, pero no se enfadó y, en realidad, se rió cuando él intentó meterle la lengua en la boca.

Le pareció lo más ridículo del mundo.

A Lawrence no le hizo tanta gracia y se marchó, con el orgullo por lo visto demasiado herido para continuar. No le dirigió la palabra en un año, hasta que regresó de Bristol con su nueva esposa: rubia, menuda y sin cerebro. Todo lo que Annabel no era y aliviada reconoció que no pretendía ser.

El tercer beso había sido esa noche, cuando lord Newbury se había abalanzado sobre ella y había intentado hacerle lo mismo con la boca.

De repente, todo aquel episodio con la lengua de Lawrence Fenstone ya no parecía tan gracioso.

Lord Newbury le había hecho lo mismo, intentando meterle la lengua entre los labios, pero ella había apretado tanto los dientes que creía que se iba a hacer daño en la mandíbula. Y, entonces, había echado a correr. Siempre había equiparado correr con la cobardía, pero ahora, después de haber huido, se dio cuenta de que a veces es la única acción prudente, incluso si significaba que tenía que estar sola en un brezal con una pareja de amantes bloqueándole el camino hasta el baile. Era casi cómico.

Casi.

Llenó la boca de aire y luego lo soltó, retrocediendo muy despacio. Menuda noche. No era mágica en absoluto. Era…

—¡Oh!

Su tacón chocó con algo; Dios mío, ¿era una pierna?, y cayó al suelo. Y lo único que le venía a la mente, por macabro que pareciera, era que había topado con un cadáver.

O, al menos, esperaba que lo fuera. Un cadáver dañaría menos su reputación que un ser vivo.

Sebastian era un hombre paciente y no le importaba esperar veinte minutos con tal de que Elizabeth y él pudieran reaparecer en el salón de baile por separado y de forma respetable. La encantadora lady Cellars tenía que mantener su reputación, aunque él no. Aunque su relación no era ningún secreto. Elizabeth era joven y guapa, ya le había dado dos hijos a su marido y, si Sebastian estaba bien informado, lord Cellars estaba mucho más interesado en su secretario que en su esposa.

Nadie esperaba que lady Cellars fuera fiel a su marido. Nadie.

No obstante, tenían que mantener las apariencias, así que Sebastian se quedó encantado allí, estirado en la manta (que había introducido en la fiesta un intrépido lacayo), observando el cielo nocturno.

Allí fuera en el brezal había un silencio extraordinario, a pesar de que se oían los ruidos de la fiesta. No se había alejado demasiado de los límites de la propiedad Trowbridge; Elizabeth no era tan aventurera. Sin embargo, se sentía bastante solo.

Y lo más extraño era que le gustaba.

No solía disfrutar de la soledad. En realidad, casi nunca lo hacía. Pero había algo encantador en el hecho de estar solo en el brezal, al aire libre. Le recordaba a la guerra, a todas esas noches en las que se acostaba debajo de las copas de los árboles.

Odiaba esas noches. No tenía sentido que algo que le traía recuerdos de la guerra le gustara ahora, aunque casi nada de lo que le pasaba por la mente tenía sentido. Como tampoco lo tenía cuestionárselo.

Cerró los ojos. La parte interior de los párpados era de color marrón ennegrecido, un color completamente distinto al azul oscuro de la noche. La oscuridad tenía muchos colores. Era extraño, y quizás un poco inquietante pero…

—¡Oh!

Un pie le golpeó en la espinilla izquierda y abrió los ojos justo a tiempo para ver a una mujer que caía al suelo.

Encima de la manta.

Sonrió. Los dioses todavía lo querían.

—Buenas noches —dijo, apoyando el peso del tronco en los codos.

La mujer no respondió, aunque eso no lo sorprendió, puesto que la pobre todavía estaba intentando entender cómo había acabado en el suelo. La observó mientras ella intentaba volver a levantarse. Y le estaba costando un poco. El suelo bajo la manta no era firme y ella había perdido el equilibrio, a juzgar por el ritmo acelerado de su respiración.

Sebastian se preguntó si también venía de una cita secreta. Quizás había otro caballero en medio del oscuro brezal, oculto y esperando el momento para atacar.

Sebastian ladeó la cabeza, observó a la chica mientras se sacudía el vestido y luego decidió que, seguramente, no. No tenía ese aspecto furtivo. Además, iba de blanco, o de rosa claro, o algún otro color virginal. A las debutantes se las podía seducir, aunque Sebastian no lo había hecho nunca; se regía por un determinado código moral, aunque nadie se lo reconociera nunca. Pero, por lo que había observado, las vírgenes había que cortejarlas in situ. Era imposible convencer a una para que saliera al jardín y fuera hasta el brezal para buscarse su propia ruina. Incluso la más estúpida de todas entraría en razón antes de llegar a su destino.

A menos que...

Esto podía ser interesante. Quizás a aquella joven patosa ya la habían desflorado. Quizás iba camino de reunirse con su amante. El intrépido caballero debía de haberlo hecho de maravilla la primera vez para que ella quisiera repetir. Sebastian sabía de buena fuente que una chica no solía disfrutar con la primera vez.

Aunque claro, quizá su muestra científica estaba sesgada. Todas las mujeres con las que se había acostado últimamente habían experimentado la primera vez con sus maridos que, casi por definición, eran malos en la cama. Si no, ¿por qué otro motivos sus esposas buscaban sus atenciones?

En cualquier caso, por deliciosas que fueran sus deliberaciones, era casi imposible que aquella joven fuera a reunirse con su amante. La virginidad era el único aspecto de la vida de las jóvenes solteras que contaba y, generalmente, no la descuidaban.

Entonces, ¿qué hacía allí fuera? Y sola. Sonrió. Le encantaba una buena historia de misterio. Casi tanto como un buen melodrama.

—¿Puedo ayudarla? —le preguntó, puesto que la chica no había respondido al saludo anterior.

—No —respondió ella, meneando la cabeza—. Lo siento. Me voy enseguida. Es que no puedo... —Lo miró y tragó saliva.

¿Lo conocía? Parecía como si lo conociera. O quizá lo había reconocido por lo que era, una especie de libertino; alguien con quien no debería estar a solas.

Sebastian no podía culparla por esa reacción.

No la conocía, de eso estaba seguro. No solía olvidar una cara y de esa le habría sido imposible olvidarse. Era preciosa en el sentido más salvaje de la palabra, casi como si encajara a la perfección en el entorno del brezal. Tenía el pelo oscuro y, seguramente, ondulado; los pocos mechones que se le habían soltado del recogido formaban unos preciosos rizos que le acariciaban el cuello. Parecía de risa fácil y pícara, incluso ahora, que estaba absolutamente sonrojada y avergonzada.

Básicamente, parecía... cálida.

Sintió curiosidad por su propia elección de ese adjetivo. No recordaba haberlo utilizado antes, y menos para referirse a una completa extraña. Pero parecía cálida, y si su personalidad era cálida, su risa sería cálida, y su amistad también.

Y en la cama... seguro que allí también sería cálida.

Aunque no se estaba planteando comprobarlo. Todo su aturdimiento destilaba virginidad.

Lo que significaba que estaba muy lejos de su territorio.

Era alguien en quien no estaba interesado. Para nada. Ni siquiera podía ser amigo de una virgen, porque siempre habría alguien que seguro que lo malinterpretaría, y luego vendrían las recriminaciones o, peor, las expectativas, y al final él acabaría en alguna cabaña de Escocia huyendo de todo.

Sabía lo que tenía que hacer. Siempre sabía lo que tenía que hacer. Lo complicado, al menos para él, era hacerlo.

Podría levantarse como el caballero que era, indicarle la dirección de la casa y dejar que se marchara.

Podría hacerlo, pero, si lo hacía, ¿dónde estaría la diversión?

Capítulo 4

Cuando el cadáver dijo: «Buenas noches», Annabel tuvo que enfrentarse a la triste conclusión de que no estaba tan muerto como le hubiera gustado.

Se alegraba por él, claro, porque no estuviera muerto, pero, en cuanto a ella, bueno, su vitalidad era un inconveniente espectacular.

«Santo Dios —quería gemir—, sólo me faltaba esto.»

Rechazó su ofrecimiento para ayudarla, aunque había sido muy educado, y consiguió levantarse sin ponerse más en evidencia.

—¿Qué la ha traído al brezal? —preguntó el joven (vivo) como si nada, como si estuvieran charlando frente a la iglesia, rodeados de corrección y decoro.

Ella lo miró. Seguía tendido en la manta… ¡Una manta! ¿Tenía una manta?

Aquello no podía ser buena señal.

—¿Por qué quiere saberlo? —preguntó ella. Y eso pareció la prueba de que había perdido la sensatez por completo. Estaba claro que debería haberlo esquivado y regresar a la casa corriendo. O haber pasado por encima de él. Pero, sobre todo, no debería haber entablado una conversación. Aunque hubiera chocado con la pareja de amantes que había en el jardín, aquello hubiera sido menos peligroso para su reputación que el hecho de que la descubrieran sola con un extraño en el brezal.

Sin embargo, si ese hombre tenía alguna intención de atacarla y sobrepasarse con ella, no parecía tener ninguna prisa, pues lo único que hizo fue encogerse de hombros y decirle:

—Sólo es curiosidad.

Ella se lo quedó mirando unos segundos. No le sonaba, pero, claro, estaba muy oscuro. Y le hablaba como si los hubieran presentado.

—¿Le conozco? —preguntó ella.

Él sonrió con gesto misterioso.

—No creo.

—¿Debería?

Ante eso, soltó una carcajada y, con firmeza, respondió:

—Le aseguro que no. Pero eso no significa que no podamos mantener una agradable conversación.

A partir de ahí, Annabel dedujo que era un granuja y estaba orgulloso de serlo, y que, por lo tanto, no era la mejor compañía para una joven soltera. Se volvió hacia la casa. Debería regresar. Sí que debería.

—No muerdo —la tranquilizó él—. O cualquier otra cosa que deba preocuparla. —Se incorporó y dio unas palmaditas en la manta—. Siéntese.

—Me quedaré de pie —respondió ella. Porque, al fin y al cabo, todavía le quedaba un poco de sensatez. Al menos, eso esperaba.

—¿Seguro? —Le ofreció una sonrisa ganadora—. Aquí se está mucho más cómodo.

Le dijo la araña a la mosca. Annabel apenas pudo reprimir un grito de risa nerviosa.

—¿Está esquivando a alguien? —le preguntó.

Había vuelto a girarse hacia la casa, pero, en cuanto oyó la pregunta, se volvió hacia él.

—Sucede en las mejores familias —dijo él, casi a modo de disculpa.

—Entonces, ¿usted también esquiva a alguien?

—No exactamente —respondió él, con la cabeza ladeada de forma que casi encogía el hombro—. Estoy esperando mi turno.

Annabel había querido hacer un esfuerzo por mostrarse impasible, pero notó cómo arqueaba las cejas.

Él la miró, con una pequeña sonrisa dibujada en los labios. No había malicia en su expresión y, a pesar de todo, ella notó un estremecimiento, una oleada de emoción que la invadía.

—Podría darle los detalles —murmuró él—, pero sospecho que no sería adecuado.

Nada de esa noche había sido adecuado. Difícilmente podría empeorar.

—No pretendo sacar conclusiones a la ligera —continuó él, en tono suave—, pero a juzgar por el largo de su vestido, deduzco que es soltera.

Ella asintió enseguida.

—Lo que significa que no debería, bajo ningún concepto, explicarle que estaba aquí fuera con una mujer que no es mi esposa.

Annabel debería escandalizarse. Aunque no lo consiguió. Era un tipo encantador. Rezumaba encanto. Le estaba sonriendo, como si estuvieran compartiendo una broma particular, y ella no pudo evitarlo; quería compartir la broma con él. Quería formar parte de su club, su grupo, su lo que fuera. Ese hombre tenía algo, un carisma especial, un magnetismo particular, y Annabel supo que, si pudiera retroceder en el tiempo y en el espacio, hasta Eton, suponía, o donde fuera que hubiera estudiado, seguro que era el chico alrededor del cual todos querían estar.

Algunas personas nacían con esa cualidad.

—¿A quién está evitando? —le preguntó—. Lo más probable es que a un pretendiente pesado, pero eso no explicaría que hubiera salido aquí fuera. Es bastante fácil despistar a alguien entre el gentío, y mucho menos peligroso para la reputación de una joven.

—No debería decirlo —murmuró ella.

—No, por supuesto que no —asintió él—. Sería indiscreto. Pero será mucho más divertido si me lo dice.

Ella apretó los labios con fuerza mientras intentaba no sonreír.

—¿La echará de menos alguien? —preguntó él.

—Al final, supongo que sí.

Él asintió.

—¿La persona que intenta evitar?

Annabel pensó en lord Newbury y en su orgullo herido.

—Supongo que todavía tengo un poco de tiempo antes de que ese hombre empiece a buscarme.

—¿Un hombre? —preguntó el caballero—. Vaya, la trama se pone interesante.

—¿Trama? —respondió ella, con una mueca—. Me parece que no ha sido la mejor elección. Es un libro que no le gustaría a nadie. Créame.

Él chasqueó la lengua y volvió a dar unas palmaditas en la manta.

—Siéntese. Ofende todos mis principios caballerescos que usted esté de pie mientras yo estoy tendido.

Ella intentó imitar un tono de superioridad lo mejor que supo.

—Quizá debería levantarse usted.

—Uy no, no podría. Si lo hiciera, todo sería demasiado formal, ¿no cree?

—Teniendo en cuenta que no nos hemos presentado, quizá lo lógico sería la formalidad.

—Para nada —protestó él—. Lo ha entendido mal.

—Entonces, ¿debería presentarme?

—No, por favor —dijo, con un tono ligeramente dramático—. Por favor, no me diga su nombre. Si lo hace, seguramente despertará a mi conciencia, y es lo último que queremos.

—Ah, ¿tiene conciencia?

—Por desgracia, sí.

Aquello era un alivio. No iba a esconderla entre la oscuridad ni a abusar de ella como lord Newbury. Sin embargo, debería regresar a la fiesta. Con o sin conciencia, no era el tipo de hombre con quien una joven soltera debería estar a solas. De eso estaba segura.

Y volvió a pensar en lord Newbury, que era el tipo de hombre con quien se suponía que tenía que estar.

Se sentó en la manta.

—Una elección excelente —dijo él, mientras aplaudía.

—Sólo será un momento —murmuró ella.

—Por supuesto.

—No es por usted —respondió ella, con cierto descaro. Pero no quería que pensara que se quedaba por él.

—¿Ah, no?

—Por ahí —dijo ella, señalando hacia el jardín lateral con un movimiento de la muñeca—, hay un hombre y una mujer... eh...

—¿Disfrutando de la compañía mutua?

—Exacto.

—Y no puede volver a la fiesta.

—Preferiría no interrumpir.

Él la miró, apiadándose de ella.

—Extraño.

—Mucho.

Él frunció el ceño mientras pensaba.

—Aunque creo que sería más extraño si fueran dos hombres.

Annabel contuvo la respiración, aunque en realidad no estaba tan indignada como debería. Le gustaba demasiado estar cerca de él y participar de sus comentarios.

—O dos mujeres. Aunque eso no me importaría verlo.

Ella se volvió, para esconder que se había sonrojado, aunque luego se sintió estúpida porque estaba tan oscuro que, de cualquier forma, tampoco hubiera visto nada.

O quizá sí. Parecía de esos hombres que sabían cuándo una mujer se sonrojaba por el aroma del viento o por una alineación de las estrellas.

Era un hombre que conocía a las mujeres.

—Imagino que no habrá podido verlos bien, ¿no? —preguntó él, y luego añadió—: A nuestros amigos amantes.

Annabel meneó la cabeza.

—Estaba más preocupada por esconderme.

—Claro. Muy noble por su parte. Aunque es una lástima. Si los conociera, quizá supiera si iban a tardar mucho o poco.

—¿De veras?

—No todos los hombres se crearon igual, ¿sabe? —dijo, con modestia.

—Sospecho que no debería indagar en esa afirmación —respondió ella, con osadía.

—Si es sensata, no. —Él volvió a sonreírle y, por todos los santos, la dejó sin aliento.

Quien quiera que fuera ese hombre, los dioses de la odontología lo habían visitado muchas veces. Tenía unos dientes blancos y perfectos, y una sonrisa amplia y contagiosa.

Era muy injusto. Ella tenía los dientes de abajo amontonados, igual que sus hermanos. Una vez, un cirujano le había dicho que podía arreglárselos, pero cuando lo vio venir con un par de alicates, Annabel salió corriendo.

Este hombre, en cambio, tenía una sonrisa que le subía hasta los ojos, le iluminaba la cara y toda la habitación. Aunque era una estupidez, porque estaban al aire libre. Y estaba oscuro. Sin embargo, Annabel habría jurado que el aire que los rodeaba había empezado a brillar.

Eso o se había servido ponche del cuenco incorrecto. Había uno para las jóvenes y otro para el resto de los invitados y ella estaba segura de que… O, al menos, bastante segura. Lo había cogido del de la derecha. Louisa le había dicho que era el de la derecha, ¿verdad?

Bueno, como mucho, era uno de los dos.

—¿Conoce a todo el mundo? —le preguntó porque, en realidad, ella tenía que conocerlos. Además, él había sacado el tema.

Él arqueó las cejas, porque no entendía nada.

—¿Cómo dice?

—Me ha pedido una descripción de la pareja —se explicó ella—. ¿Conoce a todo el mundo o sólo a los que se comportan con falta de decoro?

Él soltó una carcajada.

—No, no conozco a todo el mundo, pero, por desgracia, y es una desgracia mayor que la existencia de mi conciencia, sí a casi todo el mundo.

Annabel repasó mentalmente a varias de las personas que había conocido en las últimas semanas y le ofreció una irónica sonrisa.

—Entiendo por qué le resulta tan desalentador.

—Una dama inteligente y con buen gusto —dijo él—. Mis preferidas.

Estaba flirteando con ella. Annabel intentó contener el escalofrío de emoción que le recorría la piel. Ese hombre era realmente apuesto. Tenía el pelo oscuro, seguramente entre el nogal y el chocolate, y lo llevaba limpio y despeinado de aquella forma que todos los jóvenes se pasaban horas intentando imitar. Y su cara era... Bueno, Annabel no era artista y nunca había aprendido a describir una cara, pero esta era irregular y perfecta al mismo tiempo.

—Me alegro mucho de que tenga conciencia —susurró.

Él la miró y se acercó más a ella, con una sonrisa cargada de diversión.

—¿Qué ha dicho?

Ella se sonrojó y, esta vez, sabía que él podía verlo. ¿Qué se suponía que tenía que decir, ahora? «¿Me alegro mucho de que tenga conciencia porque, si decidiera besarme, creo que le dejaría?»

Era todo lo que lord Newbury no era. Joven, atractivo y astuto. Un poco gallardo y muy peligroso. Era la clase de caballero que las jóvenes juraban evitar, pero con quien soñaban en secreto. Y, durante los siguientes instantes, lo tenía sólo para ella.

Sólo unos minutos más. Se daba unos minutos más. Sólo eso.

Él debió de darse cuenta de que ella no iba a decirle qué había dicho, así que le preguntó (otra vez, como si aquello fuera una conversación en un marco convencional):

—¿Es su primera temporada?

—Sí.

—¿Y se lo está pasando bien?

—Eso depende de cuándo me haga la pregunta.

Él sonrió con ironía.

—Una verdad irrefutable. ¿Se lo está pasando bien ahora?

El corazón de Annabel dio un vuelco.

—Mucho —respondió, y no acababa de creerse lo firme que había sonado su voz. Debía de estar aprendiendo el arte de fingir en las conversaciones que tanto abundaba en la ciudad.

—Me complace oírlo. —Se inclinó un poco más hacia ella y ladeó la cabeza en un gesto que casi denotaba desaprobación hacia él mismo—. Me enorgullezco de ser un buen anfitrión.

Annabel deslizó la mirada hasta la manta, y luego lo miró con reservas.

Él la miró con calidez.

—Uno siempre debe ser un buen anfitrión, por humilde que sea el domicilio.

—Seguro que no intenta decirme que vive aquí, en el brezal de Hampstead.

—No, por Dios. Me gustan demasiado las comodidades modernas. Pero, por un par de días, sería divertido, ¿no le parece?

—No sé por qué, pero creo que toda novedad desaparecería con el amanecer.

—No —respondió él, pensando en voz alta. Adquirió un gesto ausente y dijo—: Quizás un poco después, sí, pero no con la primera luz de la mañana.

Ella quería preguntarle a qué se refería, pero no sabía cómo hacerlo. Parecía tan ensimismado en sus pensamientos que casi era de mala educación interrumpirlo. De modo que esperó, y lo observó con curiosidad, aunque sabía que si se volvía hacia ella, vería la pregunta en sus ojos.

Él no se volvió, pero, al cabo de un minuto, dijo:

—Por la mañana, es distinta. La luz es más plana. Más roja. Se aferra a la neblina del aire, casi como si quisiera escalarla desde abajo. Todo es nuevo —dijo, con suavidad—. Todo.

Annabel contuvo la respiración. Parecía muy melancólico. Ella tuvo ganas de quedarse justo donde estaba, a su lado, en la manta, hasta que el sol empezara a aparecer por el horizonte. Le hacía tener ganas de ver el brezal al amanecer. Le hacía tener ganas de verlo a él al amanecer.

—Me gustaría bañarme en ella —murmuró él—. En la luz de la mañana y nada más.

Debería haberse escandalizado, pero Annabel presentía que no hablaba con ella. Durante la conversación, se había burlado y le había tomado el pelo, y había comprobado hasta dónde podía llegar antes de que ella se asustara y saliera corriendo. Pero esto… Era quizá lo más sugerente que había dicho y, sin embargo, ella lo sabía…

No había ido dirigido a ella.

—Creo que es un poeta —dijo, y estaba sonriendo porque, por algún motivo desconocido, eso le provocaba una gran alegría.

Él soltó una risotada.

—Sería precioso, de ser cierto. —Se volvió hacia ella y Annabel supo que el momento había desaparecido. La parte oculta que había sacado a relucir había vuelto a su sitio, bien encerrada, y él volvía a ser el seductor empedernido con el que todas las chicas querían estar.

Y el que todos los chicos querían ser.

Y ni siquiera sabía su nombre.

Aunque era mejor así. Al final, se enteraría de quién era, y él también, y entonces se apiadaría de ella, de la pobre chica obligada a casarse con lord Newbury. O quizá le echaría una reprimenda porque creería que lo hacía por el dinero, que era la verdad.

Dobló las piernas debajo del cuerpo, no del todo, pero descansó sobre la cadera derecha. Era su posición preferida, absolutamente incorrecta en Londres, pero, sin duda alguna, la forma en que a su cuerpo le gustaba estar. Dejó la mirada perdida hacia delante y se dio cuenta de que estaba mirando en dirección contraria a la casa. Le gustaba. Aunque no sabía qué marcaría una brújula. ¿Estaba mirando hacia el oeste, hacia su casa? ¿O hacia el este, hacia el continente, donde nunca había estado y adonde, seguramente, nunca iría? Lord Newbury no parecía muy aficionado a viajar y, puesto que su interés en ella se limitaba a su capacidad reproductora, dudaba que la dejara viajar sin él.

Siempre había querido visitar Roma. Seguramente, aunque no hubiera aparecido lord Newbury babeando por sus anchas caderas, tampoco habría ido nunca, pero siempre hubiera existido la posibilidad.

Cerró los ojos un momento, casi con dolor. Ya pensaba como si el matrimonio fuera un hecho consumado. Se había estado diciendo que todavía podía rechazarlo, pero sólo era la parte desesperada de su cerebro que intentaba hacerse notar. La parte práctica ya había aceptado.

Así que ya estaba. Si lord Newbury se lo pedía, se casaría con él. Por repulsiva y horrible que le resultara la idea, lo haría.

Suspiró, porque se sentía derrotada. No habría Roma para ella, ni historia de amor, ni un millón más de cosas que ahora ni siquiera se le ocurrían. Sin embargo, su familia estaría atendida y, como había dicho su abuela, quizá Newbury muriera pronto. Era un pensamiento inmoral, pero Annabel no creía que pudiera afrontar el matrimonio sin aferrarse a esa idea como su tabla de salvación.

—Parece muy pensativa —dijo la cálida voz a su lado.

Annabel asintió muy despacio.

—Un penique por sus pensamientos.

Ella sonrió con melancolía.

—Sólo pensaba.

—En todo lo que tiene que hacer —intentó adivinar él. Aunque no sonó como una pregunta.

—No. —Se quedó callada un momento, y luego añadió—: En todas las cosas que nunca haré.

—Entiendo. —Él se quedó callado un instante y luego dijo—: Lo siento.

Ella se volvió hacia él de golpe, se sacudió la neblina que le cubría los ojos y lo miró con franqueza.

—¿Ha estado alguna vez en Roma? Sé que es una locura, porque ni siquiera conozco su nombre, ni quiero saberlo, al menos por esta noche, pero ¿ha estado alguna vez en Roma?

Él meneó la cabeza.

—¿Y usted?

—No.

—He estado en París —dijo él—. Y en Madrid.

—Era soldado —dijo ella. Porque, ¿qué otra cosa podía ser, habiendo visitado aquellas ciudades en un momento como ese?

Él se encogió de hombros.

—No es la forma más agradable de ver el mundo, pero matas dos pájaros de un tiro.

—Aquí es lo más lejos que he estado nunca de casa —dijo Annabel.

—¿Aquí? —La miró, parpadeó, y luego señaló el suelo—. ¿Este brezal?

—Este brezal —confirmó ella—. Creo que Hampstead está más lejos de casa que Londres. O quizá no.

—¿Importa?

—Sí —respondió ella, sorprendiéndose a sí misma con la respuesta, porque estaba claro que no importaba.

Aunque el cuerpo le decía que sí.

—Nadie puede discutir ante tanta certeza —dijo él, en un murmullo teñido de sonrisa.

Ella también sonrió.

—Me gusta mucho la certeza.

—¿No nos gusta a todos?

—Quizá sólo a los mejores —dijo ella, con aire de superioridad, siguiéndole el juego.

—Algunos dicen que es temerario disfrutar con esa certeza eterna.

—¿Algunos?

—Sí, pero yo no —la tranquilizó—. Sólo algunos.

Ella se rió, a carcajadas y desde lo más profundo de su ser. Resultó una risa sonora y poco refinada, pero le sentó de maravilla.

Él se rió con ella y luego dijo:

—Entonces, debo entender que Roma está en la lista de cosas que nunca hará, ¿no es cierto?

—Sí —respondió ella, con los pulmones todavía llenos de alegría. De repente, no parecía tan triste que nunca pudiera ver Roma. Al menos, no cuando acababa de reírse con tantas ganas.

—He oído que puede llegar a ser muy polvorienta.

Los dos estaban mirando al frente, así que ella se volvió y alineó el perfil con el hombro.

—¿De veras?

Él también se volvió, de modo que ahora estaban frente a frente.

—Cuando no llueve.

—Es lo que ha oído —dijo ella.

Él sonrió, aunque sólo un poco, y ni siquiera movió la boca.

—Es lo que he oído.

Sus ojos... Oh, sus ojos. La miraban abiertamente. Y lo que ella veía en ellos... No era pasión porque, ¿por qué iba a ser pasión? Pero igualmente era algo increíble, algo ardiente, y conspiratorio, y...

Desgarrador. Era desgarrador. Porque, mientras lo miraba, mientras miraba a ese atractivo hombre que perfectamente podía ser producto de su imaginación, sólo veía la cara de lord Newbury, colorada y flácida, y su voz resonaba en sus oídos, burlona, y Annabel se vio invadida por una repentina lástima.

Este momento… Cualquier momento como ese…

No podría vivirlos.

—Debería irme —dijo, muy despacio.

—Sé que debería irse —respondió él, igual de serio.

Ella no se movió. No conseguía que sus músculos reaccionaran.

Y entonces, él se levantó porque era, como Annabel sospechaba, un caballero. Y no sólo en teoría, sino también en la práctica. Le ofreció la mano, ella la aceptó y acto seguido… fue como si flotara sobre los pies, se levantó, echó la cabeza hacia atrás, lo miró y en ese momento lo vio… vio su vida futura.

Todas las cosas que no tendría.

Y susurró.

—¿Querría besarme?

Capítulo 5

*H*abía miles de razones por las que Sebastian no debía hacer lo que la joven le pedía y sólo una, el deseo, por la que aceptar.

Se quedó con el deseo.

Ni siquiera se había dado cuenta de que la deseaba. Sí, se había fijado en que era adorable, incluso sensual, de una forma deliciosamente natural. Pero siempre se fijaba en esas cosas en las mujeres. Para él, era algo tan normal como fijarse en el tiempo. Para él, «Lydia Smithstone tiene un labio inferior extraordinariamente atractivo» no era tan distinto a «Esa nube de allí parece que predice lluvia».

Al menos, en su mente no lo eran.

Sin embargo, cuando la chica lo había tomado de la mano y sus pieles se habían rozado, algo en su interior ardió en llamas. El corazón le dio un vuelco, le faltó el aliento y, cuando ella se levantó, fue como si fuera algo mágico y sereno que avanzaba con el viento hacia sus brazos.

Excepto que, cuando se levantó, no estaba en sus brazos. Estaba de pie frente a él. Cerca, aunque no lo suficiente.

Se sentía desnudo.

—Béseme —susurró ella, y no podía ignorarla por más tiempo, como tampoco podía ignorar el latido de su corazón. La tomó de la mano, se acercó los dedos a los labios y luego le acarició la mejilla. Ella lo miró, con los ojos llenos de anhelo.

Y entonces, él también se llenó de anhelo. Fuera lo que fuera lo que vio en sus ojos, de algún modo se le contagió, suave y dulce. Incluso melancólico.

Y provocó que deseara ese beso, y a ella, con la intensidad más extraña.

No se notaba acalorado. No se notaba sudoroso. Pero algo en su interior, quizá su conciencia o quizá su alma, estaba ardiendo.

No sabía cómo se llamaba, no sabía nada de ella, excepto que soñaba con ir a Roma y que olía a violetas.

Y que sabía a vainilla. Eso lo sabía ahora. Eso, pensó mientras le acariciaba la parte interior del labio superior con la lengua, nunca lo olvidaría.

¿A cuántas mujeres había besado? Demasiadas para llevar la cuenta. Había empezado a besar a las chicas mucho antes de descubrir que se podían hacer otras cosas con ellas, y nunca había parado. De joven, en Hampshire, como soldado en España, como granuja en Londres… las mujeres siempre le habían resultado intrigantes. Y las recordaba a todas. De veras. Tenía al sexo débil en demasiada buena estima para permitir que se convirtieran en algo confuso en su mente.

Sin embargo, esto era distinto. No sólo iba a recordar a la mujer, sino también el momento. La sensación de tenerla en los brazos, su sabor, su tacto y el sonido increíblemente perfecto que hizo cuando su respiración se convirtió en un gemido.

Recordaría la temperatura del aire, la dirección del viento, el tono exacto de plata con que la luna bañaba la hierba.

No se atrevió a besarla con pasión. Era una inocente. Era astuta, y reflexiva, pero era una inocente, y Sebastian se dijo que si la habían besado dos veces antes de ese momento, él se comería su sombrero. Por lo tanto, le dio un primer beso con el que toda joven sueña. Suave. Delicado. Un ligero roce de los labios, unas cosquillas y la mínima y traviesa caricia de la lengua.

Y aquello tenía que ser todo. Había algunas cosas que, sencillamente, un caballero no podía hacer, por muy mágico que fuera el momento. Así que, a regañadientes, se separó de ella.

Aunque sólo lo suficiente para apoyar la nariz en la de ella.

Sonrió.

Estaba feliz.

Y entonces, ella habló:

—¿Ya está?

Sebastian se quedó de piedra.

—¿Cómo dice?

—Pensé que habría algo más —dijo ella, con respeto. De hecho, parecía más perpleja que otra cosa.

Él intentó no reírse. Sabía que podía. La chica parecía muy sincera; sería un gran insulto reírse de ella. Apretó los labios para intentar reprimir la explosión de risa que se estaba produciendo en su interior.

—Ha sido bonito —dijo ella, y casi pareció que lo estaba consolando.

Sebastian tuvo que morderse la lengua. Era la única manera.

—No pasa nada —dijo ella, y le ofreció una de esas sonrisas compasivas que se le ofrece a un niño que no sabe hacer algo.

Él abrió la boca para pronunciar su nombre, pero entonces recordó que no lo sabía.

Y levantó una mano. Un dedo, para ser más exactos. Una orden simple y concisa. «Quieta —decía, claramente—. No digas nada más.»

Ella arqueó las cejas, intrigada.

—Hay más —dijo él.

Ella empezó a decir algo.

Él le selló la boca con un dedo.

—Hay mucho más.

Y, esta vez, la besó de verdad. Le tomó los labios con los suyos, la exploró, la mordisqueó, la devoró. La abrazó, la pegó a él, con fuerza, hasta que pudo sentir todas y cada una de las deliciosas curvas de su cuerpo pegadas a él.

Y era deliciosa. No, era exuberante. Tenía el cuerpo de una mujer, redondeado y cálido, con suaves curvas que pedían a gritos que las acariciaran y las tocaran. Era una de esas mujeres en las que un hombre podía perderse, olvidándose encantado de cualquier tipo de sensatez y razón.

Era una de esas mujeres a las que un hombre no abandona en mitad de la noche. Sería cálida y suave, una delicada almohada y manta, dos en uno.

Era una sirena. Una tentación exótica y preciosa que, a la vez, también era inocente. Esa chica no tenía ni idea de lo que estaba haciendo. Demonios, seguramente tampoco tenía ni idea de lo que él estaba haciendo. Y, sin embargo, sólo fue necesaria una sincera sonrisa y un pequeño suspiro, y estuvo perdido.

La deseaba. Quería conocerla. Cada centímetro de su cuerpo. Le ardía la sangre, le temblaba el cuerpo, y si no hubieran oído un estridente grito que venía de la casa, sólo Dios sabe lo que habría hecho.

Ella también se tensó y giró la cabeza ligeramente hacia la conmoción.

Bastó para que Sebastian recobrara la sensatez o, al menos, una pequeña parte. La separó de él, de forma más brusca de lo que le habría gustado, y colocó los brazos en jarra mientras respiraba con dificultad.

—Sí que había más —dijo ella, aturdida.

Él la miró. No iba despeinada, pero el recogido no estaba tan firme como antes. Y sus labios… si antes le habían parecido carnosos y grandes, ahora parecía que le había picado una abeja.

A cualquiera que hubieran besado alguna vez sabría que acababan de hacerle lo mismo a ella. Y con pasión.

—A lo mejor quiere arreglarse el pelo —dijo, y estaba seguro de que era la frase posterior a un beso más desafortunada que había dicho nunca. Sin embargo, parecía que no podía recuperar su elegancia habitual. Por lo visto, el estilo y la gracia requieren sensatez.

¿Quién lo habría dicho?

—Oh —dijo ella, que enseguida se llevó las manos al pelo e intentó, sin demasiado éxito, arreglárselo—. Lo siento.

Y no es que tuviera que disculparse por nada, aunque Sebastian estaba demasiado ocupado intentando encontrar su cerebro para comentárselo.

—Esto no debería haber pasado —dijo, al final. Porque era la verdad. Y él lo sabía. No coqueteaba con inocentes y menos (casi) delante de un salón lleno de gente.

No perdía el control. Él no era así.

Estaba furioso consigo mismo. Furioso. Era una emoción desconocida y francamente desagradable. Sentía lástima, y se burlaba de sí mismo, y podría haber escrito un libro sobre el enojo superficial. Pero ¿furia?

No era algo que le preocupara experimentar. Ni hacia los demás ni, mucho menos, hacia sí mismo.

Si ella no se lo hubiera pedido… Si no lo hubiera mirado con esos enormes ojos sin fondo y hubiera susurrado: «Béseme», no lo habría hecho. Era una excusa muy pobre, y lo sabía, pero saber que él no había iniciado el beso era un pequeño consuelo.

Pequeño, pero consuelo al fin y al cabo. Podía ser muchas cosas, pero no un mentiroso.

—Siento mucho habérselo pedido —dijo ella.

Él se sentía como un canalla.

—No tenía que obedecer —respondió él, aunque no con la elegancia que debería.

—Obviamente, soy irresistible —farfulló ella.

Él la miró fijamente. Porque lo era. Tenía el cuerpo de una diosa y la sonrisa de una sirena. Incluso ahora, tenía que hacer un esfuerzo sobrehumano por no abalanzarse sobre ella. Tenderla en el suelo y besarla otra vez… y otra vez…

Se estremeció. Aquello no estaba bien.

—Debería marcharse —dijo ella.

Él consiguió alargar el brazo en un grácil y caballeroso movimiento.

—Después de usted.

Ella abrió los ojos como platos.

—No pienso entrar primero.

—¿De veras cree que voy a entrar y dejarla sola aquí fuera?

Ella apoyó las manos en las caderas.

—Me ha besado sin ni siquiera saber cómo me llamo.

—Usted ha hecho lo mismo —le espetó él.

Ella abrió la boca en un gesto indignado y Sebastian descubrió una alarmante satisfacción por haber ganado la discusión. Cosa que lo incomodó todavía más. Adoraba un buen intercambio verbal, pero era un baile, por el amor de Dios, no una competición.

Durante unos segundos interminables, se quedaron mirando el uno al otro, y Sebastian no estaba seguro de si esperaba que ella dijera su nombre o le pidiera que revelara el suyo.

Y sospechaba que ella se estaba preguntando lo mismo.

Sin embargo, la chica no dijo nada, sólo lo miró.

—A pesar de mi reciente comportamiento —dijo él, al final, porque uno de los dos tenía que demostrar madurez y sospechaba que tenía que ser él—, soy un caballero. Y, como tal, no puedo abandonarla en medio de la nada.

Ella arqueó las cejas y miró a un lado y al otro.

—¿Llama a esto en medio de la nada?

Sebastian empezó a preguntarse qué tenía esa chica que lo volvía loco, porque, por Dios, podía ser muy irritante cuando quería.

—Le ruego que me disculpe —dijo, con la suficiente sofisticación urbana para poder volver a sentirse un poco él mismo—. Está claro que me he equivocado. —Le sonrió de manera insulsa.

—¿Y si esa pareja todavía está...? —Dejó la pregunta por terminar mientras agitaba la mano hacia la casa.

Sebastian suspiró con fuerza. Si estuviera solo, que es como debería haber estado, habría regresado a la casa con un animado:

«¡Cuidado! ¡Cualquiera que esté con alguien con quien no esté unido mediante una obligación legal, por favor, que se largue!»

Le habría encantado. Y era, exactamente, lo que la sociedad esperaba de él.

Pero era imposible hacerlo con una dama soltera a su lado.

—Estoy casi seguro de que ya se habrán ido —dijo, mientras se acercaba a la abertura del seto y se asomaba. Se volvió y añadió—: Y si no, querrán esconderse de usted tanto como usted de ellos. Baje la cabeza y vaya directa hacia la casa.

—Parece que tiene mucha experiencia en situaciones como esta —afirmó ella.

—Mucha. —Y era cierto.

—Ya. —Tensó la mandíbula y Sebastian sospechó que, si hubiera estado más cerca, hubiera oído cómo le rechinaban los dientes—. Qué afortunada —dijo—. Alumna de un maestro.

—Muy afortunada.

—¿Es siempre tan desagradable con las mujeres?

—Casi nunca —respondió, sin pensar.

Ella abrió la boca y él tuvo ganas de pegarse una patada. La chica lo ocultó bien (estaba claro que era una joven de reflejos emocionales rápidos), pero antes de que la sorpresa se transformara en indignación, vio un destello de dolor puro y duro.

—Lo que quería decir —empezó, con unas ganas enormes de gruñir—, es que cuando he… No, cuando usted…

Ella lo estaba mirando expectante. No tenía ni idea de qué decir. Y él se dio cuenta, mientras estaba allí de pie como un idiota, de que había al menos diez razones por las que aquella situación era absolutamente inaceptable.

Uno, no tenía ni idea de qué decir. Quizá sonara repetitivo, excepto que, dos, siempre sabía qué decir, y tres, especialmente con las mujeres.

Lo que conducía inevitablemente a cuatro, una agradable consecuencia de su labia era que, cinco, nunca había insultado a una mujer en su vida, no a menos que realmente se lo mereciera, aunque, seis, esta mujer en concreto no se lo merecía. Lo que significaba que, siete, tenía que disculparse y, ocho, no tenía ni idea de cómo hacerlo.

Tener facilidad con las disculpas iba de la mano de un comportamiento propenso a disculpar. Y no era su caso. Era una de las pocas cosas en su vida de las que estaba extraordinariamente orgulloso.

Sin embargo, esto lo hacía regresar a nueve, no tenía ni idea de qué decir, y, diez, esa chica tenía algo que lo convertía en un auténtico estúpido.

Estúpido.

¿Cómo soportaba el resto de la humanidad un silencio tan extraño delante de una mujer? A Sebastian le resultaba intolerable.

—Usted me pidió que la besara —dijo. No fue lo primero que le vino a la mente, sino lo segundo.

Y a juzgar por la expresión de sorpresa de ella, que Sebastian sospechaba que bastaría para cambiar las mareas, tuvo la sensación de que debería haberse esperado hasta lo séptimo.

—¿Me está acusando de...? —Ella se interrumpió y apretó los labios en un gesto furioso e frustrado—. Bueno, sea lo que sea... de lo que... me está... —Y entonces, justo cuando él creía que había terminado, continuó con—, acusando...

—No la acuso de nada —dijo él—. Sólo digo que usted quería un beso, yo se lo he dado y...

¿Y qué? ¿Qué estaba diciendo? ¿Dónde tenía la cabeza? Era incapaz de construir una frase entera, y mucho menos de verbalizarla.

—Podría haberme aprovechado de usted —dijo, muy tenso. Santo Dios, parecía muy serio.

—¿Está diciendo que no lo ha hecho?

¿Era posible que fuera tan inocente? Se inclinó hacia delante y se pegó a su cara.

—No tiene ni idea de todas las formas en que no me he aprovechado de usted —le explicó—. De todo lo que habría podido hacer. De...

—¿Qué? —le espetó ella—. ¿Qué?

Sebastian se calló, o quizás era más adecuado decir que se mordió la lengua. No iba a decirle de todas las formas en que había querido aprovecharse de ella.

De ella. De la señorita sin nombre.

Así era mucho mejor.

—Oh, por el amor de Dios —se oyó decir—. Dígame cómo se llama de una maldita vez.

—Veo que está muy impaciente por saberlo —respondió ella, cortante.

—Su nombre —gruñó él.

—¿Antes de que usted me diga el suyo?

Él soltó el aire, una larga y frustrada exhalación, y luego se pasó la mano por el pelo.

—¿Era mi imaginación o teníamos una conversación perfectamente civilizada hace apenas diez minutos?

Ella abrió la boca para responder, pero él no la dejó.

—No, no —continuó, quizá con demasiada pompa—, era una conversación más que civilizada. Me atrevería a decir que era agradable.

Ella suavizó la expresión de los ojos, aunque no hasta el extremo de que él la consideraría maleable, pero... De acuerdo, está bien, ni siquiera se acercó a ese punto, pero los suavizó.

—No debería haberle pedido que me besara —dijo ella.

Sin embargo, él se fijó en que no se disculpó. Y en que él se alegraba mucho de que no lo hiciera.

—Seguro que comprende —continuó ella, en voz baja—, que es mucho más importante que conozca su identidad que al revés.

Él le miró las manos. No las tenía cerradas, ni apretadas, ni retorcidas. Las manos siempre delataban a las personas. Se tensaban, o temblaban, o se aferraban la una a la otra como si pudieran, mediante algún hechizo imposible, salvarlas del oscuro destino que las esperaba. La chica se estaba sujetando el tejido de la falda. Con fuerza. Estaba nerviosa. Y, a pesar de todo, mantenía el tipo con mucha dignidad. Y Sebastian sabía que sus palabras eran ciertas. Ella no podía hacer nada que arruinara su reputación mientras que él, con una palabra de más o una confesión falsa, podía destruirla para siempre. No era la primera vez que se alegraba sobremanera de no haber nacido mujer, pero sí que era la primera que tenía pruebas tan claras de que los hombres lo tenían mucho más fácil.

—Me llamo Sebastian Grey —dijo, inclinando la cabeza de forma respetuosa—. Y estoy encantado de conocerla, señorita…

Pero no pudo continuar, porque ella contuvo la respiración, palideció y pareció que iba a ponerse mala.

—Le aseguro —dijo, sin saber si la nota aguda de su voz se debía a la diversión o a la irritación—, que mi reputación no es tan mala como la pintan.

—No debería estar aquí con usted —dijo ella, asustada.

—Eso ya lo sabíamos.

—Sebastian Grey. Dios mío, Sebastian Grey.

Él la observó con interés. Y un poco de enojo, aunque eso era de esperar. De veras, no era tan malo.

—Le aseguro —dijo, algo enfadado por las veces que estaba empezando las frases de esa forma—, que no tengo ninguna intención de permitir que su reputación se vea afectada por ninguna asociación con mi persona.

—No, por supuesto que no —dijo ella, y entonces estropeó el momento con una risa nerviosa—. No querría hacerlo. Sebastian Grey. —Miró hacia el cielo y él casi esperaba que cerrara el puño y amenazara a los dioses—. Sebastian Grey —dijo. Otra vez.

—¿Debo asumir que le han hablado de mí?

—Sí —respondió ella, enseguida. Y entonces volvió a concentrarse y lo miró a los ojos—. Tengo que marcharme. Ahora.

—Como recordará que le había aconsejado antes —murmuró él.

Ella miró hacia el jardín lateral y frunció el ceño ante la idea de toparse con los amantes.

—Cabeza baja —se dijo en voz baja—. Paso firme.

—Hay quien vive su vida bajo ese lema —dijo él, divertido.

Ella lo miró fijamente y se preguntó si se había vuelto loco en los últimos dos segundos. Él se encogió de hombros, porque no quería disculparse. Por fin empezaba a ser él mismo. Estaba en todo su derecho de estar contento.

—¿Usted lo hace? —preguntó ella.

—Para nada. Yo prefiero vivir con un poco más de estilo. Es cuestión de sutilezas, ¿no cree?

Ella lo miró. Parpadeó varias veces. Y luego dijo:

—Debo irme.

Y se marchó. Bajó la cabeza y avanzó con paso firme.

Sin decirle su nombre.

Capítulo 6

La tarde siguiente

*H*oy estás muy callada —dijo Louisa.

Annabel ofreció una débil sonrisa a su prima. Estaban paseando el perro de Louisa por Hyde Park acompañadas, en teoría, por la tía de Louisa. Pero lady Cosgrove se había encontrado con una de sus muchas conocidas y, aunque la veían, ya no la oían.

—Sólo estoy cansada —dijo Annabel—. Me costó dormirme después de toda la emoción de la fiesta. —No era toda la verdad, pero tampoco era mentira. Se había pasado horas despierta en la cama elaborando complejos estudios sobre el interior de sus párpados.

Se negaba a quedarse mirando al techo. Por principio. Siempre había pensado igual. Cuando uno intenta dormir, tener los ojos abiertos era una clara admisión de la derrota.

Sin embargo, mirara donde mirara, era imposible escapar a la magnitud de lo que había hecho.

Sebastian Grey.

¡Sebastian Grey!

Las palabras se repetían en su mente como un triste gemido. De la lista de hombres que no debería besar, seguro que estaba en los primeros puestos, junto al rey, lord Liverpool y el deshollinador.

Y, sinceramente, sospechaba que estaba por encima del deshollinador.

No sabía mucho sobre el señor Grey antes de la fiesta de lady
Trowbridge, sólo que era el heredero de lord Newbury y que ambos
hombres no se soportaban. Sin embargo, en cuanto corrió la voz de
que lord Newbury la pretendía, parece que todo el mundo tenía
cosas que explicarle sobre el conde y su sobrino.

De acuerdo, todo el mundo no, puesto que la mayor parte de la
alta sociedad no se interesaba lo más mínimo por ella, pero todos
los que conocía tenían una opinión.

Era apuesto. (El sobrino, no el conde.)

Era un granuja. (El sobrino también.)

Seguramente, estaba arruinado y por eso se pasaba todo el día en
casa de sus primos por la otra rama de la familia. (El sobrino, seguro, y, en realidad, mejor que fuera el sobrino porque, si ella acababa
casándose con lord Newbury y resulta que estaba arruinado, le
daría algo.)

Annabel se había marchado de la fiesta inmediatamente después
del desastroso encuentro en el brezal, pero, por lo visto, el señor
Grey no había hecho lo mismo. Debió de causar muy buena impresión a Louisa, porque esa mañana era de lo único que hablaba. El
señor Grey esto y el señor Grey lo otro, ¿y cómo era posible que
Annabel no lo hubiera visto en la fiesta? ella se había encogido de
hombros y había hecho una especie de comentario del tipo: «No
tengo ni idea», pero daba igual, porque Louisa seguía hablando
sobre su sonrisa y sobre sus ojos, que eran grises y, ¡Oh!, no era una
maravillosa coincidencia que ese color también fuera su apellido y,
¡Ah, sí!, todos habían visto que se había marchado del brazo de una
mujer casada.

Aquello último no la sorprendió. Él mismo le había dicho que
se había reunido con una mujer casada justo antes de que tropezara
con él.

Sin embargo, Annabel tenía la sensación de que se trataba de otra mujer casada. La de la manta tenía cierta estima por su reputación, y había vuelto a la fiesta antes que él. Nadie tan discreto cometería el error garrafal de salir de la fiesta agarrada de su brazo. Lo que significaba que tenía que ser otra, y eso significaba que había estado con dos mujeres casadas. Santo Dios, era peor de lo que la gente decía.

Annabel se presionó las sienes. No le extrañaba que le doliera la cabeza. Estaba pensando demasiado. Demasiado y sobre cosas demasiado frívolas. Si tenía que obsesionarse, ¿no podía ser con algo que valiera la pena? La nueva Ley sobre el Tratamiento Cruel del ganado estaría bien. O la grave situación de los pobres. Su abuelo había comentado ambas cosas esa semana, por lo que ella no tenía excusas para no estar interesada.

—¿Te duele la cabeza? —preguntó Louisa. Aunque no le prestaba demasiada atención. *Frederick*, su basset con exceso de grasa, había visto a otro perro a lo lejos y estaba ladrando—. ¡*Frederick*! —exclamó, dando un par de pasos tambaleándose antes de recuperar el equilibrio.

Frederick se calló, aunque no estaba claro si era por el tirón de Louisa en la correa o por puro agotamiento. El animal suspiró y, sinceramente, a Annabel le sorprendió que no cayera redondo al suelo.

—Creo que alguien le ha vuelto a dar salchichas —se quejó Louisa.

Annabel apartó la mirada.

—¡Annabel!

—Parecía que tenía hambre —insistió ella.

Louisa señaló al perro, cuya barriga rozaba la hierba.

—¿Eso parecía tener hambre?

—Su mirada, sí.

Louisa la miró con escepticismo.

—Tu perro es un excelente mentiroso.

Louisa meneó la cabeza. Seguramente también había puesto los ojos en blanco, pero Annabel estaba mirando a *Frederick*, que estaba bostezando.

—Sería un excelente jugador de cartas —dijo Annabel, ausente—. Si pudiera hablar. O tuviera dedos.

Louisa le lanzó otra de sus miradas. Annabel se dijo que se le daban muy bien, a pesar de que se las reservaba únicamente para miembros de la familia.

—Te ganaría —dijo Annabel.

—Dudo que sea un cumplido —respondió Louisa.

Era cierto. Louisa era pésima en las cartas. Annabel lo había intentado todo: remigio, mus, veintiuno. Para alguien con tanta habilidad para mantener sus emociones ocultas en público, Louisa era horrible para jugar a las cartas. Sin embargo, seguían jugando, principalmente porque era tan mala que era divertido.

Sabía perder.

Annabel miró a *Frederick*, que, después de estar de pie unos treinta segundos, se había sentado en la hierba.

—Echo de menos a mi perro —dijo.

Louisa miró por encima del hombro hacia donde estaba su tía.

—¿Cómo has dicho que se llama?

—*Ratón.*

—Muy desconsiderado por tu parte.

—¿Por llamarlo *Ratón*?

—¿Acaso no es un perro?

—Podría haberlo llamado *Tortuga*.

—*¡Frederick!* —gritó Louisa, que echó a correr para sacarle algo de la boca al animal. Algo que, sinceramente, Annabel prefería no saber qué era.

—Es mejor que *Frederick* —dijo Annabel—. Por el amor de Dios, es el nombre de mi hermano.

—Suéltalo, *Frederick* —farfulló Louisa. Y entonces, sin soltar lo que fuera que el perro había cogido, se volvió hacia Annabel—. Se merece un nombre digno.

—Porque es un perro muy digno, ¿verdad?

Louisa arqueó una ceja y, en aquel momento, era la perfecta imagen de la hija de un duque.

—Los perros merecen nombres decentes.

—¿Los gatos también?

Louisa emitió un sonido de desprecio.

—Los gatos son otra cosa. Cazan ratones.

Annabel abrió la boca para preguntar, exactamente, cómo afectaba eso a la elección de un nombre para el animal, pero antes de que pudiera decir algo, su prima la agarró del antebrazo y siseó su nombre.

—¡Au! —Annabel alargó la otra mano e intentó aflojar los dedos de Louisa—. ¿Qué pasa?

—Allí —susurró Louisa con cierta urgencia. Ladeó la cabeza hacia la izquierda, pero de una forma que indicaba que pretendía ser discreta. Aunque no lo estaba siendo. En absoluto—. Sebastian Grey —susurró, al final.

Annabel había oído muchas veces la expresión «tener el corazón en el estómago», incluso ella misma la había dicho alguna vez, pero hasta ahora no la había entendido. Todo su cuerpo parecía estar del revés, como si tuviera el corazón en el estómago, los pulmones en las orejas y el cerebro en algún lugar al este de Francia.

—Vámonos —dijo—. Por favor.

Louisa pareció sorprendida.

—¿No quieres conocerlo?

—No. —Le daba igual parecer desesperada. Sólo quería marcharse.

—Estás de broma, ¿no? Seguro que sientes curiosidad.

—No. Te lo aseguro. Quiero decir, sí, claro que sí, pero si voy a conocer a ese hombre no quiero que sea así.

Louisa parpadeó varias veces.

—Así, ¿cómo?

—Es que... No estoy preparada.

—Supongo que tienes razón —dijo Louisa, muy pensativa.

Gracias a Dios.

—Seguramente, creerá que debes lealtad a su tío y te tratará con prejuicios.

—Exacto —dijo Annabel, que se agarró al argumento como a un clavo ardiendo.

—O intentará convencerte de que no lo hagas.

Annabel lanzó una mirada hacia donde Louisa había dicho que estaba el señor Grey. Sutilmente, claro, y sin volverse. Si pudiera escapar antes de que la viera…

—Aunque creo que alguien debería convencerte de que no lo hicieras —continuó Louisa—. Me da igual el dinero que tenga lord Newbury; ninguna joven tendría que verse obligada a…

—Todavía no he accedido a nada —prácticamente exclamó Annabel—. Por favor, ¿podemos irnos?

—Tenemos que esperar a mi tía —dijo Louisa, con el ceño fruncido—. ¿Has visto dónde ha ido?

—¡Louisa!

—¿Qué te pasa?

Annabel bajó la mirada. Le temblaban las manos. No podía hacerlo. Todavía no. No podía enfrentarse al hombre que había besado y que resulta que era el heredero del hombre al que no quería besar, pero con quien seguramente acabaría casándose. Ah sí, y no podía olvidar que si se casaba con el hombre al que no quería besar, seguramente le daría un nuevo heredero, cortándole las alas del condado al hombre que quería besar.

Sí, seguro que le caía de maravilla.

Tarde o temprano le presentarían formalmente al señor Grey, era inevitable. Pero ¿tenía que ser ahora? Estaba segura de que se merecía un poco de tiempo para prepararse.

Nunca hubiera dicho que fuera tan cobarde. No, no era una cobarde. Cualquier persona con dos dedos de frente también intentaría evitar esa situación, y seguramente la mitad de los que no tenían dos dedos de frente también.

—Annabel —dijo Louisa, un poco exasperada—, ¿por qué es tan importante que nos marchemos?

Annabel intentó pensar un motivo. De verdad que lo intentó. Pero sólo había la verdad, y no estaba preparada para compartirla, así que se quedó allí de pie, sin decir nada, preguntándose cómo diantres iba a salir airosa de aquella situación.

Pero, por desgracia, ese momento de pánico fue breve. Y se vio sustituido por otro momento de pánico mucho, mucho más horrible. Porque enseguida entendió que no iba a conseguir escapar. La dama que iba del brazo del señor Grey parece que había reconocido a Louisa, y Louisa ya la había saludado con la mano.

—Louisa —siseó Annabel.

—No puedo ignorarla —le susurró esta—. Es lady Olivia Valentine. Es hija del conde de Rudland. El primo del señor Grey se casó con ella el año pasado.

Annabel gruñó.

—Creía que estaba fuera —dijo Louisa, con el ceño fruncido—. Debe de haber vuelto hace poco. —Y entonces se volvió hacia Annabel con gesto serio—. No te dejes engañar por su apariencia. Es muy amable.

Annabel no sabía si estar horrorizada o confundida. ¿Que no se dejara engañar por su apariencia? ¿Qué se suponía que quería decir con eso?

—Es bastante guapa —explicó Louisa.

—¿Y eso qué...?

—No, quiero decir... —Louisa se interrumpió, porque no estaba satisfecha con su poca capacidad de describir el encanto de lady Valentine—. Tendrás que verlo con tus propios ojos.

Por suerte, la increíblemente bella lady Olivia parece que no caminaba muy deprisa. A pesar de todo, Annabel calculaba que apenas le quedaban quince segundos antes de que los dos grupos se encontraran. Agarró a Louisa del brazo.

—No les digas lo de lord Newbury —siseó.

Louisa abrió los ojos, atónita.

—¿No crees que ya deben saberlo?

—No lo sé. Quizá no. No creo que lo sepa todo el mundo.

—Claro que no, pero si alguien lo sabe, ¿no crees que será el señor Grey?

—Quizá no sabe cómo me llamo. Todo el mundo me conoce por «la chica de los Vickers».

Era cierto. Annabel se presentaba del brazo de lord y lady Vickers y nadie había oído nunca hablar de la familia de su padre, algo que, como su abuelo solía recordarle, era como siempre debió ser. En su opinión, su hija hubiera sido mucho más feliz si nunca se hubiera convertido en una Winslow.

Louisa frunció el ceño con nerviosismo.

—Estoy segura de que saben que yo también soy nieta de los Vickers.

Annabel agarró la mano de su prima con el pánico reflejado en la cara.

—Entonces, no les digas que soy tu prima.

—¡No puedo hacer eso!

—¿Por qué no?

Louisa parpadeó.

—No lo sé. Pero seguro que no es de buena educación.

—Olvídate de la buena educación. Hazlo por mí, por favor.

—Está bien. Pero sigo pensando que estás muy extraña.

Annabel no podía discutírselo. Le habían pasado muchas cosas en las últimas veinticuatro horas y, realmente, «extrañas» era la palabra más suave para describirlas.

Capítulo 7

Cinco minutos antes

*E*s una lástima que te hayas casado con mi primo —murmuró Sebastian, mientras alejaba a Olivia de un enorme excremento de caballo que alguien se había olvidado de limpiar—. Creo que eres la mujer perfecta.

Olivia lo miró con una ceja perfectamente arqueada.

—¿Porque permito que desayunes en mi casa cada día?

—Ah, eso no habrías podido impedirlo —respondió Seb, con una sonrisa torcida—. La costumbre ya estaba demasiado arraigada cuando llegaste a la familia.

—¿Porque no me he enfadado por las tres docenas de agujeros que me he encontrado en la puerta de la habitación de invitados?

—Todo es culpa de Edward. Yo tengo muy buena puntería.

—Aún así, Sebastian, es una casa alquilada.

—Lo sé, lo sé. Me extraña que os la quedaseis. ¿No te gustaría estar un poco más lejos de tus padres?

Cuando Olivia se había casado con Harry, el primo de Sebastian, se instalaron en casa de él, que estaba puerta con puerta con la casa de sus padres. De hecho, la mitad del cortejo se produjo de ventana a ventana. A Sebastian le parecía una historia encantadora.

—Me gustan mis padres —dijo Olivia.

Sebastian meneó la cabeza.

—Un concepto tan extraño que creo que debe de ser antipatriótico.

Olivia se volvió hacia él con cierta sorpresa.

—Sé que los padres de Harry eran... —Meneó la cabeza ligeramente—. Bueno, da igual. Pero jamás hubiera creído que los tuyos fueran tan horribles.

—Y no lo son. Pero, si por mí fuera, no escogería pasar el tiempo con ellos. —Sebastian se quedó algo pensativo—. Especialmente con mi padre, porque está muerto.

Olivia puso los ojos en blanco.

—Seguro que hay algo en esa frase que te prohíbe la entrada a la iglesia.

—Es demasiado tarde para eso —murmuró Seb.

—Creo que necesitas una esposa —dijo Olivia, que se volvió hacia él con unos ojos estratégicamente entrecerrados.

—Corres peligro de perder tu puesto de mujer perfecta —la advirtió él.

—Nunca me has dicho qué he hecho para ganármelo.

—En primer lugar, y lo más importante, hasta ahora no me habías presionado para que me casara.

—No pienso disculparme.

Él asintió.

—Pero también cuenta tu habilidad para no sorprenderte ante nada de lo que digo.

—Sí que me sorprendo —dijo Olivia—. Pero lo escondo muy bien.

—Es lo mismo —le dijo Seb.

Siguieron andando y ella se lo repitió.

—Deberías casarte, y lo sabes.

—¿Te he dado alguna pista de que lo esté evitando?

—Bueno —dijo Olivia, muy despacio—, no lo has hecho, así que...

—Únicamente porque no he encontrado a la mujer perfecta. —Le ofreció una insulsa sonrisa—. Por desgracia, Harry te encontró antes que yo.

—Sin mencionar que te iría bien casarte antes de que tu tío tenga otro heredero.

Sebastian se volvió hacia ella con una sorpresa perfectamente fingida.

—Olivia Valentine, ese es un comentario mercenario por tu parte.

—Es verdad.

—Soy un peligro —suspiró Sebastian.

—¡Exacto! —exclamó Olivia, con tanta emoción que él casi se asustó—. ¡Es lo que eres! Un peligro. Un riesgo. Un...

—Me abrumas con tanto cumplido.

Olivia lo ignoró.

—Créeme cuando te digo que todas las jóvenes te preferirían a ti antes que a tu tío.

—Más cumplidos.

—Pero, si consigue un heredero, tú no consigues nada. ¿Crees que van a arriesgarse? ¿El apuesto granuja que quizás herede el condado o el corpulento conde que ya tiene el título?

—Es quizá la descripción más amable que he oído jamás de mi tío.

—Muchas preferirían pájaro en mano, aunque otras pensarían: «Si espero el momento adecuado, podría tener al apuesto granuja y el título».

—Haces que las de tu género parezcan encantadoras.

Olivia se encogió de hombros.

—No todos pueden casarse por amor. —Y entonces, cuando Sebastian había decidido que aquello debería deprimirlo, Olivia le dio una palmada en el brazo y dijo—: Pero tú sí que deberías hacerlo. Eres demasiado bueno para no hacerlo.

—Y vuelvo a estar convencido —murmuró Seb—. La mujer perfecta.

Olivia le ofreció una sonrisa forzada.

—Y dime —dijo Sebastian, alejándola de otro excremento, esta vez canino—, ¿dónde está el marido perfecto de la mujer perfecta? O, en otras palabras, ¿por qué has solicitado mis servicios en esta preciosa mañana? Aparte de para afilar tus habilidades casamenteras, claro.

—Harry está enfrascado en un proyecto. No saldrá de casa en, al menos, una semana y yo… —Se acarició la tripa, que ya delataba su estado de buena esperanza—. Necesitaba aire fresco.

—¿Sigue trabajando en las novelas de Sarah Gorely? —preguntó, como si nada.

Olivia abrió la boca para responder, pero, antes de que pudiera decir nada, en el aire resonó el sonido de un disparo.

—¿Qué demonios ha sido eso? —casi gritó Sebastian. Por Dios, estaban en medio del parque. Miró a su alrededor, consciente de que su cabeza iba de un lado a otro como un muñeco de una caja sorpresa. Pero tenía el corazón acelerado, y ese maldito ruido todavía le resonaba en la cabeza y…

—Sebastian —dijo Olivia, con suavidad. Y luego—. ¡Sebastian!

—¿Qué?

—Mi brazo —dijo.

Sebastian la vio tragar saliva y bajó la mirada. Le estaba apretando el brazo con mucha fuerza. La soltó de inmediato.

—Lo siento —farfulló—. No me había dado cuenta.

Ella sonrió y se acarició el brazo con la otra mano.

—No ha sido nada.

Sí que había sido algo, pero a Sebastian no le apetecía hablar de ello.

—¿Quién está disparando en el parque? —preguntó, irritado.

—Creo que es una especie de competición —dijo Olivia—. Edward me ha comentado algo esta mañana.

Sebastian meneó la cabeza. Una competición de tiro en Hyde

Park. Justo a la hora en que el parque estaba más concurrido. La estupidez de los hombres nunca dejaba de asombrarlo.

—¿Te encuentras bien? —preguntó Olivia.

Él se volvió y se preguntó de qué creía Olivia que estaba hablando.

—El ruido —especificó ella.

—No es nada.

—No es...

—No es nada —la interrumpió él con sequedad. Y entonces, como se sentía como un estúpido por utilizar ese tono, añadió—: Es que me ha cogido por sorpresa.

Y era verdad. Se podría pasar el día oyendo disparos, siempre que supiera que iban a producirse. Es más, seguramente podría quedarse dormido en mitad de la cacofonía, eso teniendo en cuenta que pudiera dormirse, claro. Sólo le pasaba eso cuando no se lo esperaba. Odiaba que lo cogieran por sorpresa.

Ese, se dijo con amargura, había sido su trabajo. El «Señor» Francotirador. Muerte por sorpresa.

«Señor» Francotirador. Hmmm. Quizá debería aprender español.

—¿Sebastian?

Miró a Olivia, que lo estaba mirando con cierta preocupación. Se preguntó si Harry también tenía ese tipo de reacciones; si el corazón se le aceleraba ante los ruidos inesperados. Harry nunca había dicho nada aunque, claro, Sebastian tampoco.

Era algo estúpido para comentarlo.

—Estoy bien —le dijo a Olivia, y esta vez en un tono más típico en él—. Como te he dicho, sólo ha sido la sorpresa.

En la distancia, se oyó otro disparo, y Seb ni se inmutó.

—¿Lo ves? —dijo—. No me pasa nada. A ver, ¿de qué estábamos hablando?

—No tengo ni idea —admitió Olivia.

Seb se quedó pensativo unos segundos. Él tampoco se acordaba.

—Ah sí, de los libros de Gorely —exclamó Olivia—. Me habías preguntado por el proyecto de Harry.

—Exacto. —Era curioso que se le hubiera olvidado justo eso—. ¿Cómo le va?

—Bastante bien, creo. —Olivia se encogió de hombros—. Se queja constantemente, pero, en el fondo, creo que los adora.

Sebastian dio un respingo.

—¿De veras?

—Bueno, quizás adorar es demasiado. Le siguen pareciendo horribles. Pero adora traducirlos. Son mucho más divertidos que los documentos del Departamento de Defensa.

No era el mejor de los apoyos, pero Seb no podía ofenderse.

—Quizá debería traducirlos al francés cuando haya terminado.

Olivia frunció el ceño, pensativa.

—Quizá lo haga. Creo que nunca ha traducido el mismo texto a dos idiomas distintos, pero seguro que le encanta el reto.

—Tiene un cerebro increíblemente matemático —murmuró Sebastian.

—Lo sé. —Olivia meneó la cabeza—. A veces cuesta de creer que tengamos algo de qué hablar. Soy… ¡Oh! No te vuelvas, pero alguien te está señalando.

—Una mujer, espero.

Olivia puso los ojos en blanco.

—Siempre son mujeres, Sebastian. Es… —Entrecerró los ojos—. Creo que es lady Louisa McCann.

—¿Quién?

—La hija del duque de Fenniwick. Es muy amable.

Sebastian se quedó pensativo.

—¿La delgada que no habla mucho?

—Tus descripciones no tienen precio.

Seb sonrió muy despacio.

—Gracias.

—No la asustes, Sebastian —le advirtió Olivia.

Él se volvió hacia ella con una sorpresa no enteramente fingida.

—¿Asustarla? ¿Yo?

—Tu encanto puede ser aterrador.

—Supongo que, así mirado, debo sentirme halagado.

Olivia le ofreció una sonrisa mordaz.

—¿Puedo volverme? —preguntó, porque eso de fingir que no sabía que lo estaban señalando empezaba a ser pesado.

—¿Eh? Ah sí, ya la he saludado. Aunque no conozco a la otra chica que va con ella.

Sebastian no estaba de espaldas a las chicas, así que sólo tuvo que dar un cuarto de giro para verlas. Sin embargo, dio gracias de que hubiera girado hacia el otro lado de Olivia, porque cuando vio quién se estaba dirigiendo hacia él...

Le gustaba presumir de saber mantener un rostro imperturbable, pero incluso él tenía sus límites.

—¿La conoces? —le preguntó Olivia.

Sebastian meneó la cabeza mientras la miraba: era su diosa del pelo ondulado y la deliciosa boca rosada.

—No —murmuró.

—Debe de ser nueva —dijo Olivia con un pequeño encogimiento de hombros. Esperó pacientemente a que las dos jóvenes se les acercaran y luego sonrió—: Ah, lady Louisa, es un placer volver a verla.

Lady Louisa le devolvió el saludo, pero Sebastian no les estaba prestando atención. Estaba mucho más interesado en observar detalladamente a la acompañante, que evitaba a toda costa mantener contacto visual con él.

Él no dejó de mirarla a la cara, para ponérselo un poco más difícil.

—¿Conoce a mi querido primo, el señor Grey? —preguntó Olivia a lady Louisa.

—Eh, sí, creo que nos han presentado —respondió lady Louisa.

—Soy tonta por preguntarlo —dijo Olivia. Se volvió hacia Sebastian con una mirada ligeramente pícara—. Te han presentado a todo el mundo, ¿verdad, Sebastian?

—Casi —dijo, muy seco.

—Oh, discúlpenme —dijo lady Louisa—. Les presento a mi... eh... —Tosió—. Lo siento. Perdón. Me ha debido entrar polvo en la garganta—. Señaló a la chica que iba a su lado.— Lady Olivia, señor Grey, ésta es la señorita Winslow.

—Señorita Winslow —dijo Olivia—. Es un placer conocerla. ¿Es nueva en la ciudad?

La señorita Winslow ofreció una respetuosa reverencia.

—Sí. Gracias por preguntar.

Sebastian sonrió y murmuró su nombre y entonces, como sabía que le afectaría, le tomó la mano y le dio un beso. En momentos como ese estaba agradecido por su reputación. A Olivia no le extrañaría en absoluto el gesto de cortejo.

En cambio, la señorita Winslow se sonrojó. Y Sebastian se dijo que, a la luz del día, era todavía más atractiva. Tenía los ojos de un precioso color verde grisáceo. Y, combinados con la piel y el pelo, casi parecía española. Y le gustaban las pecas que tenía en el puente de la nariz. Sin ellas, habría resultado demasiado sensual.

También le gustaba el vestido de paseo de color verde esmeralda. Le quedaba mejor que el de color pastel que llevaba la noche anterior.

Sin embargo, no podía permitir que su examen se alargara demasiado. Quizá le delatara y, además, no podía ignorar a su amiga. Se apartó de la señorita Winslow sin fingir que le costaba.

—Lady Louisa —dijo, inclinando la cabeza—. Es un placer volver a verla. Me apena que esta temporada nuestros caminos no se hayan cruzado hasta ahora.

—Este año parece que hay más gente que nunca —dijo Olivia—. ¿Acaso todo el mundo ha decidido instalarse en la ciudad? —Se volvió hacia lady Louisa—. He estado fuera varias semanas, así que estoy muy desubicada.

—¿Estaba en el país? —preguntó lady Louisa con educación.

—Sí, en Hampshire. Mi marido tenía un trabajo importante y, en la ciudad, le cuesta concentrarse.

—Culpa mía —intervino Sebastian, divertido.

—Fíjate que no te he contradicho —dijo Olivia. Se acercó a él y ladeó la cabeza—. Es una gran distracción.

Sebastian no pudo evitar el comentario.

—Es una de mis principales cualidades.

—No presten atención a nada de lo que diga —dijo Olivia, meneando la cabeza. Se volvió hacia las chicas y empezaron a charlar de cosas, mientras que Sebastian se quedó con una sensación de irritación muy poco habitual. Eran incontables las ocasiones en que Olivia había hecho un comentario parecido a «No presten atención a nada de lo que diga».

Esta vez, sin embargo, era la primera que realmente le había molestado.

—¿Se lo está pasando bien en Londres, señorita Winslow? —preguntó Olivia.

Sebastian se volvió hacia la señorita Winslow y la observó con una sonrisa insulsa. Estaba más que interesado en su respuesta.

—Eh, sí —tartamudeó la señorita Winslow—. Es muy divertido.

—Divertido —murmuró Sebastian—. Una palabra interesante.

Ella lo miró con alarma en los ojos. Él sólo sonrió.

—¿Se quedará en la ciudad durante el resto de la temporada, lady Olivia? —preguntó lady Louisa.

—Creo que sí. Aunque todo depende de si mi marido puede concentrarse con tantas distracciones.

—¿En qué está trabajando sir Harry? —preguntó Sebastian, puesto que Olivia no le había dicho qué novela estaba traduciendo—. Intenté molestarlo un poco esta mañana, pero enseguida me echó. —Miró a la señorita Winslow y a lady Louisa y dijo—: Cualquiera diría que le caigo mal.

Lady Louisa se rió. La señorita Winslow mantuvo la expresión imperturbable.

—Mi marido es traductor —explicó Olivia a las chicas y dedicó unos ojos en blanco a Sebastian—. Ahora está traduciendo una novela al ruso.

—¿De veras? —preguntó la señorita Winslow, y Sebastian tuvo que admitir que parecía sinceramente interesada—. ¿Cuál?

—*La señorita Truesdale y el silencioso caballero*. La autora es Sarah Gorely. ¿La ha leído?

La señorita Winslow meneó la cabeza, pero lady Louisa prácticamente dio un brinco y exclamó:

—¡No!

Olivia parpadeó.

—Eh... Sí.

—No, quiero decir que no la he leído todavía —explicó lady Louisa—. He leído todas las anteriores, claro. ¿Cómo habría podido no hacerlo?

—¿Es una fiel seguidora? —preguntó Sebastian. Le encantaba cuando se producía aquella situación.

—Sí —dijo ella—. Pensaba que las había leído todas. No saben lo emocionada que estoy de saber que ha salido otra.

—Yo debo confesarle que me está costando bastante leerla —dijo Olivia.

—¿En serio? —preguntó Sebastian.

Olivia dibujó una sonrisa indulgente.

—A Sebastian también le gusta mucho —dijo a las jóvenes.

—¿La señora Gorely? —preguntó Louisa—. Sus historias son de lo más fascinantes.

—Si le gusta lo inverosímil de vez en cuando —dijo Olivia.

—Pero eso es lo que las hace realmente tan divertidas —respondió Louisa.

—¿Por qué te está costando *La señorita Truesdale*? —preguntó Sebastian a Olivia. Sabía que no debería insistir, pero no pudo evitarlo. Había querido que sus libros le gustaran desde el día que dijo que había utilizado la palabra «ámbito» de forma incorrecta.

Aunque ella no sabía que el autor era él.

Además, «ámbito» era una palabra ridícula. Estaba pensando en eliminarla de su vocabulario.

Olivia se encogió de hombros de aquella forma tan elegante propia de ella.

—Es muy lenta —dijo—. Parece que haya una cantidad exagerada de descripciones.

Sebastian asintió pensativo.

—Yo tampoco creo que sea el mejor libro de la señora Gorely. —Nunca estaba plenamente satisfecho con la versión final, pero no creía que mereciera las críticas de Olivia.

¿Que costaba leerla? Bah.

Olivia no reconocería un buen libro ni aunque le cayera en la cabeza.

Capítulo 8

*A*nnabel no tardó ni un segundo en darse cuenta de que Louisa no exageraba respecto a lady Olivia Valentine y su espectacular belleza. Cuando se volvió y sonrió, ella tuvo que parpadear ante el resplandor de sus dientes. La joven era extraordinariamente bella, rubia y de tez pálida, con los pómulos marcados y los ojos azules.

Eso era todo lo que Annabel podía hacer para no odiarla de entrada.

Y, para colmo, por si el encuentro no pudiera empeorar (y el simple hecho de que estuviera frente al señor Grey ya era malo), él le había dado un beso en la mano.

Desastroso.

Ella se había sonrojado y tartamudeó algo que, en una sociedad anterior al lenguaje, quizás habría sido un saludo. Levantó la mirada un momento, porque incluso ella sabía que no podía mirar siempre al suelo cuando le presentaban a alguien. Pero fue un error. Un gran error. El señor Grey, que le había resultado bastante atractivo bajo la luz de la luna, era todavía más atractivo a la luz del día.

Dios santo, deberían prohibirle que paseara con lady Olivia. Seguramente, esas dos bellezas juntas cegarían a las buenas gentes de Londres.

Eso, o los enviarían a casa llorando porque, sinceramente, ¿quién podía competir con eso?

Annabel intentó seguir la conversación, pero estaba demasiado distraída por su pánico. Y por la mano derecha del señor Grey, que estaba apoyada en su muslo. Y en la ligera curva de su boca que, por mucho que ella intentara no mirar, ahí estaba, justo dentro de su campo visual periférico. Sin mencionar el sonido de su voz, cuando decía algo acerca de… bueno… lo que fuera.

Libros. Estaban hablando de libros.

Annabel se quedó callada. No había leído los libros de los que hablaban y, además, le pareció mejor participar lo menos posible en la conversación. El señor Grey todavía la miraba de vez en cuando y parecía una estupidez darle otro motivo para hacerlo de forma más obvia.

Por supuesto, fue justo entonces cuando él se volvió hacia ella con aquellos increíbles ojos grises y le preguntó:

—¿Y usted qué dice, señorita Winslow? ¿Ha leído alguno de los libros de Sarah Gorely?

—Me temo que no.

—Tienes que leerlos, Annabel —dijo Louisa, muy emocionada—. Te van a encantar. Iremos a la librería hoy mismo. Te dejaría los míos, pero están todos en casa de mis padres.

—¿Los tiene todos, lady Louisa? —preguntó el señor Grey.

—Sí, todos. Excepto *La señorita Truesdale y el Silencioso Caballero*, aunque pienso ponerle remedio de inmediato. —Se volvió hacia Annabel—. ¿Qué teníamos que hacer esta noche? Espero que sea algo que podamos saltarnos. Nada me apetece más que una taza de té y mi libro nuevo.

—Creo que vamos a la ópera —respondió Annabel. La familia de Louisa tenía uno de los mejores palcos del teatro, y ella llevaba semanas esperando esta ocasión.

—¿Ah sí? —dijo Louisa, con una ausencia absoluta de entusiasmo.

—¿Preferiría quedarse en casa y leer? —preguntó el señor Grey.

—Por supuesto. ¿Usted no?

Annabel miró a su prima con una mezcla de sorpresa e incredulidad. Normalmente, Louisa era muy tímida y, sin embargo, aquí estaba, charlando animadamente de libros con uno de los solteros más codiciados de Londres.

—Supongo que depende de la ópera —dijo el señor Grey, pensativo—. Y del libro.

—*La flauta mágica* —lo informó Louisa—. Y *La señorita Truesdale*.

—¿*La flauta mágica*? —exclamó lady Olivia—. El año pasado me la perdí. Tendré que organizarme para asistir este año.

—Yo preferiría *La señorita Truesdale* a *Las bodas de Fígaro* —dijo el señor Grey—, aunque quizá no más que *La flauta mágica*. Sentir el infierno ardiendo en tu corazón tiene algo esperanzador.

—Incluso conmovedor —murmuró Annabel.

—¿Qué ha dicho, señorita Winslow? —le preguntó él.

Annabel tragó saliva. Sebastian estaba sonriendo con benevolencia, pero reconoció la nota astuta de su voz y se asustó. No podía empezar una batalla con ese hombre y ganar. De eso estaba segura.

—Nunca he visto *La flauta mágica* —comentó ella.

—¿Nunca? —preguntó lady Olivia—. ¿Cómo puede ser?

—Me temo que la ópera no suele llegar a Gloucestershire.

—Tiene que ir a verla —la animó lady Olivia—. Tiene que hacerlo.

—Había pensado ir esta noche —respondió Annabel—. La familia de lady Louisa me ha invitado.

—Pero no puede ir si ella se queda en casa leyendo un libro —añadió lady Olivia, con perspicacia. Se volvió hacia Louisa—. Tendrá que dejar las historias de la señorita Truesdale y su caballero silencioso hasta mañana. No puede permitir que la señorita Winslow se pierda la ópera.

—¿Por qué no nos acompaña? —preguntó Louisa.

Annabel se dijo que la mataría.

—Ha dicho que el año pasado no la vio —continuó Louisa—. Tenemos un palco muy grande. Nunca se llena.

La cara de lady Olivia se iluminó de felicidad.

—Es muy amable. Me encantaría acompañarlas.

—Señor Grey, usted también está invitado, por supuesto —dijo Louisa.

Ahora sí que la mataría, se dijo Annabel. Y de la forma más dolorosa posible.

—Será un placer —dijo él—. Pero debe permitirme que le haga entrega de una copia de *La señorita Truesdale y el caballero silencioso* a cambio de ese honor.

—Gracias —dijo Louisa, aunque Annabel habría jurado que parecía decepcionada—. Será…

—Haré que se lo lleven a su casa esta misma tarde —continuó él, muy despacio—, para que pueda empezar a leerlo de inmediato.

—Qué considerado, señor Grey —murmuró Louisa. Y se sonrojó. ¡Se sonrojó!

Annabel estaba atónita.

Y celosa, pero prefería no reflexionar demasiado sobre el por qué.

—¿Puede venir también mi marido? —preguntó lady Olivia—. Últimamente se ha convertido en una especie de ermitaño, pero creo que podremos convencerlo para que vaya a la ópera. Sé que el aria de la Reina de la Noche es una de sus preferidas.

—El infierno ardiendo —dijo el señor Grey—. ¿Quién podría resistirse?

—Por supuesto —respondió Louisa a lady Olivia—. Será un placer conocerlo. Su trabajo parece fascinante.

—Yo estoy terriblemente celoso —murmuró el señor Grey.

—¿De Harry? —preguntó lady Olivia, volviéndose hacia él con gran sorpresa.

—No imagino placer más grande que pasarme el día leyendo novelas.

—Muy buenas novelas, por cierto —apuntó Louisa.

Lady Olivia chasqueó la lengua, pero dijo:

—Hace algo más que leer. También está la pequeña tarea de traducir.

—Bah. —El señor Grey le restó importancia con un gesto de la mano—. Es insignificante.

—¿Traducir al ruso? —preguntó Annabel con incredulidad.

Él se volvió hacia ella con una expresión que perfectamente hubiera podido ser condescendiente.

—Estaba utilizando una hipérbole.

Sin embargo, lo había dicho en voz baja y Annabel no creía que Louisa y lady Olivia lo hubieran oído. Las dos estaban charlando de cosas y se habían apartado un poco hacia la derecha, dejándola a ella sola con el señor Grey. Bueno, sola no, ni remotamente, pero era la sensación que tenía.

—¿Tiene nombre de pila, señorita Winslow? —preguntó él.

—Annabel —respondió ella, con la voz muy formal y bastante incómoda.

—Annabel —repitió él—. Diría que le pega, aunque, ¿cómo iba a saberlo?

Ella apretó los labios, pero estaba retorciendo los dedos de los pies en el interior de las botas.

Él dibujó una sonrisa depredadora.

—Puesto que no nos habíamos conocido hasta hoy.

Ella mantuvo la boca cerrada. No confiaba en lo que haría si hablaba.

Y aquello pareció divertirlo todavía más. Ladeó la cabeza hacia ella, como la personificación del perfecto caballero inglés.

—Será un placer volver a verla esta noche.

—¿De veras?

Él chasqueó la lengua.

—¡Qué ácida! Como una limonada sin azúcar.

—Limonada —repitió ella, inexpresiva—. Ya.

Él se inclinó.

—¿Me pregunto por qué le caigo tan mal?

Annabel miró nerviosa a su prima.

—No puede oírme —dijo él.

—No lo sabe.

Sebastian se volvió hacia Louisa y lady Olivia, que estaban arrodilladas junto a *Frederick*.

—Están demasiado ocupadas con el perro. Aunque… —Frunció el ceño—. No sé cómo va a poder levantarse Olivia en su estado.

—No le pasará nada —respondió Annabel sin pensar.

Él se volvió hacia ella con las cejas arqueadas.

—No está en un estado tan avanzado.

—Normalmente, entendería que un comentario así proviniera de la voz de la experiencia, pero puesto que usted no tiene experiencia, excepto yo…

—Soy la mayor de ocho hermanos —lo interrumpió Annabel—. Mi madre estuvo embarazada casi toda mi infancia.

—Una explicación que no había tenido en cuenta —admitió él—. Odio cuando me pasa eso.

Annabel quería que le cayera mal. De verdad que quería. Pero él se lo estaba poniendo difícil, con aquella sonrisa torcida y el discreto encanto.

—¿Por qué ha aceptado la invitación de Louisa para ir a la ópera? —le preguntó ella.

Él la miró fijamente, aunque ella sabía que el cerebro le iba a mil por hora.

—Es el palco de los Fenniwick —respondió él, como si no hubiera otra explicación—. No volveré a tener tan buenos asientos.

Era cierto. La tía de Louisa había presumido de ubicación.

—Y, además, usted parecía tan nerviosa —añadió—, que me ha costado resistirme.

Ella le lanzó una mirada asesina.

—La sinceridad por encima de todo —dijo él, bromeando—. Es mi nuevo credo.

—¿Nuevo?

Él se encogió de hombros.

—Como mínimo, esta tarde.

—¿Y durará hasta la noche?

—Hasta que llegue a la ópera, seguro —respondió él, con una pícara sonrisa. Cuando ella no sonrió, añadió—: Venga, señorita Winslow, seguro que tiene sentido del humor.

Annabel estuvo a punto de gruñir. Había tantos motivos por los que aquella conversación no era divertida que no sabía por dónde empezar. Había tantos motivos por los que no era divertida que casi era divertida.

—No tiene de qué preocuparse —dijo él, en voz baja.

Ella levantó la cabeza. Sebastian estaba serio. Nada grave ni trascendental, sólo… serio.

—No diré nada —dijo.

No sabía por qué, pero Annabel sabía que decía la verdad.

—Gracias.

Él se inclinó y volvió a besarle la mano.

—Creo que hoy martes es un día perfecto para conocer mejor a una joven dama.

—Hoy es miércoles —lo corrigió ella.

—¿Ah sí? Soy horrible con los días. Es mi único defecto.

Annabel quería reírse, pero no se atrevía a llamar la atención. Louisa y lady Olivia seguían hablando y, cuanto más tiempo estuvieran distraídas, mejor.

—Está sonriendo —dijo él.

—No es verdad.

—Quiere reírse. Se le están curvando las comisuras de los labios.

—¡No es verdad!

Él dibujó una sonrisa pícara.

—Ahora sí.

Y el bandido tenía razón. Había conseguido hacerla reír o, al menos, hacerla sonreír en un intento por no reírse, en menos de un minuto.

¿Acaso era extraño que le hubiera pedido que la besara?

—¡Annabel!

Se volvió aliviada ante el sonido de la voz de su prima.

—Mi tía nos está llamando —dijo Louisa, y lo cierto era que lady Cosgrove se dirigía hacia ella con una expresión muy severa.

—Imagino que no le habrá gustado verlas hablando conmigo —dijo el señor Grey—, aunque confío que la presencia de Olivia contribuya a hacerme aceptable.

—No soy tan respetable —dijo lady Olivia.

Annabel separó los labios, sorprendida.

—Es completamente respetable —le susurró Louisa al oído enseguida—. Sólo es que… bueno, da igual.

Una vez más, todo el mundo sabía todo sobre los demás. Menos Annabel.

Annabel suspiró. Bueno, lo intentó. No podía suspirar frente a un grupo tan reducido; sería terriblemente grosero. Pero quería suspirar. Algo en su interior se moría de ganas de suspirar.

Lady Cosgrove se unió al grupo y enseguida tomó a Louisa del brazo.

—Lady Olivia —dijo, con un cordial gesto con la cabeza—. Señor Grey.

Los dos le devolvieron el saludo; el señor Grey con una elegante inclinación del cuerpo y lady Olivia con una reverencia tan delicada que debería ser ilegal.

—He invitado a lady Olivia y al señor Grey a la ópera con nosotros esta noche —dijo Louisa.

—Por supuesto —respondió lady Cosgrove, con educación—. Lady Olivia, por favor, salude a su madre de mi parte. Hace siglos que no la veo.

—Ha estado acatarrada —respondió lady Olivia—, pero casi se ha recuperado. Estoy convencida de que le gustaría mucho que fuera a visitarla.

—Quizá lo haga.

Annabel observó la conversación con gran interés. Lady Cosgrove no había ignorado al señor Grey, pero había conseguido no dirigirle ni una palabra después de saludarlo. Era curioso. No tenía ni idea de que fuera persona *non grata*. En definitiva, era el heredero al condado de Newbury, aunque sólo fuera el presunto heredero.

Tendría que preguntárselo a Louisa. Eso sí, después de matarla por haberlo invitado a la ópera.

Se intercambiaron los cumplidos de rigor, pero estaba claro que lady Cosgrove quería marcharse. Por no hablar de *Frederick*, que parecía que quisiera hacer sus cosas entre los arbustos.

—Hasta esta noche, señorita Winslow —dijo el señor Grey, inclinándose una vez más sobre su mano.

Annabel intentó no reaccionar cuando el contacto de sus labios en su mano le provocó un escalofrío en el brazo.

—Hasta esta noche —repitió ella.

Y, mientras observaba cómo se alejaba, no recordaba haber esperado algo con tantas ganas en su vida.

Capítulo 9

A Sebastian lo sorprendió las ganas que tenía de ir a la ópera esa noche. Y no es que no fuera un gran aficionado; lo era, aunque ya hubiera visto *La flauta mágica* tantas veces que se sabía de memoria las dos arias de la Reina de la Noche.

Otra cualidad más a añadir a su lista de talentos inútiles.

No sabía por qué las compañías de teatro de Gran Bretaña insistían en representar una y otra vez la misma ópera. Suponía que era en deferencia a la legión de caballeros británicos demasiado tozudos para aprender un idioma extranjero. Para Seb, era más fácil seguir una comedia que una tragedia. O, al menos, saber cuándo reír.

Sin embargo, por mucho que quisiera ver la ópera desde la privilegiada posición del palco de los Fenniwick, quería ver más a la chica.

A la señorita Winslow.

La señorita Annabel Winslow.

Annabel.

Le gustaba el nombre. Tenía cierto aire bucólico, algo que olía a limpio, como la hierba.

No conocía a muchas mujeres que consideraran esa comparación un cumplido, pero sospechaba que la señorita Winslow era de las pocas que sí.

Aparte de eso, sabía poco de ella, excepto que era amiga de la hija de un duque. Era un movimiento sensato para cualquier joven que quisiera trepar en la sociedad, pero le había parecido que la señorita Winslow y lady Louisa disfrutaban de la compañía mutua.

Otro punto a favor de la señorita Winslow. Sebastian nunca había soportado a los que fingían una amistad para escalar posiciones sociales.

Y también sabía que tenía un pretendiente que no le gustaba. Aunque no era nada extraordinario; la mayor parte de las jóvenes con un aspecto aceptable y/o una fortuna tenía uno o dos pretendientes. Lo interesante era que ella se había escapado de la fiesta para evitar a ese hombre. La única explicación es que fuera particularmente atroz.

O que ella tuviera tendencia a las actitudes estúpidas.

O que dicho pretendiente hubiera intentado sobrepasarse.

O que ella hubiera exagerado.

Sebastian consideró todas esas opciones mientras se dirigía hacia la ópera. Si él escribiera la historia (y no descartaba la posibilidad de hacerlo algún día, porque la historia parecía sacada de una novela de la Gorely), ¿cómo lo haría?

El pretendiente tendría que ser horrible. Muy rico, quizá con un título; alguien que pudiera presionar a la familia pobre y arruinada de la chica. Y no estaba diciendo que la familia de la señorita Winslow fuera pobre y estuviera arruinada, pero para el argumento del libro quedaba mejor.

La habría atacado en una esquina oscura, lejos de la fiesta. No, eso no. Sería demasiado temprano en la novela para tanto drama, y seguramente demasiado morboso para su público. Sus lectores no querían ver a una mujer repeliendo un ataque indeseado; sólo querían leer cómo los demás chismorreaban al respecto después del ataque.

O, al menos, eso el lo que le había dicho el editor.

Perfecto, si no la había atacado, entonces quizá le había hecho chantaje. Sebastian se emocionó. El chantaje siempre era un buen elemento en una historia. Lo usaba casi siempre.

—¡Hemos llegado!

Sebastian parpadeó y levantó la mirada. Ni siquiera se había dado cuenta de que habían llegado a la ópera. Había alquilado un carruaje, por desagradable que fuera. No tenía uno propio y le había dicho a Olivia que no hacía falta que Harry y ella pasaran a buscarlo. Era mejor dejar a los no tan recién casados un tiempo a solas.

Harry se lo agradecería después. Seb lo sabía.

Sebastian bajó, pagó al conductor y entró. Había llegado un poco temprano, pero ya había varias personas en el vestíbulo, para ver y ser vistos con sus mejores galas.

Lentamente, se abrió camino entre la gente, hablando con conocidos, sonriendo, como siempre hacía, a las jóvenes que menos lo esperaban. La noche prometía todo lujo de placeres y entonces, justo cuando casi había llegado a las escaleras...

Su tío.

Sebastian se tensó y apenas contuvo un gruñido. No sabía por qué se sorprendía; era perfectamente lógico que el conde de Newbury acudiera a la ópera, y más si iba en busca de nueva esposa. Sin embargo, hasta ahora estaba de muy buen humor. Parecía casi un crimen que su tío estuviera allí para estropearlo.

Normalmente, se habría desviado para evitarlo. Seb no era ningún cobarde, pero, en serio, ¿por qué seguir adelante si sabes que te vas a encontrar con algo desagradable?

Por desgracia, esta vez no tenía escapatoria. Su tío lo había visto, y Sebastian sabía que Newbury sabía que lo había visto. Además, cuatro caballeros habían visto cómo se veían, y aunque Seb no se considerara un cobarde por evitar a su tío, otros quizá sí lo hicieran.

No era tan iluso como para creer que le daba igual la opinión de los demás. No iba a permitir que medio Londres susurrara que le tenía miedo a su tío.

Además, puesto que era imposible evitarlo, se propuso llevar su actitud hasta el otro extremo y se aseguró de que sus pasos lo llevaran directamente hasta él.

—Tío —dijo, deteniéndose ligeramente para saludarlo.

Su tío frunció el ceño, pero se quedó tan sorprendido por la interpelación directa que no tuvo tiempo para pensar una respuesta mordaz. Sólo inclinó la cabeza, junto con un gruñido, puesto que sus labios eran incapaces de pronunciar el nombre de Sebastian.

—Un placer verte, como siempre —añadió Sebastian, con una amplia sonrisa—. No sabía que te gustaba la música. —Y entonces, antes de que Newbury pudiera hacer algo más que rechinar los dientes, volvió a inclinarse y se marchó.

En resumen, un encuentro positivo. Y mejoraría cuando el conde se diera cuenta de que su sobrino estaba sentado en el palco de los Fenniwick. Newbury era un esnob y seguramente se enfurecería cuando viera que Sebastian tenía mejores asientos que él.

Aunque esa no había sido su intención al aceptar la invitación de lady Louisa, pero ¿quién era él para discutir una ayuda inesperada?

Cuando llegó al palco, vio que lady Louisa y la señorita Winslow ya habían llegado, junto con lady Cosgrove y lady Wimbledon, que, si no le fallaba la memoria, eran hermanas del duque de Fenniwick. El duque no estaba, a pesar de que el palco iba a su nombre.

Sebastian se fijó que lady Louisa estaba flanqueada por ambas tías. En cambio, la señorita Winslow se encontraba sola en la primera fila. Sin duda, lady C y lady W querían proteger a su sobrina de su insidiosa influencia.

Sonrió. Mucho mejor influir en la señorita Winslow, que, no pudo evitar fijarse, estaba deliciosa con su vestido de color verde manzana.

—¡Señor Grey! —exclamó lady Louisa cuando lo vio.

Él se inclinó.

—Lady Louisa, lady Cosgrove, lady Wimbledon. —Y entonces, volviéndose un poco y sonriendo de una forma distinta, añadió—: Señorita Winslow.

—Señor Grey —respondió ella. Se sonrojó un poco, algo inapreciable bajo la luz de las velas. Pero bastó para que él sonriera por dentro.

Sebastian comprobó cómo estaban sentadas las señoras y enseguida se alegró de haber venido temprano y solo. Las opciones eran: en la primera fila con la señorita Winslow, el único asiento libre en la fila del medio, junto a la seria lady Wimbledon, o en la última fila, esperando a los demás invitados.

—No puedo permitir que la señorita Winslow se siente sola —dijo, y se sentó a su lado.

—Señor Grey —repitió ella—. Creía que sus primos también querían venir.

—Y vendrán. Pero no les venía de paso pasar a recogerme. —Se volvió para incluir a lady Louisa en la conversación—. Puesto que no vivo por donde pasarán.

—Ha sido muy amable por no insistir —dijo lady Louisa.

—La amabilidad no ha tenido nada que ver —mintió él—. Habrían insistido en mandarme el carruaje antes de arreglarse, lo que significa que yo habría tenido que vestirme una hora antes.

Lady Louisa se rió y entonces, como si de repente se hubiera acordado, dijo:

—¡Ah! Debo darle las gracias por el libro.

—Ha sido un placer —murmuró él.

—¿Qué libro? —preguntó una de las tías.

—Le habría enviado uno a usted —le dijo a la señorita Winslow mientras lady Louisa hablaba con su tía—, pero no sabía dónde vive.

La señorita Winslow tragó saliva algo incómoda y dijo:

—Ah, no pasa nada. Seguro que Louisa me deja el suyo cuando haya terminado.

—Uy, no —respondió lady Louisa, inclinándose hacia delante—. Este no lo prestaré nunca. Está firmado por la autora.

—¿Firmado por la autora? —exclamó lady Cosgrove—. ¿De dónde ha sacado una copia autografiada?

Seb se encogió de hombros.

—Lo encontré el año pasado. Y pensé que a lady Louisa le gustaría.

—Me encanta —respondió ella, de corazón—. Es uno de los mejores regalos que he recibido en la vida.

—Tienes que dejarme verlo —le dijo lady Wimbledon a lady Louisa—. La señora Gorely es una de mis autoras preferidas. ¡Tiene una imaginación!

Seb se preguntó cuántas copias más autografiadas sería creíble que se hubiera encontrado. Estaba claro que era un regalo mucho mejor que cualquier otra cosa que pudiera comprar. Decidió sentar las bases de su historia desde ahora mismo.

—Encontré una colección entera en una librería el otoño pasado —dijo, encantado con su inventiva. Ahora tenía tres oportunidades más de hacer un regalo autografiado. ¿Quién sabe cuándo iba a necesitar más?

—No puedo pedirle que deje la colección incompleta —murmuró lady Louisa, con la obvia esperanza de que Sebastian le dijera que no le importaba.

—No me importa —le aseguró—. Es lo mínimo que puedo hacer a cambio de un asiento tan excepcional en la ópera. —Aprovechó la ocasión para incluir a la señorita Winslow en la conversación—. Tiene mucha suerte de ver su primera ópera desde aquí.

—Estoy impaciente —dijo ella.

—¿Tanto que no le importa sentarse a mi lado? —preguntó él en voz baja.

Vio que ella intentaba no sonreír.

—Por supuesto.

—Siempre me dicen que soy bastante encantador —le dijo.

—¿Ah sí?

—¿Si soy encantador?

—No. —Volvió a esforzarse por no reír—. Si se lo dicen.

—Ah. De vez en cuando. Aunque mi familia, no.

Esta vez sí que sonrió. Sebastian se quedó absurdamente complacido.

—Naturalmente, vivo para molestarlos —comentó.

Ella se rió.

—Seguro que no es el mayor.

—¿Cómo lo sabe?

—Porque los hermanos mayores odiamos molestar.

—¿Ah sí?

Ella parpadeó, sorprendida.

—¿Es el mayor?

—Me temo que soy hijo único. Una gran decepción para mis padres.

—Ah, entonces eso lo explica todo.

Una respuesta que no pudo ignorar.

—Explíquese, por favor.

Ella se volvió hacia él, absolutamente implicada en la conversación. Su expresión quizás era un poco altanera, pero a Sebastian le gustaba esa mirada astuta en sus ojos.

—Bueno —dijo, de forma tan oficiosa que, si no hubiera sabido que era la hermana mayor, lo habría adivinado—. Como hijo único, ha crecido sin compañía y, por lo tanto, nunca ha aprendido a interactuar con sus congéneres.

—Fui a la escuela —respondió él, ligeramente.

Ella agitó la mano en el aire.

—Da igual.

Él esperó un momento, y luego repitió:

—¿Da igual?

Ella parpadeó.

—Seguro que quiere añadir algo.

Ella se lo pensó.

—No.

Él hizo otra pausa y ahora ella añadió:

—¿Es necesario?

—Por lo visto no, si eres el mayor y lo suficientemente grande como para pegar a tus hermanos.

Ella abrió los ojos como platos y estalló a reír; un sonido precioso y gutural que no era en absoluto musical. La señorita Winslow no reía con delicadeza.

A Sebastian le encantaba.

—Nunca he pegado a nadie que no lo mereciera —le respondió, cuando recuperó la compostura.

Él se rió con ella.

—Pero, señorita Winslow —dijo, fingiendo sorpresa—, acabamos de conocernos. ¿Cómo puedo confiar en usted?

Ella sonrió con picardía.

—No puede.

El corazón de Sebastian dio un peligroso vuelco. Por lo visto, no podía apartar la mirada de la comisura de los labios de Annabel, aquel pequeño punto donde la piel se plegaba y se curvaba. Tenía unos labios preciosos, carnosos y rosados, y se dijo que le gustaría volver a besarlos ahora que había tenido la oportunidad de contemplarla a la luz del día. Se preguntó si sería distinto ahora que podía formarse una imagen de ella en color mientras la besaba.

Se preguntó si sería distinto ahora que sabía su nombre.

Ladeó la cabeza, como si ese movimiento lo ayudara a verla mejor. Y funcionó, y se dio cuenta de que sí, que sería distinto.

Mejor.

Evitó tener que reflexionar sobre el significado de aquella admisión porque justo en ese momento llegaron sus primos. Harry y Olivia aparecieron con las mejillas sonrosadas y un poco despeinados y, después de saludar a los ocupantes del palco, los no tan recién casados se sentaron en la última fila.

Sebastian volvió a ocupar su asiento. No era como si estuviera solo con la señorita Winslow; había seis personas más en el palco, y eso sin mencionar a los cientos de asistentes a la ópera. Pero estaban solos en la primera fila y, de momento, era más que suficiente.

Se volvió para mirarla. Annabel estaba asomada al palco, con los ojos llenos de emoción. Sebastian intentó recordar la última vez que había sentido esa emoción. Cuando regresó de la guerra, se instaló en Londres y todo eso (las fiestas, la ópera, los flirteos) se había convertido en una rutina. Disfrutaba mucho, obvia decirlo, pero no podría decir que hubiera algo en particular que lo emocionara de verdad.

Entonces, ella se volvió. Lo miró y sonrió.

«Hasta ahora.»

Capítulo 10

Annabel contuvo el aliento cuando las luces de la Royal Opera House se apagaron. Había esperado esta noche desde su llegada a la ciudad y apenas podía esperar para explicar todos los detalles a sus hermanas en una larguísima carta. Pero ahora, mientras se levantaba el telón y revelaba un escenario casi vacío, se dio cuenta de que no sólo quería que fuera un espectáculo increíble, sino que lo necesitaba.

Porque, si no era increíble, si no era todo lo que había soñado, no iba a distraerla del hombre que tenía sentado al lado y cuyos movimientos parecían agitar el aire lo suficiente para que se le erizara la piel.

No tenía ni que tocarla para ponerle la piel de gallina. Y eso eran muy malas noticias.

—¿Conoce la historia? —oyó que le susurraba una cálida voz en el oído.

Annabel asintió, a pesar de que apenas tenía un vago conocimiento sobre el libreto. En el programa había leído una sinopsis, que Louisa le había dicho que era obligatorio leer para cualquiera que no supiera alemán, pero Annabel no había tenido tiempo de acabarla antes de que llegara el señor Grey.

—Un poco —susurró ella—. Por encima.

—Ese es Tamino —dijo él, señalando al joven que había hecho su entrada en escena—. Nuestro héroe.

Annabel asintió, y entonces contuvo el aliento cuando apareció una monstruosa serpiente retorciéndose en el escenario.

—¿Cómo han hecho eso? —no pudo evitar murmurar.

Sin embargo, antes de que el señor Grey pudiera responderle, Tamino se desmayó de miedo.

—A mí nunca me ha parecido demasiado heroico —dijo el señor Grey.

Ella lo miró.

Él encogió un hombro.

—Un héroe no debería desmayarse en la primera página.

—¿La primera página?

—En la primera escena —corrigió él.

Annabel estaba de acuerdo. Estaba mucho más interesada en el hombre con un abrigo de plumas que había aparecido, acompañado por tres mujeres que enseguida mataron a la serpiente.

—Ellas no son cobardes —susurró Annabel para sí misma.

A su lado, oyó cómo el señor Grey sonreía. Lo oyó sonreír. ¿Cómo era posible? No lo sabía, pero cuando miró su perfil de reojo vio que era cierto. Estaba observando a los cantantes, con la barbilla ligeramente levantada, mientras recorría la platea con la mirada, y sus labios dibujaban una delicada sonrisa de afinidad.

Annabel contuvo el aliento. Así, a media luz, recordó la primera vez que lo vio, en el brezal. ¿De verdad que sólo hacía un día de esa noche? Parecía extraño que sólo hubieran pasado veinticuatro horas desde su encuentro accidental. Se sentía distinta por dentro, y mucho más cambiada de lo que debería estar permitido en un solo día.

Deslizó la mirada hasta sus labios. La sonrisa había desaparecido y ahora parecía absolutamente concentrado en el drama del escenario. Y entonces...

Se volvió.

Ella estuvo a punto de apartar la mirada. Pero no lo hizo. Sonrió. Sólo un poco.

Y él también sonrió.

Annabel se colocó las manos encima del estómago, que se estaba retorciendo de las formas más extrañas. No debería flirtear con ese hombre. Era un juego peligroso que no iba a ningún sitio, y ella era más lista que eso. Sin embargo, no podía evitarlo. Ese hombre tenía algo irresistible y contagioso. Era su flautista de Hamelín particular y, cuando lo tenía cerca, se sentía...

Se sentía distinta. Especial. Como si su existencia tuviera algún motivo más que el simple hecho de encontrar marido y tener un hijo, y hacerlo en ese orden, con la persona adecuada, como la que habían elegido sus abuelos, y...

Se volvió hacia el escenario. No quería pensar en eso. Se suponía que tenía que ser una gran noche. Una noche maravillosa.

—Y ahora él se enamorará —le susurró al oído el señor Grey.

Ella no lo miró. No confiaba en su propia reacción si lo hacía.

—¿Tamino? —murmuró.

—Las mujeres le enseñarán un retrato de Pamina, la hija de la Reina de la Noche. Y se enamorará de ella al instante.

Annabel se inclinó hacia delante, aunque no iba a ver el retrato desde lo alto del palco. Sabía que sólo era una fantasía, pero, de todas formas, ese retratista tenía que ser un genio.

—Siempre siento curiosidad por el retratista —dijo el señor Grey—. Debe de ser tremendamente bueno.

Annabel se volvió hacia él en seco y parpadeó.

—¿Qué le pasa? —preguntó él.

—Nada —respondió ella, que estaba un poco mareada—. Es que... Estaba pensando exactamente lo mismo.

Él volvió a sonreír, pero esta vez fue distinto. Casi como si... No, no podía ser eso. No podía sonreírle como si hubiera encontrado a su alma gemela. Porque no podían ser almas gemelas. Annabel no podía permitirlo. Sería insoportable.

Decidida a disfrutar más de la ópera que de la intermitente narración del señor Grey, se concentró en el escenario y se dejó llevar por la historia. Era un relato ridículo pero la música era tan maravillosa que no le importaba.

Cada cierto tiempo, el señor Grey continuaba con sus comentarios, que Annabel tenía que admitir que la ayudaban mucho a entender la historia. Sus palabras eran una mezcla de narración y observación, y ella no podía evitar estar entretenida. Oía el crujido de su ropa cuando se acercaba, notaba la calidez de sus labios cuando se pegaba a su oído. Y entonces oía sus palabras, siempre astutas, normalmente divertidas, que le hacían cosquillas y provocaban que su corazón diera un vuelco.

Tenía que ser la forma más maravillosa de experimentar la ópera.

—Es la escena final —susurró él, cuando en el escenario se representaba una especie de juicio.

—¿De la obra? —preguntó ella, sorprendida. El héroe y la heroína ni siquiera se habían conocido.

—Del primer acto —dijo él.

—Ah. —Por supuesto. Se volvió hacia delante y, a los pocos minutos, Tamino y Pamina por fin se veían por primera vez, se abrazaban…

… Y los separaban.

—Bueno —dijo Annabel mientras bajaba el telón—, supongo que si no los separasen antes del final de la escena, no habría segundo acto.

—Parece que desconfía de esta historia de amor —dijo el señor Grey.

—Tiene que admitir es un poco inverosímil que él se enamore de ella por un retrato y ella se enamore de él por… —Arrugó las cejas—. ¿Por qué se enamora de él?

—Porque Papageno le dijo que vendría a salvarla —intervino Louisa, inclinándose hacia delante.

—Ah, es verdad —respondió Annabel, con los ojos en blanco—.

Se enamora de él porque un hombre cubierto de plumas le dice que un hombre al que no conoce la salvará.

—¿No cree en el amor a primera vista, señorita Winslow? —le preguntó el señor Grey.

—Yo no he dicho eso.

—Entonces, sí que cree.

—No es que crea o deje de creer —respondió Annabel, que no se fiaba del brillo de los ojos de Sebastian—. Yo no lo he visto nunca, pero eso no significa que no exista. Además, en este caso no es amor a primera vista porque ella ni siquiera lo ha visto.

—Es difícil rebatir un argumento tan lógico —murmuró él.

—Eso espero.

Él chasqueó la lengua, y luego frunció el ceño cuando se volvió hacia la última fila.

—Parece que Harry y Olivia han desaparecido —dijo.

Annabel se volvió y miró por encima del hombro.

—Espero que no les haya pasado nada.

—No, le aseguro que están estupendamente —respondió el señor Grey, recalcando la última palabra.

Annabel se sonrojó, porque aunque no estaba segura del todo de a qué se refería, estaba convencida de que no era algo apropiado para sus oídos.

El señor Grey debió de ver cómo se sonrojaba, porque chasqueó la lengua y se inclinó hacia ella con un brillo pícaro en los ojos. Su expresión transmitía algo peligrosamente íntimo, como si la conociera, o como si fuera a hacerlo, o como si quisiera conocerla o...

—Annabel —intervino Louisa en voz alta—, ¿me acompañas a la sala de descanso?

—Por supuesto. —Annabel no tenía muchas ganas de «descansar», pero si algo había aprendido en Londres, era que nunca se debía rechazar la invitación de otra dama para acompañarla a la sala de descanso. No estaba segura de por qué se hacía así, pero una vez había declinado la invitación y más tarde le dijeron que era de mala educación.

—Esperaré su regreso —dijo el señor Grey, levantándose.

Annabel asintió y siguió a Louisa fuera del palco. Apenas habían dado dos pasos cuando su prima la agarró del brazo y, con tono urgente, susurró:

—¿De qué habéis estado hablando?

—¿Con el señor Grey?

—Claro que con el señor Grey. Vuestras cabezas han estado prácticamente pegadas durante todo el acto.

—Es imposible.

—Te aseguro que no es imposible. Y estáis en primera fila. Os habrá visto todo el mundo.

Annabel empezó a ponerse nerviosa.

—¿Qué quieres decir con todo el mundo?

Louisa miró furtivamente a su alrededor. La gente empezaba a salir de los palcos, todos vestidos con sus mejores galas.

—No sé si lord Newbury habrá venido —susurró—, pero si no está aquí, muy pronto se enterará de esto.

Annabel tragó saliva, muy nerviosa. No quería poner en peligro su inminente compromiso con el conde, pero, al mismo tiempo...

Quería hacerlo desesperadamente.

—Y no me preocupa lord Newbury —continuó Louisa, que pasó su brazo por el hueco del de Annabel para tenerla más cerca—. Sabes que rezo cada día para que esa unión no llegue a buen puerto.

—¿Entonces...?

—La abuela Vickers —la interrumpió Louisa—. Y lord Vickers. Se enfurecerán si creen que has saboteado la unión a propósito.

—Pero si yo...

—Es lo que pensarán. —Louisa tragó saliva y bajó la voz cuando alguien giró hacia ellas—. Es Sebastian Grey, Annabel.

—¡Ya lo sé! —respondió ella, agradecida de, por fin, poder hablar—. Mira quién habla. Has flirteado con él toda la noche.

Louisa se quedó afligida, aunque sólo un momento.

—Oh, Dios mío —dijo—. Estás celosa.

—No lo estoy.

—Sí que lo estás. —Se le iluminaron los ojos—. Es maravilloso. Y un desastre —añadió, casi como si se le hubiera ocurrido una décima de segundo después—. Es un desastre maravilloso.

—Louisa. —Annabel quería frotarse los ojos. De repente, estaba agotada. Y no demasiado segura de que la vivaz mujer que tenía delante fuera la tímida de su prima.

—Cállate. Escucha. —Louisa miró a su alrededor y soltó un gruñido de frustración. Arrastró a Annabel hasta un nicho en la pared y cerró la cortina de terciopelo para tener un poco de intimidad—. Tienes que irte a casa.

—¿Qué? ¿Por qué?

—Tienes que irte a casa ahora mismo. El escándalo ya será de proporciones considerables con lo que ha pasado hasta ahora.

—¡Sólo he hablado con él!

Louisa la agarró por los hombros y la miró fijamente a los ojos.

—Con eso basta. Confía en mí.

Annabel se fijó en la expresión seria de su prima y asintió. Si Louisa le decía que tenía que irse a casa, es que tenía que irse a casa. Conocía ese mundo mucho mejor que ella. Sabía cómo navegar entre las tenebrosas aguas de la sociedad londinense.

—Con un poco de suerte, otra persona montará una escena en el segundo acto y todos se olvidarán de ti. Les diré a todos que te has sentido indispuesta y entonces... —Louisa abrió los ojos con alarma.

—¿Qué?

Meneó la cabeza.

—Que tendré que asegurarme de que el señor Grey se queda

hasta el final de la obra. Si él también se marcha antes, todos darán por sentado que os habéis marchado juntos.

Annabel palideció.

Louisa meneó la cabeza.

—Puedo hacerlo. No te preocupes.

—¿Estás segura? —Porque ella no lo estaba. Louisa no era famosa por tener mucha seguridad en sí misma.

—Sí, claro —respondió esta, que parecía que, aparte de Annabel, también intentaba convencerse a sí misma—. En realidad, es mucho más fácil hablar con él que con la mayoría de hombres.

—Ya me he dado cuenta —dijo Annabel, con un hilo de voz.

Louisa suspiró.

—Sí, me imagino. Muy bien, tienes que irte a casa y yo…

Annabel esperó.

—Iré contigo —terminó la frase Louisa, con decisión—. Será mucho mejor así.

Annabel sólo pudo parpadear.

—Si me voy contigo, nadie sospechará nada, aunque el señor Grey también se vaya. —Louisa se encogió de hombros con vergüenza—. Es una de las ventajas de gozar de una reputación intachable.

Antes de que Annabel le preguntara qué quería decir eso de su propia reputación, Louisa continuó:

—Tú eres una desconocida, pero yo… Nadie sospecha nunca nada de mí.

—¿Estás diciendo que deberían? —preguntó Annabel, con cautela.

—No. —Louisa meneó la cabeza, casi con nostalgia—. Nunca hago nada malo.

Sin embargo, mientras salían de detrás de la cortina de terciopelo, Annabel habría jurado que había oído susurrar a su prima:

—Por desgracia.

Tres horas después, Sebastian entró en el club, todavía furioso por cómo se había estropeado la noche de repente. Le dijeron que la señorita Winslow se había sentido indispuesta en el entreacto y que se había ido a casa con la señorita Louisa, que había insistido en acompañarla.

Aunque Sebastian no se lo creía. La señorita Winslow era la viva imagen de la salud, y la única forma en que hubiera podido indisponerse era si la hubiera atacado un leproso en la escalera.

Lady Cosgrove y lady Wimbledon, liberadas de sus funciones de carabinas, también se marcharon y dejaron el palco a sus invitados. Olivia enseguida se sentó en primera fila y dejó un programa en la silla de su lado para Harry, que había ido al vestíbulo.

Sebastian se había quedado durante el segundo acto, básicamente porque Olivia había insistido. Estaba dispuesto a marcharse a casa y escribir (el leproso en la escalera le había dado todo tipo de ideas), pero Olivia lo pegó a la silla y le siseó:

—Si te vas, todo el mundo creerá que te has marchado con la señorita Winslow y no permitiré que arruines la reputación de esa pobre chica en su primera temporada en Londres.

—Se ha ido con lady Louisa —protestó—. ¿Tan imprudente me consideras como para enzarzarme en un *ménage à trois* con eso?

—¿Eso?

—Ya sabes a qué me refiero —respondió él, con una mueca.

—La gente creerá que es una estratagema —le explicó Olivia—. Puede que la reputación de lady Louisa sea intachable, pero la tuya no, y por cómo te has comportado con la señorita Winslow durante el primer acto...

—Estaba hablando con ella.

—¿De qué habláis? —Era Harry, que había regresado del vestíbulo, y necesitaba pasar por delante de ellos para sentarse.

—De nada —respondieron los dos al unísono, mientras apartaban las piernas para dejarlo pasar.

Harry arqueó las cejas, pero se limitó a bostezar.

—¿Dónde han ido todas? —preguntó, mientras tomaba asiento.

—La señorita Winslow se ha sentido indispuesta —le explicó Olivia—. La señorita Louisa la ha acompañado a su casa. Y las dos tías también se han marchado.

Harry se encogió de hombros, puesto que normalmente le interesaba más la ópera que los chismorreos, y empezó a leer el libreto.

Sebastian se volvió hacia Olivia, que lo estaba mirando fijamente otra vez.

—¿Todavía no has terminado?

—Deberías ser más cauto —dijo Olivia en voz baja.

Sebastian miró a Harry. Estaba concentrado en el libreto, aparentemente ajeno a la conversación.

Lo que, conociendo a Harry, significaba que lo estaba escuchando todo.

Pero Sebastian decidió que no le importaba.

—¿Desde cuándo eres la salvadora de la señorita Winslow? —le preguntó.

—No lo soy —respondió ella, mientras encogía sus elegantes hombros—. Pero está claro que es nueva en la ciudad y necesita buenos consejos. Aplaudo la decisión de lady Louisa de acompañarla a casa.

—¿Cómo sabes que lady Louisa la ha acompañado a casa?

—Oh, Sebastian —respondió ella, lanzándole una mirada impaciente—. ¿Cómo puedes preguntar eso?

Y allí terminó todo. Hasta que llegó al club.

Que es donde se desató la tormenta.

Capítulo 11

*C*abrón!

Normalmente, Sebastian era un tipo observador, bendecido con unos buenos reflejos y un acusado sentido de la defensa, pero cuando entró en el club tenía la mente puesta en una sola cosa: la curva de los labios de la señorita Winslow, y no prestó demasiada atención a su alrededor.

Y, por lo tanto, no vio a su tío.

O, mejor dicho, el puño de su tío.

—¿Qué diablos...?

La fuerza del golpe lo empotró contra una pared, con lo cual el hombro le dolía casi tanto como el ojo, que seguramente ya se estaba poniendo morado.

—Desde el mismo momento en que naciste —dijo su tío, furioso—, he sabido que no tenías moral ni disciplina, pero esto...

¿Esto? ¿Qué era esto?

—Esto —continuó su tío, con la voz temblorosa por la ira—, esto es caer demasiado bajo, incluso para ti.

«Desde el mismo momento que nací», pensó Seb con algo parecido a la exasperación. «Desde el mismo momento en que nací.» Bueno, al menos en eso su tío tenía razón. Ya en sus primeros recuerdos familiares, su tío estaba enfadado y serio, siempre insultando, siempre buscando formas para que un crío se sintiera mal. Más adelante, Sebastian se dio cuenta de que el rencor era inevitable.

Newbury nunca había apreciado al padre de Sebastian, su hermano menor, con el que apenas se llevaba once meses. Adolphus Grey siempre había sido más alto, más atlético y más apuesto que su hermano mayor. Y, seguramente, más inteligente, aunque a su padre nunca le habían gustado los libros.

Y en cuanto a la madre de Seb, lord Newbury siempre la había considerado poco para la familia.

Y a Sebastian lo consideraba la semilla del diablo.

Seb había aprendido a vivir con eso. Y, de vez en cuando, no defraudaba a su tío. Tampoco le importaba demasiado. Su tío era un estorbo, un insecto molesto y enorme. La estrategia era la misma: ignorarlo y, si no era posible, aplastarlo.

Aunque no lo dijo, porque ¿qué iba a conseguir? En lugar de eso, se incorporó, apenas consciente del público que se había reunido a su alrededor.

—¿De qué diablos estás hablando?

—De la señorita Vickers —dijo Newbury entre dientes.

—¿Quién? —preguntó Seb, distraído. Seguramente, debería prestar más atención a lo que su tío estaba diciendo, pero es que el ojo le dolía mucho. El moretón le duraría una semana. ¿Quién habría dicho que ese vejestorio tenía tanta fuerza?

—No se llama Vickers —corrigió alguien.

Sebastian se apartó la mano del ojo y parpadeó con cuidado. Maldita sea. Seguía viendo borroso. Su tío compensaba el músculo que le faltaba con kilos y, por lo visto, los había puesto todos en el puño.

Varios caballeros se habían colocado a su alrededor, con la esperanza de que se pelearan, algo que por supuesto no harían. Sebastian nunca golpearía a su tío, por mucho que se lo mereciera. Si golpeaba a Newbury, seguro que resultaría una sensación demasiado deliciosa para resistirla y, entonces, tendría que hacerlo papilla. Y eso sería de muy mala educación.

Además, nunca perdía los nervios. Nunca jamás. Todo el mundo lo sabía y, si no lo sabían, deberían.

—¿Podrías explicarme quién es la señorita Vickers? —preguntó Sebastian, adoptando una postura insolente.

—No es una Vickers —dijo alguien—. Su madre era una Vickers. Su padre viene de otra familia.

—Winslow —le espetó el conde—. Se llama Winslow.

Seb empezó a notar un cosquilleo en los dedos. Quizás incluso hubiera cerrado el puño derecho.

—¿Qué le pasa a la señorita Winslow?

—¿Finges que no lo sabes?

Seb se encogió de hombros, aunque necesitó toda la concentración del mundo para controlar el gesto.

Los ojos de su tío brillaban con desprecio.

—Muy pronto será tu tía, querido sobrino.

Sebastian se quedó sin aire en los pulmones y dio las gracias al dios o al arquitecto que había levantado allí mismo una pared donde poder apoyar el hombro.

Annabel Winslow era la nieta de lord Vickers. Era la exuberante y voluptuosa criatura que Newbury perseguía, la chica tan fértil que los pájaros cantaban a su paso.

Ahora todo encajaba. Se preguntaba cómo era posible que una chica de pueblo fuera amiga de la hija de un duque. Annabel y Louisa eran primas carnales. Claro que eran amigas.

Recordó la conversación que había tenido con su primo, el fragmento sobre las caderas fértiles y los pájaros cantando. La figura de la señorita Winslow era tan espectacular como Edward la había descrito. Cuando pensaba en cómo le brillaban los ojos a Edward mientras describía sus pechos…

Tenía la boca ácida. Quizá pegara a Edward. A su tío no, porque ya tenía una edad, pero Edward era de su misma generación.

La señorita Annabel Winslow era una pieza de fruta madura. Y su tío quería casarse con ella.

—Aléjate de ella —dijo su tío, en voz baja.

Sebastian no dijo nada. No tenía ninguna respuesta preparada, así que se quedó callado. Eso era mucho mejor.

—Aunque sólo Dios sabe si todavía quiero casarme con ella, después de su fatal error de cálculo.

Sebastian se concentró en su respiración, que se aceleraba peligrosamente.

—Puede que seas joven y apuesto —continuó Newbury—, pero yo tengo el título. Y haré lo que sea para que no caiga en tus asquerosas manos.

Seb se encogió de hombros.

—No lo quiero.

—Claro que sí —se mofó Newbury.

—No —dijo Sebastian con desparpajo. Empezaba a sentirse él mismo. Era increíble cómo un toque de insolencia y personalidad podían resucitar a un hombre—. Ojalá te des prisa y tengas un heredero. Porque todo esto es muy incómodo.

Newbury enrojeció todavía más, aunque Sebastian ya se lo esperaba.

—¿Incómodo? ¿Te atreves a decir que el condado de Newbury es una incomodidad?

Seb quiso encogerse de hombros otra vez, pero luego se dijo que sería mejor si se inspeccionaba las uñas de las manos. Al cabo de unos segundos, levantó la cabeza:

—Sí. Y tú eres muy pesado.

Quizá cruzó demasiado la línea del respeto. Vale, se la había saltado y de largo, y estaba claro que Newbury pensaba igual, porque empezó a maldecir de forma incoherente, lanzando saliva y Dios sabe qué más al aire, hasta que al final lanzó el contenido de su vaso a la cara de Sebastian. No quedaba demasiado; seguramente, se le había caído casi todo cuando le había dado el puñetazo. Pero era suficiente para que le picaran los ojos y le goteara la nariz. Y mientras estaba allí de pie, como un mocoso esperando que alguien le diera un pañuelo, notó cómo en su interior se acumulaba la rabia.

Una rabia como jamás había sentido. Incluso durante la guerra había sido capaz de ignorar aquella sed de sangre. Era un francotirador, lo habían entrenado para estar tranquilo, para derribar al enemigo desde la distancia.

Actuaba, pero no entraba en combate.

El corazón le latía muy deprisa en el pecho, la sangre le subía hasta las orejas y, aún así, oyó el susurro colectivo, vio a los hombres reunidos a su alrededor, esperando que respondiera al ataque.

Y lo hizo. Aunque no con los puños. Eso nunca.

—Por respeto a tu edad y a tu fragilidad —dijo, muy frío—, no voy a pegarte. —Retrocedió un paso y entonces, incapaz de mantener a raya la rabia, añadió en su habitual tono despreocupado—. Además, sé que quieres tener un hijo. Si te tiro al suelo, con fuerza, todos saben que te... —Suspiró, como si lamentara el final triste de una historia—. Bueno, que no estoy seguro de si tu virilidad sobreviviría el golpe.

Se produjo un silencio sepulcral, seguido por los desvaríos de Newbury, aunque Sebastian no los oyó. Se dio la vuelta y se marchó.

Así era más fácil.

A la mañana siguiente, el chisme había llegado a todos los rincones de la ciudad. Los primeros buitres llegaron a Vickers House a las diez de la mañana, una hora intempestiva. Annabel estaba despierta y de pie; normalmente se levantaba temprano, porque no era fácil desacostumbrarse a los horarios del campo. La sorprendió tanto que dos condesas preguntaran por ella que ni siquiera se le ocurrió decirle al mayordomo que no recibía visitas.

—Señorita Winslow —dijo la oficiosa voz de lady Westfield.

Annabel enseguida se levantó e hizo una reverencia, y luego repitió el gesto hacia lady Challis.

—¿Dónde está tu abuela? —preguntó lady Westfield. Entró en el salón con paso decidido. Tenía los labios apretados en un gesto severo y su actitud parecía sugerir que algo olía a podrido.

—Todavía está en la cama —respondió Annabel, cuando recordó que lady Westfield y lady Vickers eran buenas amigas. O quizá sólo amigas. O quizá ni siquiera eso, aunque hablaban con frecuencia.

Pero ella suponía que eso contaba para algo.

—Entonces, tenemos que suponer que no lo sabe —dijo lady Challis.

Annabel se volvió hacia lady Challis que, a pesar de ser unos veinticinco años más joven que su acompañante, conseguía presumir de semblante demacrado y quisquilloso.

—¿No sabe el qué, milady?

—No te hagas la inocente, niña.

—No me hago nada. —Annabel deslizó la mirada de una cara mojigata a la otra. ¿De qué estaban hablando? Seguro que una simple conversación con el señor Grey no se merecía aquella censura. Y se había marchado en el entreacto, como Louisa le había dicho que tenía que hacer.

—Eres muy astuta —dijo lady Challis—, al enfrentar al tío con el sobrino.

—No... No sé de qué me habla —tartamudeó Annabel. Pero sí que lo sabía.

—Deja de fingir ahora mismo —le espetó lady Westfield—. Eres una Vickers, a pesar de ese horrible hombre con el que tu madre se casó, y eres demasiado inteligente para librarte con esta comedia barata.

Annabel tragó saliva.

—Lord Newbury está furioso —dijo lady Westfield entre dientes—. Furioso. Y no lo culpo.

—No le hice ninguna promesa —dijo Annabel, deseando que su voz fuera un poco más firme—. Y yo no sabía...

—¿Tienes una idea del honor que te ha hecho interesándose por ti?

Annabel notó cómo abría y cerraba la boca. La abrió y volvió a cerrarla. Se sentía como una imbécil. Como una mula muda y con cara de pez. Si hubiera estado en casa, enseguida habría saltado a defenderse, replicando frase por frase. Sin embargo, en casa nunca se había enfrentado a dos condesas furiosas que la miraban con ojos de hielo por encima de sus rectas y regias narices.

Bastaba para que una chica quisiera sentarse, siempre que pudiera sentarse ante la presencia de dos condesas que permanecían de pie.

—Naturalmente —añadió lady Challis—, tomó medidas para proteger su reputación.

—¿Lord Newbury? —preguntó Annabel.

—Claro que lord Newbury. Al otro le da igual su reputación, nunca le ha importado.

Sin embargo, Annabel no estaba segura de que fuera así. El señor Grey era un conocido granuja, pero era más que eso. Tenía sentido del honor, y ella sospechaba que lo valoraba mucho.

O quizás ella estaba siendo fantasiosa y lo idealizaba en su mente. Además, ¿tan bien lo conocía?

Para nada. Hacía dos días que se habían conocido. ¡Dos días! Tenía que recuperar su sentido común. Y hacerlo ya.

—¿Y qué hizo lord Newbury? —preguntó Annabel con mucha cautela.

—Defendió su honor, como era su deber —respondió lady Westfield en lo que a Annabel le pareció una respuesta vaga e insatisfactoria—. ¿Dónde está tu abuela? —repitió, mirando por todos los rincones del salón, como si fuera a descubrirla escondida detrás de una silla—. Alguien debería ir a despertarla. No se trata de un asunto trivial.

En el mes que llevaba en Londres, Annabel sólo había visto a su abuela despierta antes de mediodía en dos ocasiones. Y ninguna de las dos había acabado bien.

—Sólo la despertamos si hay una emergencia —dijo.

—¿Y qué diablos crees que es esto, muchacha desagradecida? —prácticamente gritó lady Westfield.

Annabel hizo una mueca como si le hubieran dado una bofetada, y notó cómo en la garganta se le formaban las palabras: «Sí, por supuesto, milady. De inmediato, milady». Pero entonces levantó la cabeza, miró a lady Westfield a los ojos y vio algo horrible, algo tan malicioso que fue como una descarga eléctrica en la columna vertebral.

—No pienso despertar a mi abuela —dijo, con firmeza—. Y espero que usted no lo haya hecho con sus gritos.

Lady Westfield retrocedió.

—Antes de volver a hablarme así piénsatelo dos veces, señorita Winslow.

—No le he faltado al respeto, milady. Todo lo contrario, se lo aseguro. Mi abuela no es ella misma hasta mediodía y estoy segura de que, como amiga suya que es, no desea incomodarla.

La condesa entrecerró los ojos y miró a su amiga, que tampoco sabía demasiado bien cómo responder ante la frase de Annabel.

—Dile que hemos venido —dijo por fin lady Westfield, con dureza y marcando las sílabas.

—Lo haré —prometió Annabel, al tiempo que realizaba una reverencia que bastaba para ser reverente aunque sin caer en el servilismo.

¿Cuándo había aprendido aquellas sutilezas a la hora de hacer reverencias? Debía de haber absorbido más conocimientos inútiles en Londres de lo que creía.

Las dos mujeres se marcharon, pero Annabel apenas tuvo tiempo de dejarse caer en el sofá antes de que el mayordomo anunciara las dos siguientes visitas: lady Twombley y el señor Grimston.

A Annabel se le encogió el estómago, alarmada. Se los habían presentado un día, pero los conocía bien. Louisa le había dicho que eran unos chismosos, insidiosos y crueles.

Annabel se levantó enseguida e intentó detener al mayordomo antes de que los hiciera pasar, pero ya era demasiado tarde. Había recibido a las primeras visitas, de modo que no era culpa del mayordomo dar por sentado que estaba en casa para todo el mundo. Además, poco habría importado; el salón se veía desde la puerta de la casa y pudo ver cómo lady Twombley y el señor Grimston avanzaban hacia ella.

—Señorita Winslow —dijo lady Twombley, que entró con un precioso vestido de muselina rosa. Era una joven muy agradable, con el pelo rubio de color miel y los ojos verdes, pero, a diferencia de lady Olivia Valentine, cuyo aspecto pálido irradiaba amabilidad y humor, lady Twombley parecía astuta. Y no en el buen sentido.

Annabel hizo una reverencia.

—Lady Twombley. Qué amable al venir a visitarnos.

Lady Twombley señaló a su acompañante.

—Conoce a mi querido amigo el señor Grimston, ¿verdad?

Annabel asintió.

—Sí, nos presentaron en...

—En el baile de los Mottram —terminó el señor Grimston.

—En efecto —murmuró Annabel, sorprendida de que lo recordara. Ella no se acordaba.

—Basil tiene muy buena memoria en todo lo relacionado con las jóvenes damas —dijo lady Twombley, de forma atropellada—. Seguramente por eso es un experto en moda.

—¿En moda femenina? —preguntó Annabel.

—Cualquier tipo de moda —respondió el señor Grimston, con una mirada desdeñosa hacia el salón.

A Annabel le habría gustado reprenderle la expresión, pero estaba de acuerdo; el salón estaba decorado en unos tonos malva muy pesados.

—Vemos que se encuentra bien —dijo lady Twombley, que se sentó en el sofá sin que nadie la hubiera invitado.

Annabel también se sentó.

—Por supuesto. ¿Por qué iba a encontrarme mal?

—Dios mío. —Los ojos de lady Twombley eran la viva imagen de la sorpresa afectada y se colocó la mano encima del corazón—. No lo sabe. Oh, Basil, no lo sabe.

—¿El qué? —gruñó Annabel, aunque, para ser sincera, no estaba segura de si quería saberlo. Si lady Twombley estaba tan emocionada no podía ser nada bueno.

—Si me pasara a mí —continuó la mujer—, tendrían que meterme en la cama.

Annabel miró al señor Grimston, por si parecía dispuesto a explicarle de qué estaba hablando lady Twombley, pero estaba demasiado ocupado fingiendo estar aburrido.

—Menudo insulto —murmuró lady Twombley—. Menudo insulto.

«¿A mí?», quería preguntar Annabel, pero no lo hizo.

—Basil lo vio todo —dijo lady Twombley, señalando a su amigo.

Casi presa del pánico, Annabel se volvió hacia el caballero, que suspiró y dijo:

—Fue todo un número.

—¿Qué ha pasado? —exclamó al final Annabel.

Satisfecha con el nivel de nerviosismo de la muchacha, lady Twombley respondió:

—Lord Newbury atacó al señor Grey.

Annabel se quedó de piedra.

—¿Qué? No. Es imposible. —El señor Grey era joven y muy fuerte. Y lord Newbury… no.

—Le dio un puñetazo en la cara —añadió el señor Grimston, como si fuera lo más normal del mundo.

—Dios mío —dijo Annabel, con la mano delante de la boca—. ¿Está bien?

—Supongo —respondió el señor Grimston.

Annabel miró a lady Twombley y al señor Grimston, y otra vez a lady Twombley. Maldición, querían que lo preguntara otra vez.

—¿Y qué pasó después? —preguntó, irritada.

—Se produjo un intercambio de palabras —respondió el señor Grimston, tras un educado bostezo—, y luego lord Newbury le lanzó la bebida a la cara al señor Grey.

—Me gustaría haberlo visto —murmuró lady Twombley. Annabel la miró horrorizada y la mujer se encogió de hombros. Y añadió—: Lo que no podemos evitar, siempre es mejor verlo con nuestros propios ojos.

—¿Y el señor Grey le devolvió el golpe? —le preguntó Annabel al señor Grimston y se dio cuenta, para su mayor horror, de que estaba un poco mareada. No debería desear que una persona hiciera daño a otra, pero...

La idea de lord Newbury recibiendo un puñetazo... después de lo que había intentado hacerle...

Tuvo que hacer un gran esfuerzo para que la emoción no se le reflejara en la cara.

—No —respondió el señor Grimston—. A muchos les sorprendió el autodominio del señor Grey, pero a mí no.

—Es un granuja —dijo lady Twombley, que se inclinó hacia delante con un elocuente brillo en los ojos—, pero no es de los temerarios, ya me entiende.

—No —le espetó Annabel, que casi estaba perdiendo la paciencia con tanto comentario vago—. No la entiendo.

—Lo cortó —dijo el señor Grimston—. Y no por la vía directa. Imagino que ni siquiera él se atrevería. Pero creo que puso en duda la hombría del conde.

Annabel contuvo la respiración.

Lady Twombley se rió.

—Tal y como yo lo veo —continuó el señor Grimston—, ahora sólo pueden ocurrir dos cosas.

Por una vez, pensó Annabel, no iba a tener que insistir para sonsacarles la información. A juzgar por la mirada rapaz del señor Grimston, era imposible que se guardara sus pensamientos.

—Es bastante probable —continuó el hombre, satisfecho con el silencio de concentración que se había apoderado del salón—, que lord Newbury se case con usted de inmediato. Tendrá que defender su honor y la forma más rápida de hacerlo es tomándola enseguida.

Annabel retrocedió, más asqueada que antes mientras el señor Grimston la miraba de arriba abajo.

—Parece de las que procrean rápido —dijo.

—Por supuesto —añadió lady Twombley con un movimiento de muñeca.

—¿Cómo dice? —preguntó Annabel, tensa.

—O —añadió el señor Grimston—, el señor Grey la seducirá.

—¿Qué?

Aquello hizo que lady Twombley volviera a prestar atención.

—¿De veras que lo crees, Basil? —preguntó.

Él se volvió hacia ella, y le dio la espalda a Annabel.

—Uy, seguro. ¿Se te ocurre una venganza mayor para con su tío?

—Voy a tener que pedirles que se marchen —dijo Annabel.

—¡Ah, se me ha ocurrido una tercera opción! —exclamó lady Twombley, como si Annabel no acabara de intentar echarla.

El señor Grimston era todo oídos.

—¿En serio?

—El conde podría elegir a otra joven. La señorita Winslow no es la única joven casadera de Londres. Nadie se lo echaría en cara después de lo que pasó anoche en la ópera.

—Anoche en la ópera no pasó nada —gruñó Annabel.

Lady Twombley la miró apiadándose de ella.

—No importa si pasó algo o no, ¿no se da cuenta?

—Continúa, Cressida —dijo el señor Grimston.

—Sí, claro —dijo ella, como si hubiera ofrecido un regalo—. Si lord Newbury elige a otra muchacha, el señor Grey no tendrá ningún motivo para seducir a la señorita Winslow.

—Y entonces, ¿qué pasará? —preguntó Annabel, aunque sabía que no debería hacerlo.

Los dos la miraron con la misma cara inexpresiva.

—Pues que se convertirá en una paria —dijo lady Twombley, como si fuera lo más obvio del mundo.

Annabel se quedó sin habla. Y no tanto por el mensaje, sino por la forma de transmitirlo. Aquella gente había venido a su casa, bueno era la casa de sus abuelos, pero mientras viviera allí también era su casa, y la habían insultado de todas las formas posibles. Y el hecho de que tuvieran razón en sus predicciones sólo lo empeoraba un poco más.

—Sentimos traerle tan malas noticias —dijo lady Twombley, que no parecía sentirlo en absoluto.

—Creo que deberían marcharse —respondió Annabel, mientras se ponía de pie. Le habría gustado pedírselo de otra forma, pero era muy consciente de que su reputación colgaba de un hilo y que esa gente, esas personas horribles, tenían el poder para sacar unas tijeras y cortarlo.

—Por supuesto —dijo lady Twombley, mientras se levantaba—. Imagino que estará un poco atolondrada.

—Parece sofocada —añadió el señor Grimston—. Aunque podría ser por el color borgoña del vestido. Haría bien en buscarse un tono menos azulado.

—Lo tendré en cuenta —respondió Annabel, muy fría.

—Debería hacerlo, señorita Winslow —dijo lady Twombley mientras se dirigía hacia la puerta—. Basil tiene muy buen ojo para la moda. De veras.

Y se marcharon.

Casi.

Ya casi habían llegado a la puerta cuando Annabel oyó la voz de su abuela. A las, madre mía, Annabel miró el reloj... ¡Las diez y media! ¿Qué diantres habría sacado a lady Vickers de la cama a esa hora?

Annabel se pasó los siguientes diez minutos de pie junto a la puerta del salón, escuchando a su abuela mientras recibía el Evangelio según Grimston y Twombley. Qué alegría, se dijo con ironía, volver a escuchar el relato. Con todo lujo de detalles. Al final, la puerta se abrió y se cerró y, al cabo de un minuto, lady Vickers entró.

—Necesito una copa —anunció—. Y tú también.

Annabel no se opuso.

—Esos dos son como dos molestas comadrejas —dijo su abuela, bebiéndose la copa de brandy de un trago. Se sirvió otro, dio un sorbo, y le sirvió una copa a Annabel—. Pero, por mucho que me indigne, tienen razón. Niña, te has metido en un buen lío.

Annabel rozó el brandy con los labios. Bebiendo a las diez y media de la mañana. ¿Qué diría su madre?

Su abuela meneó la cabeza.

—Serás burra. ¿En qué estabas pensando?

Annabel esperaba que fuera una pregunta retórica.

—Bueno, supongo que no lo hiciste con mala intención. —Lady Vickers se terminó la copa y se sentó en su sillón preferido—. Tienes suerte de que tu abuelo sea tan buen amigo del conde. Todavía podremos salvar el matrimonio.

Annabel asintió sumisa, deseando...

Deseando...

Sólo deseando. Lo que fuera. Algo bueno.

—Gracias a Dios que Judkins ha tenido el acierto de avisarme de todas las visitas que has tenido —continuó su abuela—. Te digo una cosa, Annabel, da igual el tipo de marido que tengas, pero un buen mayordomo vale su peso en oro.

A Annabel no se le ocurrió ninguna respuesta.

Su abuela dio otro sorbo.

—Judkins me ha dicho que Rebecca y Winifred han estado aquí.

Annabel asintió, dando por sentado que se refería a lady Westfield y lady Challis.

—Nos van a inundar. A inundar. —Se volvió hacia Annabel con los ojos entrecerrados—. Espero que estés preparada.

Annabel notó cómo algo desesperado se apoderaba de su estómago.

—¿No podemos decir que no estamos en casa?

Lady Vickers se rió.

—No, no podemos decir que no estamos en casa. Te has metido en este lío tú solita, y lo afrontarás como una dama: con la cabeza alta, recibiendo a todas las visitas y recordando todas y cada una de sus palabras para diseccionarlas y analizarlas luego.

Annabel se sentó, y se levantó cuando entró Judkins anunciando la siguiente visita.

—Será mejor que te termines el brandy —le dijo su abuela—. Lo vas a necesitar.

Capítulo *12*

Tres días después

Si no haces algo para reparar el daño que has causado, no volveré a hablarte en la vida.

Sebastian levantó la mirada del plato de huevos y se encontró con la preciosa y furiosa cara de la mujer de su primo. Olivia no solía enfadarse y, sinceramente, era algo digno de presenciar.

Aunque, teniendo en cuenta la situación, preferiría presenciarlo si la ira fuera dirigida a otra persona.

Miró a Harry, que estaba leyendo el periódico mientras desayunaba. Este se encogió de hombros, indicando con ese gesto que no consideraba que fuera asunto suyo.

Sebastian bebió un sorbo de té, lo tragó y luego volvió a mirar a Olivia con un semblante inexpresivo.

—Disculpa —dijo, muy contento—. ¿Hablabas conmigo?

—¡Harry! —exclamó ella, con un resoplido de indignación. Pero su marido meneó la cabeza y ni siquiera levantó la mirada del periódico.

Olivia entrecerró los ojos con aire amenazante y Seb decidió que se alegraba de no estar en la piel de Harry cuando tuviera que enfrentarse a su mujer esa noche.

Aunque, seguramente, a esas alturas Harry ya no llevaría nada encima de la piel.

—¡Sebastian! —exclamó Olivia, muy severa—. ¿Me estás escuchando?

Él parpadeó y la miró fijamente.

—Escucho todas tus palabras, querida prima. Ya lo sabes.

Ella retiró la silla que había delante de él y se sentó.

—¿No quieres desayunar? —preguntó él, caballeroso.

—Después. Primero…

—Sería un placer servírtelo —se ofreció él—. No querrás dejar de comer en tu estado.

—Mi estado no es el problema que nos ocupa —dijo ella, señalándolo con un dedo largo y elegante—. Siéntate.

Seb ladeó la cabeza, descolocado.

—Ya estoy sentado.

—Ibas a levantarte.

Él se volvió hacia Harry.

—¿Cómo la aguantas?

Harry levantó la mirada del periódico por primera vez esa mañana y sonrió con picardía.

—Tiene sus beneficios —murmuró.

—¡Harry! —gritó Olivia.

A Sebastian le gustó ver cómo se sonrojaba.

—De acuerdo —dijo—. ¿Qué he hecho, ahora?

—Se trata de la señorita Winslow.

«La señorita Winslow.» Seb intentó no fruncir el ceño mientras pensaba en ella. Y era muy irónico porque se había pasado gran parte de los últimos dos días con el ceño fruncido mientras intentaba no pensar en ella.

—¿Qué pasa con la señorita Winslow?

—No mencionaste que tu tío la estaba cortejando.

—No sabía que mi tío la estaba cortejando. —¿Había sonado un poco tenso? No podía ser. Tenía que controlar mejor su aspecto y su actitud.

Se produjo un breve silencio. Y entonces:

—Debes de estar muy enfadado con ella.

—Todo lo contrario —respondió Sebastian con aire despreocupado.

Los preciosos labios de Olivia se separaron ante la sorpresa.

—¿No estás enfadado con ella?

Seb se encogió de hombros.

—Estar enfadado requiere mucha energía. —Levantó la cabeza del plato y le ofreció una sonrisa insulsa—. Tengo mejores cosas que hacer con mi tiempo.

—¿Ah, sí? Bueno, claro que sí. Pero ¿no estás de acuerdo en que...?

Sebastian se dijo que tenía que hacer algo con aquella irritación que le estaba oprimiendo debajo de las costillas. Era bastante desagradable y le resultaba mucho más fácil ignorar y dejar que los insultos le entraran por un oído y le salieran por el otro. Pero ¿realmente Olivia creía que se pasaba el día sentado y comiendo bombones?

—¿Sebastian? ¿Me estás escuchando?

Él sonrió y mintió:

—Por supuesto.

Olivia emitió un sonido a medio camino entre un quejido y un gruñido. Pero continuó:

—De acuerdo, no estás enfadado con ella, aunque, en mi opinión, tienes todo el derecho a estarlo. Aún así...

—Si mi tío te cortejara —la interrumpió Sebastian—, ¿no buscarías unos últimos instantes de risas? Y no lo digo para fanfarronear, aunque si se me permite decirlo, considero que soy muy buena compañía; no creo que nadie pueda negarlo. Soy una compañía mucho más agradable que Newbury.

—Tiene razón —dijo Harry.

Olivia frunció el ceño.

—Pensaba que no estabas escuchando.

—No os estoy escuchando —respondió él—. Estoy aquí leyendo mientras mis orejas se ven atacadas.

—¿Cómo lo aguantas? —murmuró Sebastian.

Olivia apretó los dientes.

—Hay ciertos beneficios —gruñó.

Aunque Sebastian estaba bastante seguro de que, esa noche, Harry no tendría ningún beneficio.

—Pues ya está —le dijo a Olivia—. La perdono. Debería haberme dicho algo, pero entiendo por qué no lo hizo, y sospecho que cualquiera de nosotros habría hecho lo mismo.

Se produjo una pausa y luego Olivia dijo:

—Es un gesto muy generoso por tu parte.

Él se encogió de hombros.

—El rencor no es bueno para la salud. Fíjate en Newbury. No estaría tan gordo ni demacrado si no me odiara tanto. —Se volvió hacia el desayuno mientras se preguntó qué haría Olivia con aquella dosis de lógica.

Ella esperó unos diez segundos antes de continuar:

—Me alegro de saber que no le guardas ningún resentimiento. Como te he dicho, necesita tu ayuda. Después de tu escena en White's...

—¿Qué? —exclamó Sebastian, y apenas pudo reprimir las ganas de dar un puñetazo en la mesa—. Espera un momento. Yo no monté ninguna escena. Si quieres llamar la atención a alguien, ve a buscar a mi tío.

—Está bien, lo siento —dijo Olivia, tan incómoda que Sebastian la creyó—. Fue culpa de tu tío, lo sé, pero el resultado es el mismo. La señorita Winslow está en una situación terrible y tú eres el único que puede salvarla.

Sebastian se metió otro bocado de comida en la boca y luego, con cuidado, se secó los labios. Había al menos diez cosas acerca del comentario de Olivia por las que Sebastian podría haberse ofendido, si fuera el tipo de hombre que se ofende por los comentarios de mujeres enojadas. Serían:

Una, la posición de la señorita Winslow no era tan terrible porque, dos, por lo visto, estaba muy cerca de convertirse en la condesa de Newbury, un título que, tres, venía con todo tipo de fortunas y prestigio, aunque también venía con el conde de Newbury, al que nadie podía considerar un premio.

Por no hablar de, cuatro, que él era quien lucía un ojo morado y, cinco, también a quien habían lanzado el contenido de un vaso a la cara, y todo porque, seis, a ella no le había parecido adecuado decirle que su tío la estaba cortejando a pesar de que, siete, sabía perfectamente que eran parientes, porque, ocho, estuvo a punto de desmayarse cuando, esa noche en el brezal, le dijo su nombre.

Sin embargo, quizá Sebastian debería centrarse más en la segunda parte del comentario de Olivia, el que hacía referencia a que él era la única persona que podía salvar a la señorita Winslow. Porque, nueve, no veía ningún motivo para que eso fuera así y, diez, tampoco veía por qué debería preocuparle.

—¿Y bien? —le preguntó Olivia—. ¿No se te ocurre nada que decir?

—Sí, varias cosas, la verdad —respondió él sosegado. Volvió a concentrarse en la comida. Al cabo de unos segundos, levantó la mirada. Olivia estaba aferrada a la mesa con tanta fuerza que tenía los nudillos blancos, y una mirada…

—Ten cuidado —murmuró él—. Se te va a cortar la leche.

—¡Harry! —gritó ella.

Harry bajó el periódico.

—Aunque te agradezco que solicites mi opinión, estoy casi seguro de que no tengo nada que aportar a esta conversación. Dudo que reconociera a la señorita Winslow si me cruzara con ella por la calle.

—Pero si te pasaste una noche entera en el mismo palco de la ópera que ella —dijo Olivia con incredulidad.

Harry se lo pensó unos segundos.

—Supongo que reconocería la parte posterior de su cabeza, puesto que fue la única vista que me ofreció.

Sebastian se rió, pero enseguida recuperó el gesto serio. A Olivia no le había hecho ninguna gracia.

—De acuerdo —dijo, uniendo las manos a modo de súplica—. Dime por qué todo esto es culpa mía y qué puedo hacer para arreglarlo.

Olivia lo miró fijamente un interminable segundo más antes de añadir con tono remilgado:

—Me alegro que me lo preguntes.

Harry se atragantó con algo. Seguramente, con su propia risa. Aunque Sebastian esperaba que fuera con la lengua.

—¿Tienes idea de lo que la gente está diciendo de la señorita Winslow? —preguntó Olivia.

Puesto que Sebastian se había pasado los dos últimos días encerrado en su habitación, trabajando para conseguir que la ficticia señorita Spencer saliera de debajo de la cama ficticia de su escocés ficticio, no, no sabía lo que decían de la señorita Winslow.

—¿Y bien? —insistió Olivia.

—No —admitió él.

—Dicen… —Se inclinó hacia delante y con una expresión tan seria que Sebastian estuvo a punto de retroceder—, que sólo es cuestión de tiempo que la seduzcas.

—No es la primera señorita sobre la que dicen eso —respondió Seb.

—Es diferente —dijo Olivia, con los dientes apretados—, y lo sabes. La señorita Winslow no es una de tus viudas alegres.

—A mí me encanta una viuda alegre —murmuró él, sólo porque sabía que la sacaría de quicio.

—Dicen —gruñó ella—, que arruinarás su reputación sólo para fastidiar a tu tío.

—Te aseguro que no tengo intención de hacerlo —dijo Sebastian—, y espero que el resto de la sociedad lo entienda cuando se dé cuenta de que ni siquiera la he visitado.

Y no pretendía hacerlo. Sí, le caía bastante bien y sí, se había pasado la mayor parte de las horas que había estado despierto estudiando las distintas formas en que le gustaría atarla a la cama, pero no tenía ninguna intención de materializar esa fantasía. Puede que la hubiera perdonado, pero no quería tener más contacto con ella. En lo que a él respetaba, si Newbury la quería, podía quedársela.

Y es lo que le dijo a Olivia, aunque quizá con un poco más de delicadeza. Sin embargo, sólo obtuvo una mirada furiosa y un:

—Es que Newbury ya no la quiere. Ése es el problema.

—¿Para quién? —preguntó Seb con suspicacia—. Si yo fuera la señorita Winslow, esto me parecería lo más semejante a una solución.

—No eres la señorita Winslow y, además, no eres mujer.

—Gracias a Dios —dijo, sin ningún tipo de tacto. A su lado, Harry dio tres golpes en la mesa.

Olivia los miró a los dos con el ceño fruncido.

—Si fueras una mujer —dijo ella—, entenderías las dimensiones de este desastre. Lord Newbury no ha ido a visitarla ni una sola vez desde vuestro altercado.

Sebastian arqueó las cejas.

—¿De veras?

—Sí. ¿Y sabes quién sí ha ido a visitarla?

—No —respondió, porque sabía que ella no se guardaría la información.

—¡Todos los demás! ¡Todos!

—Ha debido de estar muy ocupada —murmuró él.

—¡Sebastian! ¿Sabes a quién incluye ese «todo el mundo»?

Por un segundo, Sebastian se planteó una respuesta sarcástica pero luego, y básicamente para preservar su integridad física, decidió que era mejor morderse la lengua.

—Cressida Twombley —dijo Olivia, entre dientes—. Y Basil Grimston. Han ido a verla tres veces.

—¿Tres ve...? ¿Cómo sabes todo eso?

—Yo lo sé todo —respondió ella, quitándole importancia.

Y Sebastian se lo creía. Si Olivia hubiera estado en la ciudad antes de conocer a la señorita Winslow en el parque, nada de esto habría pasado. Habría sabido que Annabel Winslow era la prima de lady Louisa. Y, seguramente, también sabría su cumpleaños y su color favorito. Y seguro que habría sabido que la señorita Winslow era nieta de los Vickers y, por lo tanto, la presa de su tío.

Y entonces habría mantenido las distancias. El beso en el brezal habría quedado en un recuerdo vago, aunque precioso. No habría aceptado la invitación a la ópera, no se habría sentado a su lado y no habría descubierto que sus ojos, de un color gris muy claro, adquirían una tonalidad verde cuando iba vestida de ese color. No sabría que tenía unas sensibilidades parecidas a las suyas, o que se mordía el labio inferior cuando estaba concentrada en algo. O que le costaba mucho estarse quieta.

O que olía ligeramente a violetas.

Si hubiera sabido quién era, ninguno de esos datos inútiles le invadiría el cerebro, quitándole espacio a algo importante. Como un análisis detallado de las diferencias entre un lanzamiento bajo y uno alto en el críquet. O recordar las palabras exactas del soneto de Shakespeare («¡Ay, cuánta pobreza acarrea mi Musa!») que llevaba más de un año recitando mal.

—La señorita Winslow se ha convertido en el hazmerreír de la ciudad —dijo Olivia—, y no es justo. Ella no ha hecho nada.

—Yo tampoco —señaló Sebastian.

—Pero tú tienes la capacidad de arreglarlo. Y ella no.

—¡Ay, cuánta pobreza acarrea mi Musa! —murmuró él.

—¿Qué dices? —preguntó Olivia, impaciente.

Él ignoró su comentario anterior. Era inútil intentar explicárselo. En lugar de eso, la miró fijamente y preguntó:

—¿Qué quieres que haga?

—Ir a verla.

Sebastian se volvió hacia Harry, que seguía fingiendo que leía el periódico.

—¿No acaba de decirme que todo Londres cree que pretendo seducirla?

—Sí —confirmó Harry.

—Santo Dios —blasfemó Olivia, con tanta fuerza que los dos hombres parpadearon—. ¿Por qué sois tan obtusos?

Los dos la miraron, y su silencio confirmaba la pregunta.

—Ahora parece que tanto tu tío como tú la habéis abandonado. Por lo visto, el conde no la quiere y, a juzgar por tu actitud, tú tampoco. Dios sabe lo que las señoras estarán chismorreando.

Sebastian se lo imaginaba. La mayoría diría que la señorita Winslow había sido demasiado ambiciosa, y no había nada que les gustara más que ver cómo una chica ambiciosa se daba de bruces contra la realidad.

—Ahora mismo, la gente va a visitarla por curiosidad —dijo Olivia. Y, entrecerrando los ojos, añadió—: Y por crueldad. Pero no te equivoques, Sebastian. Cuando todo esto termine, nadie la querrá. No, a menos que hagas lo que tienes que hacer en este mismo instante.

—Por favor, dime que lo que tengo que hacer no incluye una propuesta de matrimonio —dijo él. Porque, a ver, por muy encantadora que fuera la señorita Winslow, no creía que se hubiera sobrepasado tanto para tener que pagar ese precio.

—Por supuesto que no —respondió Olivia—. Sólo tienes que ir a verla. Demostrar a la sociedad que te sigue pareciendo una chica encantadora. Y tienes que ser todo un caballero. Si haces algo que pueda considerarse seductor, estará perdida.

Sebastian estaba a punto de hacer uno de sus habituales comentarios irónicos, cuando una punzada de indignación le atravesó el cuerpo y, en cuanto abrió la boca, no pudo evitarlo. Quería saberlo.

—¿Cómo es que la gente, y entre ellos personas que hace años que me conocen, algunos incluso décadas, me consideran el tipo de persona que seduciría a una inocente por venganza?

Esperó un segundo, pero Olivia no le respondió. Y Harry, que ya había dejado de fingir que leía el periódico, tampoco.

—No es una cuestión trivial —añadió Sebastian, enfadado—. ¿Alguna vez me he comportado de forma que pueda sugerir tal cosa? Explicadme qué he hecho para convertirme en un villano depredador de tales dimensiones. Porque tengo que confesar que no lo entiendo. ¿Sabes que nunca, ni una sola vez, me he acostado con una virgen? —dirigió la pregunta a Olivia, básicamente porque le apetecía ofender e incomodar—. Ni siquiera cuando yo era virgen.

—Ya basta, Sebastian —dijo Harry, muy despacio.

—No, no basta. Me pregunto, ¿qué creen que pienso hacer con la señorita Winslow después de seducirla? ¿Abandonarla? ¿Matarla y lanzar su cuerpo al Támesis?

Por un segundo, sus primos se lo quedaron mirando. Era lo más cerca que había estado de levantar la voz desde...

Desde...

Desde siempre. Ni siquiera Harry, con quien había ido al colegio y al ejército, lo había oído levantar la voz.

—Sebastian —dijo Olivia, con cariño. Alargó el brazo y le acarició la mano, pero él la apartó.

—¿Es lo que piensas de mí? —preguntó él.

—¡No! —exclamó ella, con los ojos llenos de horror—. Por supuesto que no. Pero yo te conozco. Y... ¿Adónde vas?

Sebastian ya se había levantado y se dirigía hacia la puerta.

—A visitar a la señorita Winslow —le espetó él.

—Pero no vayas de ese humor —dijo ella, levantándose de la silla.

Sebastian se detuvo en seco y la miró fijamente.

—Yo... Eh... —Olivia miró a Harry, que también se había levantado. Él respondió la pregunta silenciosa de su esposa arqueando una ceja y ladeando la cabeza hacia la puerta—. Quizá debería ir contigo —dijo. Tragó saliva y enseguida se agarró del brazo de Sebastian—. Así todo parecerá más formal, ¿no crees?

Sebastian asintió, pero la verdad es que ya no sabía qué pensar. O quizá le daba igual.

Capítulo 13

*B*randy? —preguntó lady Vickers, ofreciendo una copa.

Annabel meneó la cabeza. Después del segundo día de recibir visitas matutinas con su abuela (que no podía hacer frente a cualquier hora anterior a mediodía sin la debida libación), había aprendido que era mejor limitarse a la limonada y el té hasta después de comer.

—Me da dolor de estómago.

—¿Esto? —preguntó lady Vickers, observando la copa con curiosidad—. ¡Qué extraño! A mí me hace sentir muy serena.

Annabel asintió. No había otra respuesta posible. Había pasado más tiempo con su abuela esos últimos días que en el último mes. Cuando lady Vickers le había dicho que afrontara el escándalo como una dama, también se refería a ella misma y, por lo visto, eso significaba mantenerse pegada al lado de su abuela en todo momento.

Annabel se dio cuenta de que era la demostración de amor más tangible que su abuela jamás le había hecho.

—Bueno, debo decir una cosa —proclamó lady Vickers—. Gracias a este escándalo, he visto a más amigas estos días que en el último año.

¿Amigas? Annabel sonrió débilmente.

—Creo que está perdiendo fuelle —continuó lady Vickers—. El primer día tuvimos treinta y tres visitas, veintinueve el segundo, y ayer sólo veintiséis.

Annabel abrió la boca, atónita.

—¿Las has contado?

—Claro que las he contado. ¿Tú qué has hecho?

—Eh… ¿Quedarme aquí sentada y enfrentarlo como una dama?

Su abuela se rió.

—Seguro que creías que no sabía contar más de diez.

Annabel balbuceó y tartamudeó y empezó a arrepentirse de no haber aceptado el brandy.

—¡Bah! —Lady Vickers restó importancia al comentario agitando la mano en el aire—. Tengo muchos talentos escondidos.

Annabel asintió, pero la verdad era que no sabía si quería descubrir más talentos de su abuela. En realidad, estaba segura de que no quería.

—Una mujer debe tener su reserva privada de secretos y fuerza —continuó su abuela—. Confía en mí. —Bebió un sorbo de brandy, soltó un suspiro de satisfacción, y bebió otro sorbo—. Cuando estés casada, entenderás lo que quiero decir.

«Noventa y ocho visitas», pensó Annabel, después de sumar mentalmente las visitas de los tres días. Noventa y ocho personas habían acudido a Vickers House, hambrientas por alimentar el último escándalo. O para extenderlo. O para explicarle lo mucho que se había extendido.

Había sido horrible.

Noventa y ocho personas. Se hundió en la silla.

—¡Siéntate recta! —le recriminó su abuela.

Annabel obedeció. Quizá no habían sido noventa y ocho. Algunas personas habían venido más de una vez. Lady Twombley había venido… ¡cada día!

¿Y dónde estaba el señor Grey mientras todo esto sucedía? Nadie lo sabía. Nadie lo había visto desde el altercado en el club. Annabel estaba segura de que era verdad, porque se lo habían dicho, al menos, noventa y ocho veces.

Sin embargo, no estaba enfadada con él. No era culpa suya. Ella debería haberle dicho que su tío la estaba cortejando. Era ella quien habría podido evitar el escándalo. Y eso era lo peor de todo. Llevaba tres días sintiéndose avergonzada, furiosa y pequeña, y sólo podía culparse a sí misma. Si le hubiera dicho la verdad, si no cuando se conocieron, sí cuando se encontraron en Hyde Park...

—Dos visitas, señora —anunció el mayordomo.

—Las primeras del día —dijo lady Vickers, muy seca. ¿O quizás había sido con sorna?—. ¿Quiénes son, Judkins?

—Lady Olivia Valentine y el señor Grey.

—Ya era hora —gruñó lady Vickers. Y, cuando Judkins acompañó a las visitas hasta el salón, repitió—: Ya era hora. ¿Por qué ha tardado tanto?

Annabel estaba a punto de morirse de vergüenza.

—No me encontraba bien —dijo el señor Grey, con una irónica sonrisa dirigida hacia su ojo.

Su ojo. Estaba horrible. Enrojecido, un poco hinchado y con un moretón negro azulado que le llegaba hasta la sien. Annabel contuvo el aliento de forma sonora. No pudo evitarlo.

—Soy una visión bastante horrorosa —murmuró él, mientras la tomaba de la mano y se inclinaba para besársela.

—Señor Grey —dijo ella—. Lamento muchísimo lo de su ojo.

Él irguió la espalda.

—Pues a mí me gusta. Parece que llevo un guiño perpetuo.

Annabel empezó a sonreír, pero luego se contuvo.

—Un guiño espantoso —asintió.

—Y yo que creía que era atractivo —murmuró él.

—Siéntese —dijo lady Vickers, señalando el sofá. Annabel se dirigió hacia allí, pero su abuela dijo—: No. Él. Tú, ahí. —Y luego se dirigió hacia la puerta y gritó—: Judkins, no estamos para nadie. —Y cerró la puerta con firmeza.

Cuando terminó de sentar a cada uno en su asiento, lady Vickers no perdió el tiempo en complacencias.

—¿Qué piensa hacer? —dijo, dirigiéndose no al señor Grey sino a su prima, que se había mantenido en silencio hasta ahora.

Sin embargo, lady Olivia mantuvo la serenidad. Estaba claro que ella tampoco creía que los dos protagonistas del escándalo pudieran solucionarlo solos.

—Mi primo está horrorizado por el daño potencial para la reputación de su nieta y está avergonzado por cualquier responsabilidad que haya podido tener en este escándalo.

—Y debería estarlo —dijo lady Vickers ásperamente.

Annabel miró de reojo al señor Grey. Para su tranquilidad, parecía divertido. Quizás incluso un poco aburrido.

—Por supuesto —añadió lady Olivia, con cautela—, su implicación ha sido completamente involuntaria. Como todos saben, lord Newbury lanzó el primer golpe.

—El único golpe —intervino el señor Grey.

—Sí —admitió lady Vickers, reconociendo ese hecho con un gesto grandilocuente con el brazo—. Pero ¿quién puede culparlo? Seguro que la sorpresa lo superó. Conozco a Newbury desde hace años. Es un hombre de sensibilidades delicadas.

Annabel estuvo a punto de soltar una carcajada. Volvió a mirar al señor Grey, para ver si a él le sucedía lo mismo. Sin embargo, cuando lo hizo, los ojos de él se abrieron alarmados.

Un momento… ¿Alarmados?

El señor Grey tragó saliva, con incomodidad.

—Sí —dijo lady Vickers, con un suspiro—, pero ahora el matrimonio corre peligro. Deseábamos tanto que Annabel se casara con un conde.

—¡Aaahhh!

Annabel y lady Olivia miraron al señor Grey quien, si a Annabel no le fallaban los oídos, acababa de gritar. Él dibujó una sonrisa forzada y parecía más incómodo que nunca. Aunque no es que lo hubiera visto muchas veces, pero parecía uno de esos hombres que se sentía cómodo en cualquier situación.

Él se movió en el asiento.

Annabel bajó la mirada.

Y vio la mano de su abuela en el muslo del señor Grey.

—¡Té! —prácticamente gritó, poniéndose de pie—. Tomemos un té. ¿No les apetece?

—A mí sí —dijo el señor Grey, muy agradecido, y aprovechó la ocasión para alejarse de lady Vickers. Sólo fueron unos centímetros, pero ya estaba lo suficientemente lejos como para que no pudiera volver a tocarlo sin resultar ridículamente obvia.

—Me encanta el té —balbuceó Annabel, que se fue hasta la cuerda para hacer sonar la campana—. ¿A ustedes no? Mi madre siempre decía que no se podía solucionar nada sin una taza de té.

—¿Y al revés también es verdad? —preguntó el señor Grey—. ¿Que, con una taza de té, se soluciona cualquier cosa?

—Pronto lo descubriremos, ¿no cree? —Annabel observó, horrorizada, cómo su abuela se acercaba al señor Grey—. ¡Madre mía! —dijo, quizá con demasiado énfasis—. Se ha atascado. Señor Grey, ¿le importaría ayudarme con esto? —Sujetó la cuerda, con cuidado de no hacer sonar la campana.

Él prácticamente se levantó de un salto.

—Será un placer. Ya me conocen —dijo, hacia las otras dos mujeres—. Vivo para rescatar a damiselas en apuros.

—Por eso estamos aquí —intervino lady Olivia, con una sonrisa.

—Con cuidado —le dijo Annabel cuando le quitó la cuerda de las manos—. No tire demasiado fuerte.

—Por supuesto que no —murmuró él, y luego, en voz baja, añadió—. Gracias.

Se quedaron junto a la cuerda un momento y entonces, convencida de que su abuela y lady Olivia estaban absortas en su conversación, Annabel dijo:

—Siento lo de su ojo.

—Ah, no es nada —respondió él, restándole importancia.

Ella tragó saliva.

—También siento mucho no haberle dicho nada. No estuvo bien por mi parte.

Él encogió un hombro en un movimiento seco.

—Si mi tío me cortejara, no estoy seguro de si querría gritarlo a los cuatro vientos.

Ella tenía la sensación de que tenía que reír, pero sólo sentía una desesperación terrible. Consiguió sonreír, aunque sin demasiado entusiasmo, y dijo...

Nada. Por lo visto la sonrisa era lo máximo a lo que podía aspirar.

—¿Se casará con él? —le preguntó el señor Grey.

Ella bajó la mirada hasta sus pies.

—No me lo ha pedido.

—Lo hará.

Annabel intentó no responder. Intentó pensar en otra cosa de qué hablar, cualquier cosa que sirviera para cambiar de conversación sin resultar demasiado obvia. Cambió el peso de pierna, miró el reloj y entonces...

—Quiere un heredero —dijo el señor Grey.

—Lo sé —respondió ella, muy despacio.

—Y lo necesita rápido.

—Lo sé.

—Muchas jóvenes se sentirían halagadas de que se hubiera fijado en ellas.

Ella suspiró.

—Lo sé.

Levantó la mirada y sonrió. Fue una de esas extrañas sonrisas que son, como mínimo, un setenta y cinco por ciento nerviosas.

—Y lo estoy —dijo. Tragó saliva—. Quiero decir, que me siento halagada.

—Por supuesto —murmuró él.

Annabel se quedó quieta mientras intentaba no dar golpecitos con el pie en el suelo. Otra de sus costumbres que su abuela detestaba. Pero es que era muy difícil estarse quieta cuando una no se sentía cómoda.

—Es algo discutible —dijo, muy rápido—. No ha venido a verme. Sospecho que ha puesto sus ojos en otro objetivo.

—Algo por lo que espero que esté agradecida —dijo el señor Grey muy despacio.

Ella no respondió. No podía. Porque sí que estaba agradecida. Más que eso, estaba aliviada. Y se sentía muy culpable por sentirse así. El matrimonio con el conde habría salvado a su familia. No debería estar agradecida. Debería estar destrozada de que la unión se hubiera roto.

—¡Señor Greeey! —exclamó su abuela desde el otro lado del salón.

—Lady Vickers —respondió él, muy educado, mientras regresaba a la zona de los sofás. Sin embargo, no se sentó.

—Creemos que debe cortejar a mi nieta —anunció.

Annabel notó que se sonrojaba al instante y le habría encantado esconderse debajo de una silla, pero el pánico se apoderó de ella y la hizo echar a correr hacia su abuela, exclamando:

—Abuela, no puedes decirlo en serio. —Y luego se volvió hacia el señor Grey—. No lo dice en serio.

—Lo digo en serio —dijo su abuela, con concisión—. Es la única manera.

—Oh no, señor Grey —añadió Annabel, mortificada de que lo obligaran a cortejarla—. Por favor, no piense que...

—¿Tan malo soy? —preguntó él, con sequedad.

—¡No! No. Bueno, no, usted ya sabe que no.

—Bueno, me lo imaginaba, pero... —murmuró él.

Annabel miró a las dos mujeres en busca de ayuda, pero ninguna de las dos se la ofreció.

—Nada de esto es culpa suya —dijo Annabel, con firmeza.

—Da igual —respondió él, con solemnidad—. No puedo ignorar a una dama en apuros. ¿Qué clase de caballero sería?

Annabel miró a lady Olivia. La joven estaba sonriendo de una forma que la asustó.

—No será nada serio, por supuesto —dijo lady Vickers—. Todo de mentira. Podréis separaros a final de mes. De forma amigable, claro. —Dibujó una sonrisa de loba—. No nos gustaría que el señor Grey no se sintiera a gusto en Vickers House.

Annabel lanzó una mirada de reojo al caballero en cuestión. Parecía un poco inquieto.

—Vuelva a sentarse, por favor —dijo lady Vickers, acariciando el espacio que había libre a su lado—. Hace que me sienta como una anfitriona absolutamente incompetente.

—¡No! —exclamó Annabel, sin pararse a pensar en las consecuencias de esas palabras.

—¿No? —repitió su abuela.

—Deberíamos ir a dar un paseo —propuso Annabel.

—¿Ah, sí? —dijo el señor Grey—. Sí, claro.

—Por supuesto que sí —dijo lady Olivia.

—Hace un día maravilloso —añadió Annabel.

—Y todo el mundo nos verá y creerán que la estoy cortejando —concluyó el señor Grey. Tomó a Annabel del brazo enseguida y anunció—: ¡Nos vamos!

Salieron del salón a toda prisa y no dijeron nada hasta que llegaron a las escaleras de la entrada, donde el señor Grey se volvió hacia ella y, con toda sinceridad, le dijo:

—Gracias.

—De nada —respondió Annabel, mientras llegaba a la acera. Se volvió hacia él y sonrió—: Vivo para rescatar a los caballeros en apuros.

Capítulo 14

Antes de que Sebastian pudiera responder con un comentario conciso, la puerta principal de Vickers House se abrió y apareció Olivia. Él levantó la mirada y arqueó una ceja.

—Soy vuestra carabina —explicó ella.

Y antes de que pudiera responder con otro comentario conciso a eso, Olivia añadió:

—La doncella de la señorita Winslow tiene la tarde libre, así que era yo o lady Vickers.

—Estamos encantados de que hayas sido tú —respondió él con firmeza.

—¿Qué ha pasado ahí dentro? —preguntó Olivia, mientras descendía hasta la acera.

Sebastian miró a la señorita Winslow, que estaba mirando fijamente a un árbol.

—No sabría explicarlo —respondió él, volviéndose hacia Olivia—. Es demasiado penoso.

Le pareció oír cómo la señorita Winslow se reía. Le gustaba su sentido del humor.

—Muy bien —dijo Olivia, agitando la mano—. Venga, id delante. Yo iré detrás, carabineando.

—¿Ese verbo existe? —Porque tenía que preguntarlo. Después del incidente con «ámbito», Olivia no tenía derecho a utilizar ningún tipo de vocabulario incorrecto.

—Si no existe, debería existir —concluyó ella.

A Sebastian se le ocurrieron miles de comentarios concisos sobre eso, pero, por desgracia, todos implicaban desvelar su identidad secreta. Sin embargo, como era constitucionalmente incapaz de dejar pasar el comentario sin decir algo que fastidiara a Olivia, se volvió hacia la señorita Winslow y dijo:

—Es su primera vez.

—¿La primera...? —La señorita Winslow se volvió hacia Olivia con el rostro absolutamente confundido.

—De carabina —aclaró él, tomándola del brazo—. Intentará impresionarla.

—¡Lo he oído!

—Claro que lo has oído —añadió él. Se acercó un poco más a la señorita Winslow y le susurró al oído—. Tendremos que esforzarnos mucho para deshacernos de ella.

—¡Sebastian!

—¡Quédate donde estás, Olivia! —exclamó él—. ¡Quédate donde estás!

—No me parece correcto —dijo la señorita Winslow. Dibujó una adorable mueca con los labios y Seb empezó a imaginar las miles de formas en que ese puchero podría convertirse en algo más seductor. O en objeto de seducción.

—¿Ah no? —murmuró él.

—No es ninguna tía solterona —respondió ella, añadiendo—: Lady Olivia, por favor, acompáñenos.

—Estoy segura de que no es lo que Sebastian quiere —dijo Olivia, pero Seb se dio cuenta de que había acelerado para acercarse un poco—. No te preocupes, Seb —le dijo—. Lady Vickers me ha dejado su periódico. Me buscaré un banco donde sentarme y dejaré que paseéis por donde queráis.

Le ofreció el periódico para que se lo sujetara, y él así lo hizo. Nunca discutía con una mujer a menos que fuera absolutamente necesario.

Llegaron al parque y, tal como había dicho, Olivia se sentó en un parque y los ignoró. O, al menos, fingió ignorarlos a las mil maravillas.

—¿Giramos? —le preguntó él a la señorita Winslow—. Podemos imaginarnos que es un enorme salón y que estamos paseando por el perímetro.

—Me encantaría. —Se volvió hacia Olivia, que estaba leyendo el periódico.

—Uy, nos está vigilando, no se preocupe.

—¿De veras? Parece muy concentrada en la lectura.

—Mi querida prima puede leer el periódico y espiarnos al mismo tiempo. Seguramente, también podría pintar una acuarela y dirigir una orquesta al mismo tiempo. —Ladeó la cabeza hacia la señorita Winslow a modo de saludo—. He aprendido que las mujeres pueden hacer, al menos, seis cosas a la vez sin detenerse a respirar.

—¿Y los hombres?

—Ah, nosotros somos mucho más zopencos. Es un milagro que podamos caminar y hablar a la vez.

Ella se rió y luego le señaló los pies.

—Pues parece que lo está haciendo bastante bien.

Él fingió estar atónito.

—Vaya, fíjese en esto. Debo de estar mejorando.

Ella volvió a reírse, otro sonido gutural y precioso. Él sonrió, porque eso es lo que hacía un caballero cuando una dama reía en su presencia y, por un momento, se olvidó de dónde estaba. Los árboles, la hierba, el mundo entero desapareció y sólo veía la cara de la señorita Winslow, su sonrisa, sus labios, tan carnosos y rosados, y tan curvados en las comisuras.

Su cuerpo empezó a vibrar con una sensación suave y embriagadora. No era lujuria, ni siquiera deseo; Sebastian conocía perfectamente esas sensaciones. Esto era distinto. Emoción, quizás. A lo mejor ilusión, aunque no estaba seguro de qué la despertaba. Sólo estaban paseando por el parque. Sin embargo, no podía quitarse de encima la sensación de que estaba esperando algo bueno.

Era una sensación excelente.

—Creo que me gusta que me rescaten —dijo, mientras avanzaban lentamente por Stanhope Gate. Hacía un día precioso, la señorita Winslow era encantadora y Olivia ya no podía oírlos.

¿Qué más podía pedirle a la tarde?

Bueno, excepto la parte de la tarde. Miró hacia el cielo con los ojos entrecerrados. Todavía era por la mañana.

—Lamento mucho lo de mi abuela —dijo la señorita Winslow. Con mucho sentimiento.

—Ah-ah, ¿no sabe que se supone que no debe mencionar esas cosas?

Ella suspiró.

—¿De veras? ¿Ni siquiera puedo disculparme?

—Por supuesto que no. —Le sonrió—. Se supone que debe esconderlo debajo de la alfombra y esperar que yo no me haya dado cuenta.

Ella arqueó las cejas con incredulidad.

—¿Que su mano estaba en su… eh…?

Él agitó la mano, aunque, sinceramente, le gustaba que se hubiera sonrojado.

—No recuerdo nada.

Por un segundo, Annabel se quedó absolutamente inexpresiva, y luego meneó la cabeza.

—La sociedad londinense me desconcierta.

—No tiene demasiado sentido, la verdad —asintió él.

—Fíjese en mi situación.

—Lo sé. Es una lástima. Pero las cosas funcionan así. Si yo no la cortejo, y mi tío no la corteja —dijo, mientras la miraba para comprobar si aquella segunda opción la deprimía—, no lo hará nadie más.

—No, si eso lo entiendo —respondió ella—. Me parece terriblemente injusto...

—Coincidimos —intervino él.

—Pero lo entiendo. Sin embargo, sospecho que existen miles de matices que desconozco.

—Por supuesto. Por ejemplo, nuestra actuación aquí en el parque; hay muchos detalles que se tienen que interpretar a la perfección.

—No tengo ni idea de qué me está hablando.

Él cambió de postura para colocarse frente a ella.

—Se trata de cómo la miro.

—¿Perdón?

Él sonrió y la miró con adoración.

—Así —murmuró.

Annabel separó los labios y, por un momento, se quedó sin respiración.

A Sebastian le encantaba provocarle esa reacción. Casi tanto como le encantaba saber que no respiraba. Dios, cómo le gustaba poder leer a las mujeres.

—No, no, no —le recriminó—. No puede mirarme así.

Ella lo miró confundida.

—¿Qué?

Él se acercó un poco más y, con sorna, susurró:

—Nos están mirando.

Ella abrió los ojos y él supo el momento exacto en que su cerebro volvió a la realidad. Ella intentó mirar a izquierda y a derecha con disimulo y luego, muy despacio y absolutamente confundida, volvió a mirar a Sebastian. Aunque, sinceramente, no tenía ni idea de qué estaba haciendo.

—Esto no se le da demasiado bien —dijo él.

—Soy malísima —admitió ella.

—Seguramente, porque no tiene ni idea de lo que está haciendo —añadió él, con suavidad—. Permítame que la ilumine: estamos en el parque.

Annabel arqueó una ceja.

—Lo sé.

—Con un centenar, aproximadamente, de nuestras amistades más cercanas alrededor.

Ella se volvió otra vez, en esta ocasión hacia Rotten Row, donde había varios grupos de señoras que estaban fingiendo que no los miraban.

—No sea tan descarada —dijo él, mientras inclinaba la cabeza para saludar a la señora Brompton y a su hija Camilla, que les estaban sonriendo como diciendo: «Les conocemos, pero quizá no deberíamos conversar».

Annabel se enfureció. ¿Quién miraba así a otra persona? Sin embargo, no pudo evitar felicitarse por haber conseguido ofrecerles una expresión multifacética.

Por maleducada que fuera.

—Parece enfadada —dijo el señor Grey.

—No. —Bueno, quizá sí.

—¿Entiende lo que estamos haciendo? —verificó él.

—Creía que sí —murmuró ella.

—Quizá se haya dado cuenta de que se ha convertido en un objeto de especulación —dijo él.

Annabel contuvo las ganas de reír.

—Podría decirlo así.

—Vaya, señorita Winslow, ¿por qué detecto un dejo de sarcasmo en su voz?

—Sólo un dejo.

Él estuvo a punto de reír, pero no lo hizo. Annabel se dio cuenta de que era una expresión habitual en él. Veía humor en todas partes. Era un don muy poco común y el motivo, quizá, por el cual a todo el mundo le gustaba estar cerca de él. Era feliz y si alguien podía estar cerca de una persona feliz, quizá se le pegara algo. La felicidad podía ser como un resfriado. O como la cólera.

Se contagiaba. Le gustaba. Felicidad contagiosa.

Annabel sonrió. No pudo evitarlo. Y lo miró, porque tampoco podía evitarlo, y él la miró, con curiosidad. Estaba a punto de hacerle una pregunta, seguramente acerca de por qué, de repente, había empezado a sonreír como una boba cuando...

Annabel dio un respingo.

—¿Ha sido un disparo?

Él no dijo nada y, cuando Annabel lo miró, vio que se había quedado pálido.

—¿Señor Grey? —Le colocó la mano en el brazo—. ¿Señor Grey? ¿Se encuentra bien?

Él no dijo nada. Annabel abrió los ojos como platos porque, aunque sabía que era imposible que le hubieran dado, empezó a mirarlo de arriba abajo buscando un rastro de sangre.

—¿Señor Grey? —repitió, porque nunca lo había visto así. Y, aunque no podía decir que hiciera tanto que lo conocía, sabía que le pasaba algo. Se había quedado inmóvil y tenía la mirada perdida.

Estaba allí, frente a ella, mirando a algún punto perdido detrás de ella y, a pesar de eso, parecía estar a kilómetros de distancia.

—¿Señor Grey? —repitió, y esta vez le sacudió ligeramente el brazo, como si quisiera despertarlo.

Él dio un respingo y volvió la cabeza hacia ella. La miró unos segundos antes de verla realmente e, incluso entonces, parpadeó varias veces antes de decir:

—Mis disculpas.

Ella no sabía cómo responder. No tenía de qué disculparse.

—Es esa maldita competición —murmuró él.

Annabel no le recriminó el lenguaje.

—¿Qué competición?

—Algún estúpido concurso de tiro. En medio de Hyde Park —le espetó—. Una banda de idiotas. ¿Quién haría algo así?

Annabel empezó a decir algo. Notó cómo movía los labios, pero no emitió ningún sonido. Así que cerró la boca. Era mejor quedarse callada que decir alguna estupidez.

—La semana pasada también lo hicieron —farfulló él.

—Me parece que están detrás de esa colina —dijo Annabel, señalando a sus espaldas. En realidad, el disparo había sonado muy cerca. Aunque no la había hecho palidecer ni ponerse a temblar; una chica que crecía en el campo estaba acostumbrada a oír disparos de rifle con cierta frecuencia. Sin embargo, había sonado bastante fuerte y suponía que si alguien había estado en la guerra...

«La guerra.» Tenía que ser eso. El padre de su padre había luchado en las colonias y, hasta el día en que murió, daba un respingo cada vez que oía un ruido fuerte. Nunca nadie comentaba nada al respecto. La conversación se interrumpía unos segundos, pero nada más, y todo continuaba como si nada. Era una norma implícita en la familia Winslow. Y a todos les había parecido de maravilla.

¿O no?

Al resto de la familia le había parecido de maravilla, pero ¿y a su abuelo? Siempre tenía la mirada vacía. Y no le gustaba viajar cuando anochecía. Bueno, suponía que a nadie le gustaba, pero todos lo hacían cuando era necesario. Excepto su abuelo. Cuando caía la noche, estaba en casa. En cualquier casa. En más de una ocasión, había terminado como invitado sorpresa en casa de alguien.

Y Annabel se preguntaba si nadie le había preguntado nunca por qué lo hacía.

Miró al señor Grey y, de repente, sintió que lo conocía mucho mejor que hacía un minuto.

Aunque quizá no tan bien como para hacer un comentario.

Él deslizó la mirada hasta su cara desde donde quiera que estuviera mirando y empezó a decir algo, pero entonces...

Otro disparo.

—¡Malditos sean todos!

Annabel separó los labios, sorprendida. Miró a un lado y al otro, deseando que nadie lo hubiera escuchado. A ella no le importaba ese vocabulario puesto que nunca había dado demasiada importancia a esas cosas, pero...

—Discúlpeme —murmuró él, y luego se dirigió hacia los disparos, con paso firme y decidido. Annabel tardó en reaccionar, pero enseguida dio un brinco y lo siguió.

—¿Adónde va?

Él no respondió o, si lo hizo, ella no lo escuchó porque no volvió la cabeza. Además, era una cuestión estúpida, porque estaba claro adónde iba: hacia la competición de tiro, aunque no tenía ni idea de por qué. ¿Para reñirles? ¿Para pedirles que pararan? ¿Podía hacerlo? Si había alguien disparando en el parque, tendría un permiso para hacerlo, ¿no?

—¡Señor Grey! —exclamó ella, intentando seguir su ritmo. Pero él tenía unas piernas muy largas y ella tenía prácticamente que correr para mantenerse a su lado. Cuando llegó a la zona de tiro, estaba sin aliento y sudada bajo la presión del corsé.

Sin embargo, no cesó y lo siguió hasta que lo tuvo a escasos metros. El señor Grey se había acercado al grupo de participantes; eran una media docena de jóvenes que, según Annabel, todavía no habían cumplido los veinte años.

—¿Qué diantres creen que hacen? —les preguntó. Aunque en ningún momento alzó la voz. Algo que, teniendo en cuenta lo enfadado que estaba, extrañó sobremanera a Annabel.

—Una competición —respondió uno de los jóvenes, dibujando esa sonrisa desenfadada que siempre provocaba que ella pusiera los ojos en blanco—. Llevamos aquí toda la semana.

—Ya lo he oído —respondió el señor Grey.

—Hemos cerrado una zona de seguridad —dijo el joven, señalando hacia la diana—. No se preocupe.

—¿Y cuándo terminarán? —les preguntó él con la suficiente frialdad.

—Cuando alguien dé en el centro de la diana.

Annabel miró el objetivo. Había presenciado varias competiciones de tiro y sabía que, en este caso, la diana estaba demasiado lejos. Además, sospechaba que, al menos, tres de los participantes habían bebido. Podían pasarse allí toda la tarde.

—¿Quiere intentarlo? —preguntó otro joven, ofreciéndole la pistola al señor Grey.

Sebastian dibujó una sonrisa sardónica y aceptó la pistola.

—Gracias.

Y entonces, ante la mirada atónita de Annabel, levantó el brazo, apretó el gatillo y le devolvió la pistola a su propietario.

—Ya está —anunció, con concisión—. Han terminado.

—Pero...

—Fin de la competición —dijo, y entonces se volvió hacia Annabel con una expresión tremendamente plácida—. ¿Podemos continuar con nuestro paseo?

Annabel consiguió pronunciar un «Sí», aunque no estaba segura de que hubiera sido demasiado claro, porque no dejaba de mover la cabeza hacia el señor Grey y hacia la diana. Uno de los jóvenes había ido corriendo hasta el objetivo a ver si le había dado y ahora estaba gritando y parecía inmensamente sorprendido.

—¡Increíble! —gritó, cuando regresó hacia el grupo—. Ha dado en el centro exacto de la diana.

Annabel abrió la boca, atónita. El señor Grey ni siquiera había apuntado o, como mínimo, le había parecido que no apuntaba.

—¿Cómo lo ha hecho? —le estaba preguntando el joven.

Otro añadió:

—¿Podría volver a hacerlo?

—No —respondió él, con brusquedad—, y no se olviden de recogerlo todo.

—No, todavía no hemos terminado —respondió uno de los jóvenes; algo bastante estúpido, a juicio de Annabel. El tono de voz del señor Grey era suave pero sólo un idiota habría ignorado el brillo de dureza en sus ojos—. Pondremos otra diana. Tenemos hasta las dos y media. Usted no cuenta, puesto que no es uno de los participantes.

—Discúlpeme —dijo con amabilidad el señor Grey a Annabel. La soltó del brazo y se acercó a los jóvenes—. ¿Me permite su arma? —le preguntó a uno de ellos.

El chico se la entregó en silencio y, una vez más, el señor Grey levantó el brazo y, sin ninguna concentración aparente, apretó el gatillo.

Uno de los postes de madera que aguantaba la diana se partió; no, se descompuso, y la diana cayó al suelo.

—Ahora sí que han terminado —dijo el señor Grey, devolviéndole la pistola a su dueño—. Buenos días.

Volvió al lado de Annabel, la tomó del brazo y, antes de que ella se lo preguntara, dijo:

—Era francotirador. En la guerra.

Ella asintió, porque ahora estaba convencida de cómo fueron derrotados los franceses. Miró la diana, que estaba rodeada de chicos, y al señor Grey, que parecía totalmente despreocupado. Y luego, como no podía evitarlo, volvió a girarse hacia la diana, apenas consciente de la presión sobre el brazo que le estaba ejerciendo él mientras intentaba alejarla de allí.

—Ha sido… Ha sido…

—Nada —dijo él—. No ha sido nada.

—Yo no diría que nada —respondió ella, con cautela. Parecía que él no quería cumplidos, pero es que Annabel no podía quedarse callada.

Él se encogió de hombros.

—Es un talento.

—Y uno muy útil, diría. —Quería volverse hacia la diana una vez más, pero no iba a poder ver nada y, además, él no se había vuelto ni una sola vez.

—¿Le apetece un helado? —preguntó él.

—¿Perdón?

—Un helado. Empieza a hacer calor. Podríamos ir a Gunter's.

Annabel no respondió, porque seguía desconcertada ante el repentino cambio de tema.

—Tendremos que llevarnos a Olivia, claro, pero es una compañía excelente. —Frunció el ceño, pensativo—. Y seguramente debe tener hambre. No sé si ha desayunado esta mañana.

—Sí, claro... —dijo Annabel, aunque no porque supiera de qué le estaba hablando. Él la estaba mirando expectante, de modo que ella entendió que tenía que responderle.

—Excelente. Pues a Gunter's. —Le sonrió con ese ya familiar brillo en los ojos, y Annabel tuvo ganas de agarrarlo por los hombros y sacudirlo. Era como si todo el episodio con las pistolas y la diana no hubiera existido—. ¿Le gusta el helado de naranja? —le preguntó—. El de naranja es especialmente bueno, únicamente por detrás del de limón, aunque no siempre tienen de limón.

—El de naranja me gusta —dijo ella, y otra vez lo hizo porque parecía que debía responder.

—El de chocolate también está delicioso.

—El chocolate me gusta.

Y así siguieron, conversando sobre nada en concreto, hasta que llegaron a Gunter's donde Annabel, aunque no le gustara reconocerlo, se olvidó por completo del incidente del parque. El señor Grey insistió en pedir un helado de cada sabor y ella en que sería de mala educación no probarlos todos (excepto el de rosas, que nunca había soportado; por el amor de Dios, la rosa era una flor, no un sabor). Y luego lady Olivia dijo que no podía tolerar el olor del helado de bergamota, con lo que el señor Grey inmediatamente se lo pasó por delante de la nariz. Annabel no recordaba la última vez que se había divertido tanto.

Diversión. Simple y pura diversión. Algo maravilloso.

Capítulo 15

Dos días después

Cuando Annabel terminó de bailar con lord Rowton, con quien había bailado después de hacerlo con el señor Berbrooke, con quien había bailado después de haberlo hecho con el señor Albansdale, con quien había bailado después de bailar con un señor Berbrooke, distinto al de antes, con quien había bailado después de bailar con el señor Cavender, con quien había bailado después de bailar con... ¡increíble! un príncipe ruso, con quien había bailado después de bailar con sir Harry Valentine, con quien había bailado después de bailar con el señor St. Clair, con quien (aquí tuvo que hacer una pausa para recuperar el aliento) había bailado después de bailar con el señor Grey...

Bastaba decir que, si hasta ahora no entendía la naturaleza veleidosa de la sociedad londinense, ahora sí. No sabía cuántos caballeros la habían invitado a bailar porque el señor Grey se lo había pedido como favor y cuántos lo habían hecho siguiendo el ejemplo de los otros, pero una cosa estaba clara: estaba causando furor. Al menos, esta semana.

El paseo por el parque había conseguido el objetivo deseado, igual que la visita a Gunter's. Toda la alta sociedad de Londres la había visto con Sebastian Grey comportándose (en palabras de Sebastian) como una tonta enamorada. Él se aseguró que las personas más chismosas lo vieran dándole un beso en la mano, riéndole las gracias y, para aquellos que se acercaron a charlar con ellos, incluso mirándola embelesado (aunque sin rastro de lujuria).

Y sí, había utilizado la palabra «lujuria». Y le habría chocado de no ser por su forma tan divertida de decir esas cosas. Ella sólo pudo reír, algo que, según la informó el señor Grey, era perfecto, porque quedaba raro que él se riera de sus bromas y ella no se riera con él.

Y eso la hizo reírse otra vez.

Habían repetido la charada al día siguiente, y al otro, cuando fueron de picnic con sir Harry y lady Olivia. El señor Grey la acompañó a casa de sus abuelos con instrucciones de que no apareciera por el baile de los Hartside hasta, como mínimo, las nueve y media. El carruaje de los Vickers se detuvo a las nueve y cuarenta y cinco, y cuando, cinco minutos después, entró en el salón, el señor Grey estaba charlando cerca de la puerta con un señor que ella no conocía. Sin embargo, en cuanto la vio, enseguida fue a buscarla.

Annabel sospechaba que el hecho de que pasara por delante de tres mujeres excepcionalmente bellas para llegar hasta ella no fue casualidad.

Al cabo de dos minutos, estaban bailando. Y, cinco minutos después, ella estaba bailando con el caballero con quien el señor Grey había estado charlando. Y así se fueron sucediendo los bailes y los compañeros: el príncipe ruso, los dos Berbrooke y lord Rowton. Annabel no estaba segura de si quería vivir la vida como la chica más popular de la ciudad, pero tenía que admitir que, por una noche, era muy divertido.

Lady Twombley se le había acercado, cargada de veneno, pero ni siquiera ella pudo convertir el rumor en algo desagradable. No estaba a la altura de lady Olivia Valentine que, según informaron a Annabel, había mencionado que el señor Grey quizás estuviera realmente interesado en tres de sus mejores amigas.

«Y las tres sin ningún tipo de discreción», había murmurado sir Harry.

Annabel empezaba a darse cuenta de que lady Olivia sabía perfectamente cómo funcionaba la mecánica del chisme.

—¡Annabel!

Annabel vio a Louisa que la saludaba, y en cuanto hizo una reverencia a lord Rowton y le dio las gracias por el baile, se dirigió hacia donde estaba su prima.

—Somos gemelas —comentó Louisa, señalando sus vestidos, que eran del mismo tono salvia pálido.

Annabel sólo pudo reírse. Seguro que no había dos primas más distintas.

—Lo sé —dijo Louisa—. Este color me queda fatal.

—Claro que no —le aseguró Annabel, aunque bueno, quizá sí que le quedaba un poco mal.

—No mientas —le pidió Louisa—. Como prima mía, tienes la obligación de decirme la verdad cuando nadie más quiere hacerlo.

—Está bien, no es el color que mejor te sienta…

Louisa suspiró.

—Se me ve muy pálida.

—¡No digas eso! —exclamó Annabel, aunque esta noche, con ese tono malva verdoso claro que tan mal le sentaba, sí que estaba un poco pálida. Su piel siempre había sido clara, pero la iluminación tenue y el vestido parecían haber eliminado cualquier rastro de color de su rostro—. Me gustó mucho el vestido azul que llevaste a la ópera. Estabas muy guapa.

—¿Tú crees? —preguntó Louisa, con esperanza—. Me sentía guapa con él.

—A veces, con eso tienes media batalla ganada —le dijo Annabel.

—Bueno, pues tú debes de sentirte muy guapa con el color malva —dijo Louisa—. Eres la reina del baile.

—No tiene nada que ver con el color del vestido —respondió Annabel—. Y lo sabes.

—El señor Grey ha estado muy ocupado —comentó Louisa.

—Mucho.

Se quedaron de pie un momento sin decir nada, observando a los demás invitados, hasta que Louisa dijo:

—Ha sido muy amable al interceder.

Annabel asintió y murmuró una respuesta afirmativa.

—No, quiero decir que realmente ha sido muy amable.

Annabel se volvió hacia ella.

—No tenía que hacerlo —dijo Louisa, con la voz rozando la severidad—. La mayoría de caballeros no lo habría hecho.

Annabel miró fijamente a su prima e inspeccionó su rostro en busca del significado oculto de sus palabras. Pero Louisa no la estaba mirando. Tenía la barbilla levantada y seguía mirando a los invitados, moviendo la cabeza lentamente como si estuviera buscando a alguien.

O quizá sólo estaba mirando.

—Lo que hizo su tío… —dijo Louisa, muy despacio—. Es inexcusable. Nadie le hubiera recriminado que le hubiera devuelto el golpe.

Annabel esperó más. Algún tipo de explicación. O instrucciones. Cualquier cosa. Al final, soltó el aire con desánimo.

—Por favor —dijo—. Tú también, no.

Louisa se volvió.

—¿Qué quieres decir?

—Exactamente eso. Por favor, di lo quieras decir. Es agotador intentar descifrar lo que la gente intenta decirme cuando no tiene nada que ver con las palabras que salen de sus bocas.

—Pero si ya lo he hecho —dijo Louisa—. Tienes que entender lo extraordinario que ha sido su actitud. Después de lo que su tío le hizo, y en público, nadie le hubiera culpado si hubiera querido lavarse las manos de este asunto y dejar que te apañaras con tu escándalo.

—¿Ves? Eso —exclamó Annabel, aliviada de que por fin Louisa se lo hubiera explicado, aunque el asunto no le resultara agradable—. Eso es a lo que me refería. Perfectamente claro. Eso es lo que quería oír.

—¿Qué querías oír?

Annabel dio un respingo y retrocedió.

—¡Señor Grey! —exclamó.

—Para servirla —respondió él, mientras realizaba una reverencia. Llevaba un parche encima del ojo afectado, algo que a la mayoría de hombres les habría quedado ridículo. A él, en cambio, le daba un aspecto atractivo y peligroso y Annabel deseaba no haber oído cómo dos mujeres comentaban lo mucho que les gustaría que ese pirata las saqueara.

—Parecía muy concentrada —le dijo Sebastian—. Debo saber de qué estaban hablando.

Annabel no vio ningún motivo para no ser casi completamente sincera.

—De lo agotador que me resulta interpretar lo que dice todo el mundo aquí en Londres.

—Ah —respondió él—, ha bailado con el príncipe Alexei. No se lo tenga en cuenta. Tiene un acento muy fuerte.

Louisa se rió.

Annabel contuvo las ganas de lanzarle una mirada letal.

—Nadie dice lo que realmente piensa —le dijo al señor Grey.

Él la miró con expresión de desconcierto y le preguntó:

—¿Acaso esperaba que fuera de otro modo?

De la boca de Louisa salió otra risa, aunque enseguida tosió porque nunca se atrevería a reír en público.

—A mí me encanta hablar en clave —dijo el señor Grey.

Annabel notó una tensión en el pecho. Quizá fue sólo la sorpresa. O quizá la decepción. Lo miró, incapaz de disimular sus sentimientos, y dijo:

—¿De veras?

Él la miró a los ojos un momento que se hizo eterno y, casi con frustración, admitió:

—No.

Annabel separó los labios, pero no dijo nada. Tampoco respiró. Algo extraordinario había sucedido entre ellos; algo maravilloso.

—Creo que... —dijo él, muy despacio—. Creo que debería sacarla a bailar.

Annabel asintió, casi aturdida.

Él le ofreció la mano, pero enseguida la retiró y le indicó que se quedara donde estaba.

—No se mueva —le dijo—. Vuelvo enseguida.

Estaban cerca de la orquesta, y Annabel observó cómo se acercaba al director.

—¡Annabel! —susurró Louisa.

Annabel se asustó. Se había olvidado de que su prima estaba allí. De hecho, había olvidado que estaba rodeada de gente. Por unos escasos y perfectos instantes, el salón se había quedado vacío. Sólo estaban él, ella, y el delicado sonido de sus respiraciones.

—Ya has bailado con él —dijo Louisa.

Annabel asintió.

—Ya lo sé.

—La gente hablará.

Annabel se volvió y parpadeó, intentando ver clara la imagen de su prima.

—La gente ya está hablando —respondió.

Louisa abrió la boca, como si quisiera decir algo más, pero luego sólo sonrió.

—Annabel Winslow —dijo, en voz baja—, creo que te estás enamorando.

Aquello la sacó de su aturdimiento.

—No es verdad.

—Sí que lo es.

—Apenas lo conozco.

—Por lo visto, lo suficiente.

Annabel vio que el señor Grey ya regresaba y notó cómo algo parecido al pánico se apoderaba de ella.

—Louisa, cierra el pico. Todo esto es un montaje. Me está haciendo un favor.

Louisa encogió los hombros de forma desdeñosa, algo poco habitual en ella.

—Si tú lo dices.

—Louisa —susurró Annabel, pero su prima se había separado para dejar espacio al señor Grey, que acababa de llegar.

—Es un vals —anunció él, como si no acabara de pedírselo al director de orquesta.

Alargó la mano.

Annabel estuvo a punto de aceptarla.

—Louisa —dijo—. Debería bailar con Louisa.

Él la miró con extrañeza.

—Y luego conmigo —añadió ella—. Por favor.

Él inclinó la cabeza y se volvió hacia Louisa, pero ella farfulló una disculpa y ladeó la cabeza hacia su prima.

—Tiene que ser usted, señorita Winslow —dijo él.

Ella asintió y dio un paso adelante, colocando su mano encima de la del señor Grey. Oyó murmullos a su alrededor, y notó los ojos clavados en ella, pero, cuando levantó la mirada y vio que él la estaba mirando con aquellos ojos tan claros y grises, todo desapareció. Su tío… los chismorreos… nada importaba. De hecho, no permitiría que importara.

Fueron hasta el centro de la pista de baile y ella se colocó frente a él, intentando ignorar la oleada de emoción que la invadió cuando él la agarró por la cintura con la otra mano. Ella nunca había entendido por qué, hace un tiempo, el vals se había considerado un baile escandaloso.

Ahora sí.

El señor Grey la estaba sujetando de forma correcta, a unos treinta centímetros de distancia. Nadie podría recriminarles su actitud. Y, sin embargo, a Annabel le parecía que el aire entre ellos se había caldeado, como si su piel hubiera rozado alguna magia extraña y reluciente. Cada respiración parecía que le llenaba los pulmones de forma distinta y era plenamente consciente de su cuerpo, de qué sensación tenía al estar en su piel y de cómo cada curva se movía y deslizaba al son de la música.

Se sentía como una sirena. Una diosa. Y cuando lo miró, vio que él la estaba mirando con una expresión directa y hambrienta. Se dio cuenta de que él también era consciente de su cuerpo y aquello provocó que estuviera más tensa.

Por un instante, cerró los ojos y tuvo que recordarse que todo aquello era mentira. Que estaban interpretando un papel para rehabilitarla ante los ojos de la sociedad. Al bailar con ella, el señor Grey la estaba convirtiendo en deseable. Y si se sentía deseada por él, es que tenía que aclararse la mente. Era un hombre de honor, generoso, aunque también era un actor consumado en el escenario de la sociedad. Sabía exactamente cómo mirarla y sonreírle para que todo el mundo creyera que estaba enamorado.

—¿Por qué me ha pedido que bailara con su prima? —le preguntó, aunque su voz sonó un poco extraña. Casi ahogada.

—No lo sé —admitió ella. Y no lo sabía. O quizá simplemente no quería admitir que estaba asustada—. Todavía no había bailado ningún vals.

Él asintió.

—Además, ¿no quedaría bien para nuestra charada —preguntó ella, intentando pensar en cómo tenía que poner los pies—, que bailara con mi prima? No se molestaría en hacerlo si sólo estuviera pensando en...

—¿En qué? —preguntó él.

Ella se humedeció los labios. Se le habían quedado secos.

—Seducirme.

—Annabel —dijo él, sorprendiéndola con el uso de su nombre de pila—. Cualquier hombre que la mira piensa en seducirla.

Annabel lo miró, aturdida por la punzada de dolor que le había provocado ese comentario. Lord Newbury la había querido por sus curvas, por sus generosos pechos y por sus caderas anchas y fértiles. Y Dios sabía que nunca se acostumbraría a las miradas lascivas que despertaba en los hombres, excepto en los más decorosos. Pero el señor Grey... De algún modo había creído que era distinto.

—Lo que importa —añadió él, muy despacio—, es si piensan en algo más aparte de eso.

—¿Y usted lo hace? —susurró.

Él no respondió enseguida. Pero entonces dijo, casi como si estuviera hablando consigo mismo:

—Creo que quizá sí.

Ella contuvo el aliento y analizó su expresión para intentar traducir esa frase en algo que pudiera entender. No se le ocurrió que igual él tampoco lo entendía; que igual estaba tan desubicado como ella ante aquella atracción que había nacido entre ellos.

O quizá no había querido decir nada en concreto. Era uno de esos pocos hombres que sabían ser amigos de una mujer. Quizá sólo había pretendido eso, decirle que disfrutaba de su compañía, que se lo pasaba bien con ella y que quizá, por ella, incluso valía la pena recibir un puñetazo.

Quizá sólo era eso.

Y entonces, el baile terminó. Él se inclinó, ella hizo una reverencia y se alejaron de la pista de baile hacia la mesa de la limonada, y Annabel lo agradeció mucho. Estaba sedienta, pero lo que realmente necesitaba era tener algo en las manos, algo que la distrajera, algo que la calmara. Porque la piel le seguía ardiendo, y tenía mariposas en el estómago y, si no encontraba algo con qué entretenerse, no podría parar de moverse.

El señor Grey le ofreció un vaso y Annabel acababa de dar el primer sorbo cuando oyó que alguien lo llamaba. Se volvió y vio que una señora de unos cuarenta años avanzaba hacia ellos agitando la mano.

—¡Oh, señor Grey! ¡Señor Grey!

—Señora Carruthers —dijo él, inclinando la cabeza con educación—. Qué alegría volver a verla.

—Me acabo de enterar de algo asombroso —dijo la señora Carruthers.

Annabel se preparó para algo horrible, que seguramente la afectaría a ella, pero la señora Carruthers centró toda su alterada atención en el señor Grey y dijo:

—Lady Cosgrove me acaba de decir que posee una caja de libros autografiados de la señora Gorely.

¿Era eso? Annabel se quedó casi decepcionada.

—Es cierto —confirmó el señor Grey.

—Tiene que decirme dónde los ha conseguido. Soy una gran seguidora y no consideraría mi biblioteca completa sin su firma.

—Eh... Fue en una librería de... Oxford, creo.

—Oxford —repitió la señora Carruthers, visiblemente decepcionada.

—No creo que valga la pena hacer el trayecto para ir a buscar más —dijo él—. Sólo había una colección de libros autografiados y el vendedor me dijo que nunca había visto ninguno hasta entonces.

La señora Carruthers se mordió el nudillo del dedo índice de la mano derecha mientras apretaba los labios, pensativa.

—Qué intrigante —dijo—. Quizá sea de Oxford. O quizás esté casada con un profesor.

—¿Existe algún profesor que se llame Gorely? —preguntó Annabel.

La señora Carruthers se volvió hacia ella y parpadeó, como si acabara de descubrir su presencia, al lado del señor Grey.

—Perdón —farfulló él, y procedió a presentarlas oficialmente.

—¿Existe? —repitió Annabel—. Me parece que sería la forma más directa de averiguar si es la mujer de un profesor.

—Es muy poco probable que Gorely sea su verdadero apellido

—le explicó tranquilamente la señora Carruthers—. No me imagino que una dama permita que su nombre aparezca en una novela.

—Si no es su nombre real —se preguntó Annabel—, ¿tiene algún valor su autógrafo?

Se encontró con un silencio por respuesta.

—Además —continuó—, ¿cómo sabe que es su firma? Yo podría haber escrito su nombre en la tapa.

La señora Carruthers se la quedó mirando fijamente. Annabel no sabía si estaba pasmada por sus preguntas o simplemente molesta con ella. Al cabo de unos segundos, la señora se volvió hacia el señor Grey y dijo:

—Si alguna vez se encuentra con otra colección firmada, o aunque sólo sea un libro, cómprelo y tenga por seguro que se lo pagaré.

—Será un placer —murmuró él.

La señora Carruthers asintió y se marchó. Annabel la vio alejarse y dijo:

—Creo que no le he causado muy buena impresión.

—No —respondió él.

—Creí que mi pregunta sobre el valor de la firma era pertinente —añadió ella, encogiéndose de hombros.

Él sonrió.

—Empiezo a entender su obsesión con que la gente diga lo que piensa.

—No es una obsesión —protestó ella.

Él arqueó una ceja. El movimiento quedó escondido por el parche, aunque así resultó más provocativo.

—No lo es —insistió Annabel—. Es sentido común. Piense en todos los malentendidos que se evitarían si la gente hablara a la cara en lugar de hablar con una persona que le puede explicar a otra, que le puede explicar a otra, que le puede…

—Está confundiendo dos cosas —la interrumpió él—. Una cosa es la prosa enrevesada y la otra son los dimes y diretes.

—Las dos cosas son igual de insidiosas.

Él la miró con cierto aire condescendiente.

—Es muy dura con sus congéneres, señorita Winslow.

Ella sacó las uñas.

—No creo que sea pedir demasiado.

Él asintió, muy despacio.

—En cualquier caso, yo creo que hubiera preferido que mi tío no me dijera lo que pensaba el miércoles por la noche.

Annabel tragó saliva, con cierta sensación de incomodidad. Y culpa.

—Supongo que agradezco su sinceridad. En términos puramente filosóficos, claro. —Le ofreció media sonrisa—. En términos prácticos, en cambio, creo que soy más apuesto sin el parche.

—Lo siento —dijo ella. No fue el comentario más acertado, pero fue lo primero que se le ocurrió. Y, al menos, no fue inadecuado.

Él restó importancia a su disculpa.

—Toda experiencia nueva es buena para el alma. Ahora sé exactamente qué se siente cuando recibes un puñetazo en la cara.

—¿Esto es bueno para su alma? —preguntó ella, cautelosa.

Él se encogió y dirigió la mirada hacia los invitados.

—Uno nunca sabe cuándo tendrá que describir algo.

A Annabel le pareció una explicación muy extraña, pero no dijo nada.

—Además —añadió él, contento—, si no fuera por los malentendidos, nos habríamos perdido gran parte de la buena literatura.

Ella lo miró con curiosidad.

—¿Dónde estarían Romeo y Julieta?

—Vivos.

—Cierto, pero piense en las horas de entretenimiento que nos habríamos perdido los demás.

Annabel sonrió. No pudo evitarlo.

—Yo prefiero las comedias.

—¿De veras? Bueno, supongo que son más entretenidas, pero, sin las tragedias, no experimentaríamos el elevado nivel de drama que aportan. —Se volvió hacia ella con la expresión a la que Annabel estaba empezando a acostumbrarse: la máscara de educación que se ponía en sociedad, la que lo catalogaba de aburrido *bon vivant*, aunque pareciera una contradicción. Además, soltó un suspiro ligeramente fingido antes de decir—: ¿Qué sería la vida sin los momentos sombríos?

—Muy agradable, la verdad. —Annabel recordó su momento sombrío más reciente a manos, bueno, a manazas de lord Newbury. Le habría gustado vivir sin eso.

—Hmmm —dijo él, y ya está.

Annabel sintió la extraña necesidad de llenar el silencio y le espetó:

—Me votaron como la Winslow con más probabilidades de decir lo que piensa.

Eso llamó la atención de Sebastian.

—¿En serio? —Torció los labios—. ¿Y quién votaba?

—Los demás Winslow.

Él se rió.

—Somos ocho —explicó ella—. Diez con mis padres; bueno, nueve ahora que mi padre ha muerto, pero, aún así, somos suficientes para una votación decente.

—Siento lo de su padre —dijo él.

Ella asintió y esperó a que apareciera el habitual nudo en la garganta. Pero no apareció.

—Era un buen hombre —dijo ella.

Él asintió y luego le preguntó:

—¿Qué más títulos ha ganado?

Ella sonrió con gesto culpable.

—El de la Winslow con más probabilidades de quedarse dormida en la iglesia.

Él soltó una carcajada.

—Todo el mundo nos está mirando —susurró ella, con cierta urgencia.

—No se preocupe. Al final, será beneficioso para usted.

Correcto. Annabel sonrió incómoda. Todo seguía siendo una representación, ¿verdad?

—¿Alguna otra cosa? —preguntó él—. Aunque dudo que haya algo que supere esto último.

—Quedé tercera en la votación de la Winslow con más probabilidades de correr más que un pavo.

Esta vez, Sebastian no se rió, aunque tuvo que hacer un gran esfuerzo para controlarse.

—Es realmente una chica de campo —dijo.

Ella asintió.

—¿Tan difícil es correr más que un pavo?

—Para mí, no.

—Más, más —insistió él—. Me resulta fascinante.

—Claro —dijo ella—. No tiene hermanos.

—Nunca he deseado tanto tenerlos como esta noche. Piense en los títulos que habría ganado.

—¿El de el Grey con más probabilidades de zarpar en un barco pirata? —propuso ella, señalando el parche del ojo.

—De corsarios, por favor. Soy demasiado fino para la piratería.

Ella puso los ojos en blanco y sugirió:

—¿El de el Grey con más probabilidades de perderse en un brezal?

—Es una mujer cruel. Siempre supe dónde estaba. Yo estaba pensando en el de el Grey con más probabilidades de ganar una fortuna jugando a los dardos.

—¿El de el Grey con más probabilidades de abrir una biblioteca de préstamo?

Él se rió.

—El de el Grey con más probabilidades de destrozar una ópera.

Ella se quedó boquiabierta.

—¿Canta?

—Lo intenté una vez. —Se inclinó hacia ella para una confidencia—. Fue un momento que no debe volver a repetirse.

—Será lo mejor —murmuró ella—, teniendo en cuenta que quiere mantener a sus amigos.

—O, al menos, permitirles que mantengan sus oídos intactos.

Ella sonrió, porque empezaba a dejarse llevar por la broma.

—¡El de el Grey con más probabilidades de escribir un libro!

Él se quedó inmóvil.

—¿Por qué lo dice?

—No sé —respondió ella, perpleja ante su reacción. No estaba enfadado, pero se había puesto muy serio—. Supongo que creo que tiene don de palabra. ¿No le dije una vez que era un poeta?

—¿Lo dijo?

—Antes de saber quién era —aclaró ella—. En el brezal.

—Ah, sí. —Apretó los labios mientras pensaba.

—Y acaba de expresar un gran respeto por *Romeo y Julieta*. Por la obra, no por los protagonistas. Ellos le dan bastante igual.

—A alguien tienen que darle igual —dijo él.

—Bien dicho —añadió ella, riéndose.

—Lo intento.

Y entonces, Annabel lo recordó.

—Ah, claro, ¡y también está la señora Gorely!

—¿Ah sí?

—Sí, es un gran seguidor. Empiezo a pensar que debería leer uno de sus libros —pensó Annabel en voz alta.

—Quizá le dé una de mis copias autografiadas.

—Uy no, no lo haga. Resérvelas para las auténticas devotas. Ni siquiera sé si me gustará. A lady Olivia parece que no le gusta.

—A su prima, sí —respondió él.

—Cierto, pero a Louisa también le gustan las horribles novelas de la señora Radcliffe con las que, sinceramente, yo no puedo.

—La señora Gorely es mucho mejor que la señora Radcliffe —dijo él, con firmeza.

—¿Las ha leído a las dos?

—Claro. Y no hay punto de comparación.

—Vaya, entonces creo que debería darle una oportunidad y juzgar por mí misma.

—Entonces, le daré una de mis copias sin autógrafo.

—¿Tienes varias ediciones? —Santo Dios, no se había dado cuenta de que le gustaba tanto esa escritora.

Él se encogió de hombros.

—Ya las tenía antes de encontrar las autografiadas.

—Ah, claro. No se me había ocurrido. ¿Y cuál es su favorita? Empezaré por esa.

Él se quedó pensando unos instantes y luego, meneando la cabeza, respondió:

—No sabría elegir. Me gustan cosas distintas de cada una de ellas.

Annabel sonrió.

—Se parece a mis padres cuando alguien les pregunta a qué hijo quieren más.

—Imagino que es algo parecido —murmuró él.

—Siempre que haya parido un libro, claro —respondió ella mientras apretaba los labios para no reírse.

Pero él no se rió.

Ella parpadeó sorprendida.

Y entonces, él se rió. Fue una risita, aunque extraña, porque sonó como si hubiera reaccionado cinco segundos después de la broma, y no era propio de él. ¿No?

—¿Más sinceridad, señorita Winslow? —le preguntó, mientras una sonrisa sardónica convertía la pregunta en una especie de gesto de cariño.

—Siempre —respondió ella, muy alegre.

—Creo que quizá... —Pero dejó la frase en el aire.

—¿Qué sucede? —Sonrió mientras lo preguntaba, pero entonces vio que estaba mirando hacia la puerta. Y se ponía muy serio.

Se humedeció los labios algo nerviosa y tragó saliva. Y se volvió. Lord Newbury había entrado en el salón.

—Parece enfadado —susurró.

—No puede reclamarle nada —le espetó el señor Grey.

—A usted tampoco —dijo ella, en voz baja, y se volvió hacia una puerta lateral que llevaba a la sala de descanso de las señoras. Sin embargo, el señor Grey la agarró de la muñeca y la sujetó con fuerza.

—No puede salir corriendo —dijo—. Si lo hace, todo el mundo pensará que ha hecho algo malo.

—O —respondió ella, mientras detestaba la oleada de pánico que se estaba apoderando de su ser—, quizá le echen un vistazo y entiendan que cualquier joven en su sano juicio querría evitar el encuentro.

Aunque no lo entenderían. Y Annabel lo sabía. Lord Newbury se dirigía hacia ellos con paso firme y la gente se apartaba para dejarlo pasar. Se apartaba y luego se volvía, claro, para mirar a Annabel. Si se montaba una escena, nadie quería perdérsela.

—Estaré aquí a su lado —susurró el señor Grey.

Annabel asintió. Era increíble, y aterrador, lo mucho que la tranquilizaban aquellas palabras.

Capítulo 16

*T*ío —dijo Sebastian con jovialidad, puesto que hacía tiempo que había aprendido que era el tono más eficaz con su tío—, es un placer volver a verte. Aunque, debo admitirlo, todo se ve distinto a través de un solo ojo. —Sonrió de manera insulsa—. Incluso tú.

Newbury lo miró fijamente y luego se volvió hacia Annabel.

—Señorita Winslow.

—Milord. —Hizo una reverencia.

—Me concederá el próximo baile.

Fue una orden, no una pregunta. Sebastian se tensó, y esperó a que Annabel le ofreciera una respuesta cortante, pero ella tragó saliva y asintió. Sebastian supuso que era comprensible. La chica tenía poco poder frente a un conde, y Newbury siempre había tenido una presencia imponente e imperiosa. Además, la chica también tendría que responder ante sus abuelos. Eran amigos suyos; no podía avergonzarlos en absoluto rechazando un simple baile.

—Asegúrate de devolvérmela —dijo Sebastian al tiempo que ofrecía a su tío una sonrisa falsa con los labios pegados.

Newbury le devolvió el gesto con una mirada de hielo y, en ese instante, Sebastian supo que había cometido un error terrible. Nunca debería haber intentado ayudar a Annabel a recuperar su sitio. A ella le habría ido mejor si hubiera sido una paria. Habría podido volver a su vida en el campo, casarse con un terrateniente que hablara con la misma sinceridad que ella y vivir feliz para siempre.

La ironía era casi insoportable. Todo el mundo creía que Sebastian había ido detrás de ella porque su tío la quería, pero al final resultó que la verdad era al revés.

Newbury se había lavado las manos. Hasta que creyó que Sebastian podía ir en serio con esa chica. Y ahora la quería más que nunca.

Sebastian había pensado que el odio que su tío sentía hacia él tenía un límite, pero por lo visto no era así.

—La señorita Winslow y yo tenemos un acuerdo —le dijo Newbury.

—¿No crees que eso tendría que decidirlo ella? —le preguntó Sebastian, suavemente.

A su tío le brillaron los ojos y, por un momento, Sebastian creyó que iba a pegarle otra vez, pero en esta ocasión Newbury estaba preparado y debió de controlarse mejor, porque sólo dijo:

—Eres un impertinente.

—Sencillamente intento que recupere su posición en el seno de la sociedad —respondió Sebastian. A modo de reproche. Si realmente Newbury hubiera tenido un acuerdo con ella, no la habría abandonado a su suerte.

Ante esas palabras, Newbury deslizó la mirada hasta los senos de Annabel.

A Sebastian le dio asco.

Newbury levantó la mirada, con un brillo que sólo podría describirse como el orgullo de la posesión.

—No tiene que bailar con él —le dijo Sebastian a Annabel. Al demonio sus abuelos y al demonio las expectativas de la sociedad. Ninguna muchacha tendría que bailar con un hombre que la miraba de aquella manera en público.

Sin embargo, Annabel lo miró con toda la tristeza del mundo y dijo:

—Creo que sí.

Newbury le ofreció una sonrisa triunfante, tomó a Annabel del brazo y se la llevó.

Sebastian los observó, ardiendo por dentro, mientras odiaba aquella sensación, el hecho de que todos lo estuvieran mirando y esperando a ver qué hacía.

Había perdido. En cierto modo, había perdido.

Y también se sentía perdido.

A la tarde siguiente

Visitas. Annabel estaba inundada de visitas.

Ahora que tanto lord Newbury como el señor Grey parecían interesados en ella, toda la sociedad tenía la necesidad de verla en persona. Y poco parecía importar que esas mismas personas ya la hubieran visto a principios de semana, cuando era objeto de lástima.

A primera hora de la tarde, Annabel estaba desesperada por escapar, así que se inventó una alocada idea acerca de que necesitaba un sombrero del mismo color que el nuevo vestido lavanda, y su abuela al final agitó la mano y dijo:

—¡Márchate! No puedo seguir escuchando tus bobadas.

El hecho de que Annabel nunca hubiera demostrado tanto interés por la moda parecía que no la preocupaba. Y tampoco se fijó en que alguien que estaba tan obsesionado con que el sombrero fuera exactamente del mismo color del vestido no se hubiera llevado el vestido al sombrerero.

Aunque claro, lady Vickers estaba enfrascada en su solitario, y todavía más enfrascada en su decantador de brandy. Seguramente Annabel podría haberse atado un tocado indio a la ceja y ella no habría dicho nada.

Annabel y su doncella, Nettie, se dirigieron a Bond Street por las calles menos transitadas. Si por ella fuera, se habría quedado toda la tarde en esas calles, pero no podía regresar a casa sin algo nuevo que ponerse en la cabeza, así que siguió buscando con la esperanza de que el aire fresco le ayudara a aclarar las ideas.

Aunque no la ayudó, claro, y el gentío de Bond Street lo empeoró todavía más. Parecía que todo el mundo había salido a la calle esa tarde, así que sufrió empujones y pisotones, y se distrajo con el rumor de las conversaciones y los relinchos de los caballos en la calle. Además, hacía calor y tenía la sensación de que no había aire suficiente para todos.

Estaba atrapada. La noche anterior, lord Newbury había dejado claro que todavía quería casarse con ella. Y sólo era cuestión de tiempo que hiciera oficial sus intenciones.

Annabel se había alegrado mucho cuando creyó que ya no la perseguía. Sabía que su familia necesitaba el dinero, pero si no le pedía la mano no tendría que decir que sí. O que no.

No tendría que comprometerse con un hombre que le resultaba repulsivo. O rechazarlo y tener que vivir para siempre con la culpa de su egoísmo.

Y para empeorarlo todo un poco más, esa mañana había recibido una carta de su hermana. Mary era la segunda y siempre se habían llevado muy bien. De hecho, si Mary no hubiera enfermado del pulmón durante la primavera, también habría venido a Londres. «Dos por el precio de una —había dicho lady Vickers, al principio, cuando aceptó acoger el debut de las dos muchachas—. Así todo es más barato.»

La carta de Mary era alegre y risueña, llena de noticias sobre su casa, su pueblo, la asamblea local y el mirlo que, sin saber cómo, se había colado en la iglesia, había revoloteado y, al final, se había posado en la cabeza del sacerdote.

Era preciosa y en ese momento se añoró mucho, tanto que casi le resultó insoportable. Aunque eso no había sido todo. Había pequeñas dosis de información sobre el ahorro, sobre la institutriz de la que su madre había tenido que prescindir y sobre la vergüenza que habían pasado hacía dos semanas cuando el baronet local y su mujer se presentaron a cenar sin avisar y resulta que sólo tenían un tipo de carne para servir.

El dinero se estaba acabando. Mary no lo había dicho con esas mismas palabras, pero estaba muy claro. Annabel soltó el aire muy despacio mientras pensaba en su hermana. Seguramente, Mary estaría sentada en casa imaginando que ella llamaba la atención de algún terriblemente apuesto e imposiblemente adinerado noble. Lo llevaría a casa, resplandeciente de felicidad, y él los llenaría de dinero hasta que sus problemas estuvieran solucionados.

Pero en lugar de eso, tenía a un noble extremadamente adinero e imposiblemente horrible, y a un granuja probablemente pobre e increíblemente apuesto que la hacía sentir...

No. No podía pensar en eso. Daba igual lo que el señor Grey le hiciera sentir, porque el señor Grey no tenía pensando proponerle matrimonio y, aunque lo hiciera, no tenía los recursos para ayudar a su familia. Annabel no solía prestar demasiada atención a las habladurías, pero al menos doce de las dieciocho visitas que había tenido por la mañana le habían explicado que vivía con poco y menos. Sin mencionar la veintena de personas que habían acudido a su casa después del incidente en White's.

Al parecer, todo el mundo tenía una opinión sobre el señor Grey, pero en lo que todos estaban de acuerdo era que no poseía una gran fortuna. De hecho, ni grande ni pequeña. Ninguna.

Además, no se le había declarado. Ni pensaba hacerlo.

Con un gran pesar en el corazón, Annabel giró la esquina de Brook Street mientras Nettie hablaba de los sombreros con plumas extravagantes que habían visto en uno de los escaparates de Bond Street. Estaba a unas seis casas de Vickers House cuando vio que, del otro lado, se acercaba un gran carruaje.

—Espera —dijo, mientras levantaba la mano para que Nettie se detuviera.

La muchacha la miró extrañada, pero se detuvo. Y se calló.

Annabel observó con horror cómo lord Newbury descendía del carruaje y subía las escaleras. No había duda de a qué había ido a Vickers House.

—¡Au! Señorita...

Annabel se volvió hacia Nettie y se dio cuenta de que le estaba agarrando el brazo con mucha fuerza.

—Lo siento —dijo enseguida, y la soltó—, pero no puedo ir a casa. Todavía no.

—¿Quiere otro sombrero? —Nettie deslizó la vista hasta el paquete que llevaba en las manos—. Estaba el de las uvas, pero a mí me ha parecido demasiado oscuro.

—No. Es que... Es que... No puedo ir a casa. Todavía no. —Presa del pánico, Annabel agarró a Nettie de la mano y se la llevó por donde habían venido, y ni siquiera se detuvo hasta que quedaron fuera del alcance visual de Vickers House.

—¿Qué sucede? —preguntó Nettie, sin aliento.

—Por favor —suplicó Annabel—. Por favor, no me lo preguntes. —Miró a su alrededor. Estaba en una calle residencial. No podía pasarse allí toda la tarde—. Eh... Iremos a... —Tragó saliva. ¿Adónde podían ir? No quería volver a Bond Street. Acababa de estar allí y seguro que alguien la había visto y se daría cuenta de su regreso—. ¡Vamos a tomar un dulce! —dijo, casi a gritos—. Exacto. ¿No tienes hambre? Yo me muero de hambre. ¿Tú no?

Nettie la miró como si hubiera enloquecido. Y quizá fuera cierto. Annabel sabía lo que tenía que hacer. Lo sabía desde hacía una semana. Pero no quería hacerlo esa tarde. ¿Era pedir demasiado?

—Venga —dijo Annabel, con urgencia—. Hay una tienda de dulces en... —¿Dónde?

—¿En Clifford Street? —sugirió Nettie.

—¡Sí! Sí, creo que es esa. —Annabel empezó a caminar muy deprisa, sin prestar apenas atención a por dónde iba e intentando reprimir las lágrimas que le ardían tras los ojos. Tenía que mantener la compostura. No podía entrar en un establecimiento, aunque fuera una humilde tienda de dulces, con ese aspecto. Necesitaba hacer una pausa, tranquilizarse y…

—¡Oh, señorita Winslow!

Annabel se quedó inmóvil. Dios, no quería hablar con nadie. Ahora no, por favor.

—¡Señorita Winslow!

Annabel respiró hondo y se volvió. Era lady Olivia Valentine, que le sonreía mientras entregaba algo a su doncella y avanzaba unos pasos.

—Cuánto me alegro de volver a verla —dijo Olivia, muy contenta—. He oído que… Señorita Winslow. ¿Qué sucede?

—Nada —mintió Annabel—. Es que…

—No, a usted le pasa algo —dijo Olivia, con firmeza—. Venga, acompáñeme. —Tomó a Annabel del brazo y retrocedieron unos pasos—. Es mi casa —la informó—. Aquí podrá descansar.

Annabel no discutió, porque estaba agradecida de tener un sitio adónde ir y de tener a alguien que le dijera qué hacer.

—Necesita una taza de té —dijo Olivia, mientras la acomodaba en un salón—. Yo necesito un té con sólo mirarla. —Llamó a la doncella y pidió té para dos. Luego se sentó a su lado y tomó a Annabel de la mano—. Annabel —dijo—. ¿Puedo llamarla Annabel?

Ella asintió.

—¿Puedo hacer algo para ayudarla?

Annabel meneó la cabeza.

—Ojalá.

Olivia se mordió el labio inferior, nerviosa, y luego con cautela preguntó:

—¿Ha sido mi primo? ¿Sebastian ha hecho algo?

—¡No! —exclamó Annabel—. No. No. No, por favor, él no ha hecho nada. Ha sido muy amable y generoso. Si no fuera por él… —Volvió a menear la cabeza, aunque esta vez muy deprisa, tanto que acabó mareada y tuvo que colocarse la mano en la frente—. Si no fuera por el señor Grey —dijo, cuando se recuperó y pudo hablar con normalidad—, sería una paria.

Olivia asintió muy despacio.

—Entonces, debo asumir que se trata de lord Newbury.

Annabel asintió con un movimiento casi imperceptible. Deslizó la mirada hasta su regazo, sus manos, una en la de Olivia y la otra cerrada en un puño.

—Estoy siendo una tonta, y una egoísta. —Respiró hondo e intentó aclararse la garganta, pero acabó emitiendo un terrible sonido ahogado. El sonido que uno solía hacer antes de llorar—. Es que no... quiero...

No terminó la frase. No tuvo que hacerlo. Vio la lástima en los ojos de Olivia.

—Entonces, ¿se lo ha propuesto? —preguntó Olivia, muy despacio.

—No, todavía no. Pero ahora mismo está en casa de mis abuelos. Vi el carruaje. Lo vi entrar. —Levantó la mirada. No quería pensar en lo que Olivia podía ver en su cara o en sus ojos, pero sabía que no podía seguir hablando con su regazo para siempre—. Soy una cobarde. Lo he visto y he echado a correr. He pensado: si no voy a casa, no puede pedirme que me case con él y no puedo decir que sí.

—¿No puede decir que no?

Annabel meneó la cabeza, derrotada.

—No —respondió, mientras se preguntaba por qué parecía tan cansada—. Mi familia... Necesitamos... —Tragó saliva y cerró los ojos ante el dolor que le provocaba esa verdad—. Después de la muerte de mi padre, todo ha sido muy difícil y...

—No pasa nada —dijo Olivia, interrumpiéndola con un suave apretón de mano—. Lo entiendo.

Annabel sonrió a pesar de las lágrimas, agradecida por la amabilidad de esa mujer, aunque no podía dejar de pensar que no podía entenderla. Olivia Valentine, con su enamorado marido y sus adinerados y cercanos padres, no. Era imposible que entendiera la presión que pesaba sobre sus hombros, la certeza de que podía salvar a su familia y que lo único que tenía que hacer era sacrificarse por todos ellos.

Olivia soltó el aire muy despacio.

—Bueno —dijo, en tono práctico—, podemos retrasarlo un día, al menos. Puede quedarse aquí toda la tarde. Me encantará tener compañía.

—Gracias —dijo Annabel.

Olivia le dio unos golpecitos en la mano y se levantó. Se acercó a la ventana y miró hacia la calle.

—Desde aquí no se ve la casa de mis abuelos —dijo Annabel.

Olivia se volvió y sonrió.

—Lo sé. Sólo estaba pensando. Suelo tener las mejores ideas cuando estoy frente a una ventana. Quizá, dentro de una o dos horas, salga a dar un paseo. Y comprobaré si el carruaje del conde todavía está frente a Vickers House.

—No debería —dijo Annabel—. Su estado...

—No me impide caminar —terminó Olivia, sonriente—. En realidad, me irá bien tomar el aire. Los tres primeros meses fueron horribles y, según mi madre, los tres últimos también lo serán, así que mejor que disfrute de este trimestre.

—Es el mejor del embarazo —confirmó Annabel.

Olivia ladeó la cabeza y la miró extrañada.

—Soy la mayor de ocho hermanos. Mi madre estuvo embarazada casi toda mi infancia.

—¿Ocho? Cielo santo. Nosotros sólo somos tres.

—Por eso lord Newbury quiere casarse conmigo —dijo Annabel, con la voz inexpresiva—. Mi madre eran siete. Mi padre, diez. Sin hablar de los chismes que dicen que soy tan fértil que los pájaros cantan a mi paso.

Olivia hizo una mueca.

—¿Lo sabe?

Annabel puso los ojos en blanco.

—Incluso a mí me pareció gracioso.

—Está bien que aplique el sentido del humor a este asunto.

—Tengo que hacerlo —respondió Annabel con un gesto fatalista—. Si no, entonces... —Suspiró, incapaz de terminar la frase. Era demasiado deprimente.

Se vino abajo, y posó la mirada en la curva ornada de una de las patas de la mesita. La miró fijamente hasta que la visión fue borrosa y luego se dividió en dos. Debía de tener los ojos muy juntos. O quizá se estaba quedando ciega. Si se quedaba ciega, igual lord Newbury ya no la querría. ¿Podía alguien quedarse ciego por juntar los ojos durante días?

Quizá. Valía la pena intentarlo.

Inclinó la cabeza hacia un lado.

—¿Annabel? ¿Señorita Winslow? ¿Se encuentra bien?

—Sí —respondió Annabel, de forma automática, aunque sin apartar la mirada de la mesa.

—¡El té ya está listo! —exclamó Olivia, alegre por poder romper aquel tenso silencio—. Mire. —Se sentó y colocó una taza en el platillo—. ¿Cómo lo toma?

A regañadientes, Annabel apartó la mirada de la pata de la mesa y parpadeó, de modo que sus ojos regresaron a la posición normal.

—Con leche y sin azúcar, por favor.

Olivia esperó a que el té acabara de soltar su esencia mientras hablaba de esto y aquello; nada en particular. Annabel estaba feliz... no, agradecida de poder estar sentada y escucharla. Supo de la existencia de la cuñada de Olivia, a quien no le gustaba demasiado venir a la ciudad, y de su hermano gemelo que, en los días malos, era como la semilla del diablo. Mirando al cielo, Olivia añadió que, en los días buenos, «supongo que lo quiero».

Mientras Annabel sorbía el líquido caliente, Olivia le habló del trabajo de su marido.

—Solía traducir unos documentos horribles. Increíblemente

aburridos. Cualquiera diría que los papeles de la Oficina de Guerra estarían llenos de intriga, pero, créame, no es así.

Annabel sorbía y asentía, sorbía y asentía.

—Se queja constantemente de los libros de Gorely —continuó Olivia—. El estilo es realmente terrible, pero creo que, en el fondo, le gusta traducirlos. —Levantó la mirada, como si se le acabara de ocurrir algo—. De hecho, tiene que darle las gracias a Sebastian por el trabajo.

—¿De veras? ¿Por qué?

Olivia abrió la boca, pero tardó varios segundos en hablar.

—Sinceramente, no sé cómo explicarlo, pero Sebastian hizo una lectura para el príncipe Alexei, a quien creo que conoció ayer por la noche.

Annabel asintió. Y luego frunció el ceño.

—¿Hizo una lectura?

Olivia la miró como si ni siquiera ella acabara de creérselo.

—Fue algo impresionante. —Meneó la cabeza—. Todavía no termino de creérmelo. Todas las doncellas acabaron llorando.

—Madre mía. —Tenía que leer uno de esos libros.

—Fuera como fuere, el príncipe Alexei se enamoró de la historia. *La señorita Butterworth y el alocado barón.* Le pidió a Harry que lo tradujera para que sus paisanos también pudieran leerlo.

—Debe de ser una historia extraordinaria.

—Uy, sí que lo es. Muerte a mano de las palomas.

Annabel se atragantó con el té.

—Lo dice de broma.

—No. Se lo juro. La madre de la señorita Butterworth muere por el ataque de varias palomas. Y eso después de que la pobre mujer fuera el único miembro de su familia, junto con la señorita Butterworth, claro, que había sobrevivido a la plaga.

—¿Bubónica? —preguntó Annabel, con los ojos como platos.

—Uy no, lo siento. La sífilis. Ojalá hubiera sido la peste bubónica.

—Tengo que leer uno de esos libros —dijo Annabel.

—Puedo prestarle uno. —Olivia dejó la taza en la mesa, se levantó y cruzó el salón—. Aquí tenemos muchas copias. A veces, Harry marca las páginas, de modo que nos vemos obligados a comprar varios. —Abrió un armario y se agachó para mirar en el interior—. Ay, Dios, a veces me olvido que ya no puedo moverme como antes.

Annabel empezó a levantarse.

—¿Necesita ayuda?

—No, no. —Olivia gruñó mientras se levantaba—. Aquí está. *La señorita Sainsbury y el misterioso coronel.* Creo que es el debut de la señora Gorely.

—Gracias. —Annabel aceptó el libro y lo miró, mientras acariciaba las letras doradas de la portada con la mano. Lo abrió por la primera página y empezó a leerlo:

La luz oblicua de la mañana entraba por la ventana, y la señorita Anne Sainsbury estaba acurrucada debajo de la delgada manta preguntándose, como solía hacer, de dónde sacaría el dinero para poder comer al día siguiente. Deslizó la mirada hasta su fiel perro pastor escocés, que estaba tendido en la alfombra a los pies de la cama, y supo que había llegado el momento de tomar una decisión trascendental. La vida de sus hermanos dependía de ello.

Lo cerró de golpe.

—¿Le pasa algo? —preguntó Olivia.

—No… No es nada. —Annabel bebió otro sorbo de té. No estaba segura de si quería leer la historia de una chica que tomaba decisiones trascendentales en ese momento. Y menos decisiones de las que dependían sus hermanos—. Creo que lo leeré después.

—Si quiere leerlo ahora, estaré encantada de dejarla sola —dijo Olivia—. O podría unirme a usted. He dejado el periódico de hoy a medias.

—No, no. Lo empezaré esta noche. —Sonrió con tristeza—. Será una distracción que agradeceré.

Olivia abrió la boca para decir algo, pero justo entonces oyeron que alguien entraba por la puerta principal.

—¿Harry? —exclamó Olivia.

—Lo siento, soy yo.

Annabel se quedó inmóvil. Era el señor Grey.

—¡Sebastian! —gritó Olivia, mientras lanzaba una mirada nerviosa a Annabel. Esta meneó la cabeza muy deprisa. No quería verlo. Ahora no, estaba demasiado frágil.

—Sebastian, no te esperaba —dijo Olivia, casi corriendo hasta la puerta del salón.

Él entró y se inclinó para darle un beso en la mejilla.

—¿Desde cuándo me esperas en tu casa?

Annabel se encogió en el sofá. Quizá no la viera. El vestido era casi del mismo color azul que la tapicería. Quizá pasaría desapercibida. Quizá el señor Grey se había quedado ciego después de días de juntar los ojos. Quizá...

—¿Annabel? ¿Señorita Winslow?

Ella dibujó una débil sonrisa.

—¿Qué está haciendo aquí? —Cruzó el salón, con la ceja arrugada de preocupación—. ¿Ha sucedido algo?

Annabel meneó la cabeza, porque no podía hablar. Había creído que lo tenía todo bajo control. Había estado riendo con Olivia, por el amor de Dios. Pero había mirado al señor Grey y todo lo que había intentado ignorar afloró otra vez, presionándole los ojos y haciéndole un nudo en la garganta.

—¿Annabel? —preguntó él mientras se arrodillaba delante de ella.

Y ella se echó a llorar.

Capítulo 17

*D*espués de que bailara con su tío la noche anterior, Sebastian sólo había visto a Annabel una vez. Tenía los ojos cerrados y parecía sometida, pero nada hacía presagiar esto. Estaba llorando como si el mundo entero se le hubiera derrumbado encima.

Seb se sentía como si le hubieran dado un puñetazo en el estómago.

—Santo Dios —dijo mientras se volvía hacia Olivia—. ¿Qué le ha pasado?

Olivia apretó los labios y no dijo nada. Sólo inclinó la cabeza hacia Annabel. Sebastian tenía la sensación de que acababan de regañarlo.

—Estoy bien —sollozó Annabel.

—No, no está bien —respondió él. Volvió a girarse hacia Olivia con una expresión urgente y molesta.

—No está bien —confirmó Olivia.

Seb maldijo en voz baja.

—¿Qué ha hecho Newbury?

—Nada —respondió Annabel, meneando la cabeza—. No ha hecho nada... porque... porque...

Sebastian tragó saliva porque no le gustaba el nudo que se le estaba formando en el estómago. Su tío no tenía fama de ser vil o cruel, aunque ninguna mujer tenía ningún motivo para llamarlo amable, tampoco. Newbury era de los que hacían daño a través de la ignorancia o, mejor dicho, del egoísmo. Tomaba lo que quería porque creía que lo merecía. Y si sus necesidades entraban en conflicto con las de alguna otra persona, le daba igual.

—Annabel —dijo—, tiene que decirme qué ha pasado.

Sin embargo, ella seguía llorando, respirando de forma entrecortada y tenía la nariz...

Sebastian le ofreció su pañuelo.

—Gracias —dijo ella, y lo utilizó. Dos veces.

—Olivia —le espetó Sebastian, mientras se volvía hacia ella—, ¿vas a explicarme de una vez por todas qué está pasando aquí?

Olivia se le acercó y se cruzó de brazos, con el aire de superioridad moral que sólo podía ofrecer una mujer.

—La señorita Winslow cree que tu tío está a punto de proponerle matrimonio.

Sebastian soltó el aire muy despacio. No le sorprendía. Annabel era todo lo que su tío buscaba en una esposa, y más ahora que creía que él también iba detrás de ella.

—A ver —dijo, intentando tranquilizar a la joven. La tomó de una mano y se la apretó—. Todo se solucionará. Si mi tío me pidiera que me casara con él, yo también lloraría.

Ella lo miró como si estuviera a punto de echarse a reír, pero se echó a llorar otra vez.

—¿No puede decir que no? —le preguntó—. ¿No puede decir que no? —le preguntó a Olivia.

Olivia se cruzó de brazos.

—¿Tú qué crees?

—Si lo supiera no te lo habría preguntado —respondió él mientras se ponía de pie.

—Es la mayor de ocho hermanos, Sebastian. ¡Ocho!

—Por el amor de Dios —estalló él, al final—. ¿Quieres hablar claro y decir qué significa eso?

Annabel levantó la mirada, momentáneamente callada.

—Ahora entiendo perfectamente cómo se siente —le dijo Sebastian.

—No nos queda dinero —respondió Annabel, con un hilo de voz—. Mis hermanas no tienen institutriz. Y a mis hermanos los van a echar del colegio.

—¿Y sus abuelos? —Seguro que lord Vickers podía pagar varias matrículas del colegio.

—Mi abuelo hace veinte años que no se habla con mi madre. Nunca le ha perdonado que se casara con mi padre. —Hizo una pausa, respiró hondo con el cuerpo tembloroso y luego volvió a utilizar el pañuelo—. Sólo aceptó que yo viniera a Londres porque mi abuela insistió. Y ella insistió porque... Bueno, no lo sé. Imagino que pensó que sería divertido.

Seb miró a Olivia. Su cuñada todavía estaba de pie con los brazos cruzados, como una gallina clueca en pie de guerra.

—Discúlpenos —le dijo a Annabel, y luego agarró a Olivia por la muñeca y se la llevó al otro lado del salón—. ¿Qué quieres que haga? —susurró.

—No sé de qué me hablas.

—Déjate de juegos. Me has estado mirando con el ceño fruncido desde que he llegado.

—¡Está triste!

—Ya lo veo —le espetó él.

Ella le dio un golpe en el pecho.

—Pues haz algo.

—¡No es culpa mía! —Y no lo era. Newbury había querido casarse con Annabel desde mucho antes que Sebastian se viera involucrado en el asunto. De hecho, si Seb no la hubiera conocido, la chica estaría en la misma posición.

—Tiene que casarse, Sebastian.

Por el amor de Dios.

—¿Me estás sugiriendo que le proponga matrimonio? —preguntó él, con la certeza de que era lo que le estaba sugiriendo—. Apenas hace una semana que la conozco.

Olivia lo miró como si fuera un canalla. Demonios, se sintió como un canalla. Annabel estaba sentada al otro lado de la habitación, llorando en su pañuelo. Un hombre tendría que tener un corazón duro como una piedra para no querer ayudarla.

Pero ¿matrimonio? ¿Qué clase de hombre se casaba con una mujer a la que hacía... —¿Cuántos días eran?— ocho días que conocía? Puede que la sociedad lo tuviera por un estúpido y un frívolo, pero sólo porque a él le gustaba que lo hicieran. Cultivaba esa imagen porque... porque... bueno, no sabía por qué. Quizá porque a él también le divertía.

Pero habría dicho que Olivia lo conocía mejor.

—La señorita Winslow me cae bien —susurró—. De verdad. Y me duele que esté en esta situación tan horrenda. El Señor sabe que soy plenamente consciente del desastre que supone tener que convivir con Newbury. Pero no es culpa mía. Ni mi problema.

Olivia lo miró fijamente, con los ojos llenos de decepción.

—Tú te casaste por amor —le recordó él.

Olivia tensó la mandíbula y Sebastian supo que había hecho diana. Sin embargo, no sabía por qué se sentía tan culpable. Pero ahora no podía echarse atrás.

—¿Me negarías esa posibilidad a mí también? —le preguntó. Aunque...

Miró a Annabel. Estaba mirando hacia la ventana. El pelo oscuro se estaba empezando a soltar de las horquillas y un mechón rizado le caía por la espalda, revelando que lo llevaba unos centímetros por debajo de los hombros.

Cuando estuviera mojado sería más largo, se dijo, ausente.

Aunque nunca lo vería largo.

Tragó saliva.

—Tienes razón —dijo Olivia, de repente.

—¿Qué? —Sebastian la miró y parpadeó.

—Que tienes razón —repitió ella—. He sido injusta al esperar que la salvaras. Dudo que sea la primera joven de Londres que tiene que casarse con alguien que no quiere.

—No. —Sebastian la miró con recelo. ¿Estaba planeando algo? Quizás. O quizá no. Maldición. Odiaba cuando no podía leer las intenciones de una mujer.

—No puedes salvarlas a todas.

Él meneó la cabeza, aunque sin demasiada convicción.

—Muy bien —dijo Olivia, de repente—. Pero, al menos, podemos salvarla por hoy. Le he dicho que puede quedarse hasta la noche. Seguro que Newbury perderá la paciencia antes y se irá a su casa.

—¿Está en su casa ahora mismo?

Olivia asintió.

—Ella llegaba a casa de… bueno, no sé de dónde. De comprar, me imagino. Y lo ha visto bajarse del carruaje.

—¿Y está segura de que ha ido a proponerle matrimonio?

—No creo que tuviera ganas de quedarse y averiguarlo —respondió Olivia, en tono mordaz.

Él asintió muy despacio. Era difícil ponerse en la piel de Annabel, pero supuso que él habría hecho lo mismo.

Olivia miró el reloj que había en la repisa de la chimenea.

—Tengo una cita.

Sebastian no se lo creyó, pero igualmente dijo:

—Yo me quedaré con ella.

Olivia exhaló.

—Supongo que tendremos que enviar una nota a casa de sus abuelos. Seguro que, en algún momento, la extrañarán. Aunque, conociendo a su abuela, quizá no.

—Di que la has invitado a pasar la tarde contigo —sugirió él—. No podrán decir nada. —Olivia era una de las jóvenes casadas más populares de Londres y cualquiera estaría muy contento de que protegiera a su hija o nieta.

Olivia asintió y se acercó a Annabel. Sebastian se sirvió una copa y luego, después de bebérsela de un trago, se sirvió otra. Y una para Annabel. Cuando se acercó a ella, Olivia ya se había despedido y se iba hacia la puerta.

Le ofreció el vaso.

—Tiene una cita —dijo Annabel.

Él asintió.

—Tómeselo —la animó—. Quizá no le apetezca. O quizá sí.

Ella aceptó el vaso, bebió un sorbito y lo dejó en la mesa.

—Mi abuela bebe demasiado —dijo, con una horrible y monótona voz.

Él no dijo nada, pero se sentó en la butaca que había más cerca del sofá y emitió una especie de sonido tranquilizador. Las mujeres tristes no se le daban bien. No sabía qué decir. O hacer.

—No es una mala bebedora. Sólo se pone un poco tonta.

—¿Y amorosa? —preguntó él, sonriendo. Era un comentario terriblemente inadecuado, pero no podía soportar la tristeza de sus ojos. Si lograba hacerla sonreír, habría valido la pena.

¡Y sonrió! Sólo un poco, pero, aún así, fue como una victoria.

—Ah, eso. —Annabel se tapó la boca con la mano y meneó la cabeza—. Lo siento mucho —dijo, muy apesadumbrada—. Sinceramente, no sé si alguna vez he pasado más vergüenza. Nunca la había visto hacer algo así.

—Debe de ser mi aspecto encantador y mi cara bonita.

Ella lo miró.

—¿No va a decir nada acerca de mi modestia y discreción? —murmuró él.

Ella meneó la cabeza y sus ojos empezaron a recuperar la chispa.

—Nunca he sido buena mintiendo.

Él se rió entre dientes.

Ella bebió otro sorbo y dejó el vaso en la mesa. Aunque no lo soltó. Repiqueteó con los dedos contra el cristal, dibujando líneas cerca del borde. Su Annabel era una persona inquieta.

Se preguntó por qué le gustaba tanto. Él no lo era. Siempre había sido capaz de mantenerse preternaturalmente quieto. Seguramente por eso era buen tirador. En la guerra, a veces había tenido que mantenerse inmóvil en su sitio durante horas, esperando el momento más adecuado para apretar el gatillo.

—Sólo quiero que sepa... —empezó a decir.

Él esperó. Fuera lo que fuera lo que intentaba decir, no era fácil.

—Sólo quiero que sepa —repitió, y era como si estuviera reuniendo el valor para terminar la frase—, que esto no tiene nada que ver con usted. Y que no espero que...

Él meneó la cabeza para ahorrarle tener que hacer un discurso incómodo.

—Shhh. No tiene que decir nada.

—Pero lady Olivia...

—Puede llegar a ser muy entrometida —la interrumpió—. Por ahora, finjamos que... —Se interrumpió—. ¿Es un libro de Sarah Gorely?

Annabel parpadeó y bajó la mirada. Parecía haber olvidado que lo tenía en el regazo.

—Ah, sí. Lady Olivia me lo ha dejado.

Él alargó la mano.

—¿Cuál le ha dado?

—Eh... —Ella bajó la mirada—. *La señorita Sainsbury y el misterioso coronel.* —Se lo entregó—. Imagino que lo ha leído.

—Por supuesto. —Abrió el libro por las primeras páginas. «La luz oblicua de la mañana», se dijo a sí mismo. Recordaba perfectamente haber escrito esas palabras. No, no era verdad. Recordaba haberlas pensado. Había pensado el primer párrafo entero antes de escribirlo. Lo había rehecho mentalmente una y otra vez hasta que le salió como él quería.

Aquel había sido su momento. Su propio punto de inflexión. Se preguntó si todo el mundo tendría un punto de inflexión en su vida. Un momento que marcara claramente un antes y un después. Aquel había sido el suyo. Aquella noche en su habitación. No había sido muy distinta a la noche anterior, ni a la posterior. No podía dormir. No tenía nada de extraordinario.

Excepto por un motivo, por un inexplicable y milagroso motivo: había empezado a pensar en libros.

Y había cogido una pluma.

Y ahora estaba disfrutando de su «después». Miró a Annabel.

Y enseguida apartó la mirada. No quería pensar en su «después».

—¿Quiere que se lo lea? —preguntó, quizás un poco demasiado alto. Pero tenía que hacer algo para quitarse aquella imagen de su cabeza. Además, quizás así lograra animarla.

—De acuerdo —respondió ella, con una sonrisa dubitativa—. Lady Olivia dice que es un lector maravilloso.

Era imposible que Olivia hubiera dicho eso.

—¿Eso dice?

—Bueno, no exactamente. Pero me ha dicho que hizo llorar a todas las doncellas.

—En el buen sentido —explicó él.

Y ella se rió. Y él sintió un absurdo placer.

—Empecemos —dijo—. «Capítulo Uno». —Se aclaró la garganta y continuó—: «La luz oblicua de la mañana entraba por la ventana, y la señorita Anne Sainsbury estaba acurrucada debajo de la delgada manta preguntándose, como solía hacer, de dónde sacaría el dinero para poder comer al día siguiente.»

—Me lo imagino perfectamente —dijo Annabel.

Él la miró sorprendido. Y complacido.

—¿Ah sí?

Ella asintió.

—Solía levantarme muy temprano. Antes de venir a Londres. La luz de la mañana es distinta. Más plana, supongo. Y más dorada. Siempre he pensado que... —Dejó la frase en el aire y ladeó la cabeza. Era una expresión de lo más adorable.

Sebastian se dijo que, si la miraba fijamente, vería sus pensamientos.

—Sabe exactamente a qué me refiero —dijo ella.

—¿Sí?

—Sí. —Irguió la espalda y los ojos resplandecieron con los recuerdos—. Usted mismo lo dijo. Cuando nos conocimos en la fiesta de lady Trowbridge.

—El brezal —recordó él, con un suspiro. Ahora parecía un delicioso y lejano recuerdo.

—Sí. Dijo algo de la luz de la mañana. Dijo que... —Se detuvo y se sonrojó—. Da igual.

—Debo admitir que ahora me muero de ganas de saber qué dije.

—Oh... —Ella meneó la cabeza con ferocidad—. No.

—Annabel —dijo, muy despacio. Le gustaba la musicalidad de su nombre.

—Dijo que le gustaría bañarse en ella —dijo, de golpe y sin casi respirar.

—¿Dije eso? —Qué raro. No recordaba haberlo dicho. A veces, se perdía en sus propios pensamientos. Pero sonaba a algo que hubiera podido decir.

Ella asintió.

—Hmmm. Bueno, supongo que sí. —Ladeó la cabeza hacia ella, como hacía siempre antes de soltar algún comentario agudo—. Aunque querría un poco de intimidad.

—Claro.

—O quizá no tanta —murmuró él.

—Basta. —Pero no parecía ofendida. Al menos, no mucho.

Sebastian la miró cuando creía que ella no lo estaba mirando. Estaba sonriendo para sí misma, sólo un poco. Lo suficiente para que él viera su coraje y su fuerza. Su habilidad para mantener la compostura en medio de la adversidad.

Se detuvo. ¿En qué diantres estaba pensando? La chica sólo

había mantenido la compostura ante su comentario arriesgado. No podía compararse con la adversidad.

Tenía que tener cuidado porque, si no, la convertiría en algo que no era. Es lo que hacía casi cada noche: se encerraba en su habitación con papel y pluma. Creaba personajes. Si se dejaba llevar por su imaginación, la convertiría en la mujer perfecta.

Y no era justo para ninguno de los dos.

Se aclaró la garganta y señaló el libro.

—¿Continúo?

—Por favor.

—«Deslizó la mirada hasta su fiel perro pastor escocés...»

—Yo tengo un perro —interrumpió ella.

Él levantó la mirada, sorprendido. No porque tuviera un perro. Parecía de las chicas que tenían perro. Pero no esperaba otra interrupción tan seguida.

—¿Ah sí?

—Un galgo.

—¿Compite en las carreras?

Ella meneó la cabeza.

—Se llama *Ratón*.

—Annabel Winslow, es una mujer muy cruel.

—Me temo que es un nombre que le va como anillo al dedo.

—Imagino que no fue el ganador del concurso El Winslow con más probabilidades de correr más que un pavo.

Ella se rió.

—No.

—Usted dijo que había quedado tercera —le recordó.

—Normalmente, limitamos los candidatos a los de raza humana. —Y luego añadió—: Dos de mis hermanos corren muy, muy deprisa.

Él levantó el libro.

—¿Quiere que continúe?

—Echo de menos a mi perro —suspiró ella.

«Creo que no.»

—¿Y sus abuelos no tienen uno? —le preguntó.

—No. Sólo está el ridículo perro de Louisa.

Sebastian recordó a la salchicha con patas que había visto aquel día en el parque.

—Estaba robusto.

Ella soltó una risita.

—¿Quién le pone *Frederick* a un perro?

—¿Cómo? —Cambiaba de tema a la velocidad del rayo.

Ella irguió un poco más la espalda.

—Louisa le ha puesto *Frederick* a su perro. ¿No le parece ridículo?

—La verdad es que no —admitió él.

—Mi hermano se llama Frederick.

Sebastian no sabía por qué le estaba explicando todo eso, pero parecía que cada vez se acordaba menos de sus problemas, así que él le siguió el juego.

—¿Y Frederick es uno de los rápidos?

—Pues sí. Y también el Winslow con menos probabilidades de convertirse en cura. —Se señaló el pecho—. Ahí seguro que le habría ganado, si no hubieran descalificado a las chicas en asuntos religiosos.

—Por supuesto —murmuró él—. Dormirse en la iglesia y esas cosas. —Y entonces le preguntó—: ¿Realmente lo hizo? ¿Dormirse en la iglesia?

Ella suspiró.

—Cada semana.

Él se rió.

—Menudo par que habríamos hecho.

—¿Usted también?

—No. Nunca me he dormido. Pero me echaron por mala conducta.

Ella se inclinó hacia delante, con los ojos brillantes.

—¿Qué hizo?

Él se inclinó hacia delante, con una sonrisa pícara.

—Nunca se lo diré.

Ella retrocedió.

—No es justo.

Él se encogió de hombros.

—Ahora ya no voy.

—¿Nunca?

—No, aunque si le soy sincero, seguramente me dormiría. —Y era verdad. Las misas eran a una hora muy mala para los que dormían mal.

Ella sonrió, pero con una nota de melancolía y se levantó. Él hizo ademán de levantarse, pero ella lo detuvo.

—Por favor. Si es por mí, no lo haga.

Sebastian la observó acercarse a la ventana y apoyar la cabeza en el cristal mientras miraba hacia la calle.

—¿Cree que todavía estará allí? —le preguntó.

Sebastian no fingió que no sabía de qué le estaba hablando.

—Seguramente. Es muy tenaz. Si sus abuelos le dicen que esperan que regrese pronto, esperará.

—Lady Olivia dijo que pasaría por delante de Vickers House después de su cita para ver si el carruaje sigue en la puerta. —Se volvió y no lo miró a la cara mientras le preguntaba—. No tenía ninguna cita, ¿verdad?

Sebastian se planteó mentir. Pero no lo hizo.

—Creo que no.

Annabel asintió muy despacio, y luego pareció que su rostro se desmoronaba y él sólo pudo pensar: «Más lágrimas, no, por favor», porque las lágrimas no se le daban bien. Y menos las de Annabel. Sin embargo, antes de que pudiera pensar algo adecuado que decir, se dio cuenta de que...

—¿Se está riendo?

Ella meneó la cabeza. Mientras se reía.

Él se levantó.

—¿Qué le hace tanta gracia?

—Su prima —balbuceó ella—. Creo que intenta comprometer-lo.

Era lo más absurdo que había oído en la vida. Y lo más cierto.

—Oh, Annabel —dijo, acercándose a ella con una mirada depredadora—. Estoy comprometido desde hace mucho, mucho tiempo.

—Lo siento. —Seguía riéndose—. No pretendía que...

Sebastian esperó, pero fuera lo que fuera lo que no quería dejar claro se perdió en otra carcajada.

—¡Oh! —Se apoyó contra la pared, con las manos sobre la tripa.

—No es tan gracioso —dijo, aunque estaba sonriendo. Era imposible no sonreír cuando ella se reía.

Tenía una risa extraordinaria.

—No, no —respondió ella, casi sin aliento—. Eso no. Estaba pensando en otra cosa.

Él esperó. Nada. Al final, dijo:

—¿Le importaría explicármelo?

Ella rió por la nariz, literalmente, y se colocó las manos en la cara.

—Parece que esté llorando —dijo él.

—No lloro —respondió ella, aunque el sonido llegó muy mitigado.

—Lo sé. Sólo quería decirle que, en el improbable caso de que entrara alguien, quizá creería que la he hecho llorar.

Ella separó los dedos y lo miró.

—Lo siento.

—¿Qué le hace tanta gracia? —Porque, a estas alturas, ya no podía vivir sin saberlo.

—Ah, es que... anoche... cuando estaba hablando con su tío...

Sebastian se apoyó en el respaldo del sofá y esperó.

—Dijo que quería devolverme al seno de la sociedad.

—No fue una frase demasiado afortunada —admitió él.

—Y yo sólo podía pensar en que... —Parecía que iba a estallar a reír otra vez—. No estoy muy segura de si me gusta el seno de la sociedad.

—No es mi preferido —respondió él, al tiempo que hacía un gran esfuerzo por no mirar los de ella.

Y aquello pareció que le hacía más gracia, lo que provocó que se sacudiera en esa zona en particular.

Cosa que tuvo cierto efecto en la entrepierna de Sebastian.

Se quedó inmóvil.

Ella se tapó los ojos, avergonzada.

—No puedo creerme que haya dicho eso.

Él dejó de respirar. Sólo podía mirarla, mirarle los labios, rosados y carnosos, y que seguían dibujando una sonrisa.

Quería besarla. Quería besarla con todas sus fuerzas. Quería besarla más allá de su sensatez porque, de ser sensato, se habría alejado. Habría salido del salón. Y se habría dado una ducha bien fría.

Sin embargo, se acercó a ella. Colocó la mano encima de la suya, manteniéndola encima de sus ojos.

Ella abrió los labios y él oyó cómo soltaba el aire de golpe. Sebastian no sabía si había exhalado o se había sorprendido. Y no le importaba. Sólo quería que sus alientos fueran uno.

Se inclinó hacia delante. Muy despacio. No podía ir deprisa, no podía arriesgarse a perderse un segundo. Quería recordarlo. Quería que su memoria recordara cada instante. Quería saber qué sensación tenía al estar a dos centímetros de ella, y luego a uno, y luego...

Le rozó los labios. Una pequeña y delicada caricia antes de retroceder. Quería mirarla y comprobar qué aspecto tenía inmediatamente después de recibir un beso.

Comprobar qué aspecto tenía mientras esperaba el siguiente.

Entrelazó sus dedos y, muy despacio, le apartó la mano de la cara.

—Mírame —susurró.

Pero ella meneó la cabeza y mantuvo los ojos cerrados.

Pero Sebastian no podía esperar más. La abrazó, la pegó a él y la besó. Pero fue mucho más que un beso. Movió las manos y las deslizó hasta las nalgas y apretó. No sabía si estaba intentando pegarla a él o simplemente estaba disfrutando de la sensualidad de su cuerpo.

Era una diosa en sus brazos, delicada y sinuosa, y quería sentir cada centímetro de su cuerpo. Quería tocarla, acariciarla y masajearla y, santo Dios, casi se olvida de que también la estaba besando. Era un milagro estar en sus brazos y cuando, por fin, separó los labios para respirar, no pudo evitarlo. Gruñó y se abalanzó sobre su mandíbula y su garganta. No quería besarle sólo la boca. Quería besarla por todas partes.

—Annabel —gruñó, mientras los dedos localizaban los botones de la espalda del vestido. Era bueno. Sabía perfectamente cómo desnudar a una mujer. Normalmente, lo hacía despacio, saboreando cada instante, cada nuevo centímetro de piel, pero con ella… No podía esperar. Estaba como loco; desató los suficientes botones como para poder bajárselo por los hombros.

La camisola que llevaba era muy sencilla; ni sedas ni encajes, sólo algodón blanco. Pero lo volvía loco. Annabel no necesitaba adornos. La habían hecho perfecta.

Con los dedos temblorosos, se acercó a las cintas de los hombros y tiró, y contuvo la respiración mientras la delicada tela resbalaba por su piel.

Susurró su nombre, y otra vez, y otra. La oyó gemir, un sonido gutural que, a medida que él deslizaba la mano por el hombro hacia la deliciosa curva del pecho, se hizo más oscuro y ronco. Llevaba un pequeño corsé, pero las cintas le elevaban el busto y le formaban unos pechos increíblemente redondos y altos.

Sebastian estuvo a punto de perder el control allí mismo.

Tenía que detenerse. Aquello era una locura. Era una joven decente y la estaba tratando como a una…

Le dio un último beso en la piel, respirando su cálida esencia, y luego se separó.

—Lo siento —farfulló. Pero no lo sentía. Sabía que debería sentirlo, pero no creía que jamás pudiera arrepentirse de haberla visto de aquella forma tan íntima.

Empezó a darse la vuelta, porque no creía que pudiera verla y no volver a tocarla, pero antes de hacerlo vio que todavía tenía los ojos cerrados.

Le dio un vuelco el corazón y corrió a su lado.

—¿Annabel? —Le tocó el hombro, y luego la mejilla—. ¿Qué te pasa?

—Nada —susurró ella.

El dedo de Sebastian se deslizó hasta la sien de ella, justo junto al ojo.

—¿Por qué tienes los ojos cerrados?

—Tengo miedo.

—¿De qué?

Ella tragó saliva.

—De mí misma. —Y entonces los abrió—. De lo que quiero. Y de lo que tengo que hacer.

—¿No querías que...? —Santo Dios, ¿acaso no había querido que la besara? Intentó pensar. ¿Le había devuelto el beso? ¿Lo había acariciado? No lo recordaba. Se había quedado tan ensimismado con ella, y con su propia necesidad, que no recordaba lo que ella había hecho.

—No —respondió ella, muy despacio—. Quería que lo hiciera. Ése es el problema. —Volvió a cerrar los ojos, pero sólo un momento. Parecía como si estuviera intentando ajustar algo en su interior, y luego abrió los ojos—. ¿Podría ayudarme?

Sebastian empezó a decir que sí, que la ayudaría. Que haría lo que estuviera en su mano para protegerla de su tío, para salvar a su familia y mantener a sus hermanos en el colegio, pero entonces vio que se refería a las cintas de la camisola y que quería que la ayudara a vestirse.

Y lo hizo. Ató las cintas y le abotonó el vestido, y no dijo nada mientras ella se sentaba cerca de la ventana. Él se sentó junto a la puerta.

Esperaron. Y esperaron. Y al final, después de lo que pareció una eternidad, Annabel se levantó y dijo:

—Ya ha vuelto.

Sebastian se levantó y la miró mientras observaba por la ventana cómo Olivia bajaba del carruaje. Ella se volvió, y en ese instante las palabras fluyeron de su boca:

—¿Quieres casarte conmigo?

Capítulo 18

Annabel estuvo a punto de caer de bruces.

—¿Qué?

—Esa no era la respuesta que esperaba —murmuró Sebastian.

Ella seguía sin salir de su asombro.

—¿Quiere casarse conmigo?

Él ladeó la cabeza.

—Sí, creo que acabo de pedírtelo.

—No tiene que hacerlo —le aseguró Annabel porque... porque era una idiota, y eso era lo que hacían las idiotas cuando un hombre les pedía matrimonio. Les decían que no tenían que hacerlo.

—¿Tu respuesta es no? —preguntó él.

—¡No!

Él sonrió.

—Entonces es que sí.

—No. —Dios mío, estaba mareada.

Él avanzó hacia ella.

—No estás hablando demasiado claro, Annabel.

—Me ha cogido desprevenida a propósito —lo acusó ella.

—Yo también estaba desprevenido —respondió él, muy despacio.

Annabel se aferró con fuerza al respaldo de la butaca donde había estado sentada. Era un mueble muy incómodo, pero estaba cerca de la ventana y quería ver si llegaba lady Olivia y... Por el amor de Dios, ¿por qué estaba pensando en una estúpida butaca? Sebastian Grey acababa de pedirle que se casara con él.

Miró por la ventana. Lady Olivia todavía estaba en el carruaje. Tenía dos minutos, tres como máximo.

—¿Por qué? —le preguntó a Sebastian.

—¿Me estás preguntando por qué?

Ella asintió.

—No soy una damisela en apuros. Bueno, sí que lo soy, pero rescatarme no es responsabilidad suya.

—No —asintió él.

Annabel esperaba una discusión. Quizá no demasiado coherente, pero una discusión. Sin embargo, aquella respuesta la desconcertó por completo.

—¿No?

—Tienes razón. No es mi responsabilidad. —Él siguió avanzando y acortando, con gran seducción, la distancia que los separaba—. Sin embargo, sería un placer hacerlo.

—Madre mía.

Él sonrió.

—¡Ya he vuelto! —Era lady Olivia, desde el recibidor.

Annabel miró a Sebastian. Lo tenía muy cerca.

—Te he besado —dijo él.

Ella no podía hablar. Apenas podía respirar.

—Te he besado de formas que sólo un marido besa a su mujer.

Sin saber cómo, lo tenía más cerca que antes. Ahora, definitivamente, no podía respirar.

—Y creo —murmuró él, tan cerca de su piel que Annabel notaba su aliento—, que te ha gustado.

—¿Sebastian? —Era lady Olivia—. ¡Oh!

—Después, Olivia —dijo él, sin ni siquiera girarse—. Y cierra la puerta.

Annabel oyó cómo la puerta se cerraba.

—Señor Grey, no sé si...

—¿No crees que ya va siendo hora de que me llames Sebastian?

Ella tragó saliva.

—Sebastian, yo…

—Lo siento. —Volvía a ser lady Olivia, que entró en el salón como una exhalación—. No puedo.

—Sí que puedes, Olivia —gruñó Sebastian.

—No, no puedo. Es mi casa, y Annabel es soltera y…

—Y le estoy pidiendo que se case conmigo.

—¡Oh! —La puerta volvió a cerrarse.

Annabel intentó mantener la cabeza clara, pero le costaba mucho. Sebastian le estaba sonriendo como si quisiera mordisquearla de pies a cabeza y ella estaba empezando a tener las sensaciones más extrañas del mundo en áreas de su cuerpo que casi había olvidado que existían. Pero no podía olvidar que lady Olivia debía estar, casi seguro, con la oreja pegada a la puerta, y tampoco podía olvidar que…

—¡Un momento! —exclamó, separándolos con las manos. Intentó apartarlo y, cuando eso no funcionó, lo empujó.

Sebastian retrocedió, pero no dejó de sonreír.

—Acaba de decir a lady Olivia que no quería casarse conmigo —dijo.

—¿Ah sí?

—Hace unas horas. Cuando estaba llorando. Le ha dicho que apenas hacía una semana que me conocía.

Él parecía totalmente despreocupado.

—Ah, eso.

—¿Acaso creía que no los oía?

—Es que apenas hace una semana que te conozco.

Ella no respondió, así que Sebastian se inclinó y le robó un beso.

—He cambiado de idea.

—¿En… —Annabel miró a su alrededor, buscando un reloj—, dos horas?

—Dos horas y media, en realidad. —Le ofreció su sonrisa más pícara—. Pero han sido dos horas y media muy intensas, ¿no crees?

Olivia entró en el salón.

—¿Qué le has hecho?

Sebastian gruñó.

—Serías una espía horrible, ¿lo sabes?

Olivia cruzó el salón en un santiamén.

—¿La has comprometido de alguna forma en mi salón?

—No —respondió Annabel enseguida—. No. No. No, no, no. No.

«Eso son muchos noes», se dijo Sebastian, un poco malhumorado.

—Me ha besado —le explicó Annabel a Olivia—, pero nada más.

Sebastian se cruzó de brazos.

—¿Desde cuándo eres tan mojigata, Olivia?

—¡Es mi salón!

Sebastian no entendía cuál era el problema.

—No estabas aquí —dijo él.

—Exacto —concluyó Olivia, pasando por su lado y tomando a Annabel del brazo—. Tú vienes conmigo.

Uy no, ni hablar.

—¿Adónde crees que te la llevas? —preguntó él.

—A su casa. He pasado por delante. Newbury ya se ha ido.

Seb se cruzó de brazos.

—Todavía no me ha respondido.

—Te responderá mañana. —Olivia se volvió hacia Annabel—. Puedes responderle mañana.

—No. Espera. —Sebastian alargó el brazo y agarró a Annabel. Olivia no iba a arruinarle su proposición de matrimonio. Sujetó a Annabel a su lado, se volvió hacia Olivia y le dijo—: ¿Me has estado insistiendo para que le pidiera que se casara conmigo y ahora te la llevas?

—Estabas intentando seducirla.

—Si hubiera intentado seducirla —gruñó él—, te hubieras encontrado con una escena muy distinta al llegar.

—Sigo aquí —dijo Annabel.

—Puede que sea la única mujer de Londres que nunca ha estado enamorada de ti —dijo Olivia, clavándole un dedo en el pecho—, pero eso no significa que no sepa lo encantador que puedes llegar a ser.

—Vaya, Olivia —dijo él—. ¿Y esos cumplidos?

Annabel levantó la mano.

—Todavía estoy aquí.

—Annabel tomará una decisión en la privacidad de su habitación y no mientras la miras con... esos... ojos.

Sebastian se quedó callado unos dos segundos, y luego se dobló de la risa.

—¿Qué? —preguntó Olivia.

Seb dio un codazo a Annabel y movió la cabeza hacia Olivia.

—A ella la miró con la nariz.

Annabel apretó los labios, en un intento obvio por no reírse. Su Annabel tenía un magnífico sentido del humor.

Olivia se cruzó de brazos y se volvió hacia Annabel.

—Es mejor que lord Newbury —le dijo, mordazmente—, aunque por los pelos.

—¿Qué está pasando aquí? —Era Harry, algo despeinado, como si se hubiera estado echando el pelo hacia atrás con las manos. Tenía una mancha de tinta en la mejilla—. ¿Sebastian?

Seb miró a su primo, y luego a Olivia, y luego se echó a reír con tanta fuerza que tuvo que sentarse.

Harry parpadeó y se encogió de hombros, como si aquella escena fuera lo más normal del mundo.

—Ah, buenas tardes, señorita Winslow. No la había visto.

—Ya te dije que la reconocerías —balbuceó Olivia.

—Estoy buscando una pluma —dijo sir Harry. Se acercó al escritorio y empezó a abrir los cajones—. Hoy ya he roto tres.

—¿Has roto tres plumas? —le preguntó Olivia.

Harry abrió otro cajón.

—Es esa Gorely. Algunas de sus frases... Santo Dios, son eternas. No creo que pueda traducirlas.

—Esfuérzate más —dijo Sebastian, mientras intentaba recuperarse.

Harry lo miró.

—¿Qué te pasa?

Seb agitó una mano en el aire.

—Sólo me estoy divirtiendo un poco a expensas de tu mujer.

Harry miró a Olivia, que se limitó a poner los ojos en blanco. Se volvió hacia Annabel.

—A veces, pueden ser muy pesados. Espero que la hayan recibido bien.

Annabel se sonrojó ligeramente.

—Sí, mucho —tartamudeó.

Sin embargo, Harry era daltónico y no percibió que se había sonrojado.

—Ah, aquí está. —Levantó una pluma—. Ignoradme. Volved a lo que estuvierais... —Miró a Sebastian y meneó la cabeza—, haciendo.

—Lo haré —respondió Sebastian con solemnidad. Parecía parte de los votos matrimoniales. Le gustaba.

—Debería volver a casa —dijo Annabel mientras veía cómo Harry salía del salón.

Sebastian se levantó, prácticamente recuperado del ataque de risa.

—Te acompañaré.

—Ni hablar —intervino Olivia.

—Sí que lo haré —respondió él. Y entonces, levantó la barbilla y la miró por encima de la nariz.

—¿Qué haces? —le preguntó Olivia, furiosa.

—Te estoy mirando —respondió él, con una cantinela.

Annabel se tapó la boca con la mano.

—Con la nariz —añadió, por si Olivia no había entendido la broma a la primera.

Olivia se tapó la cara con las manos. Y no porque estuviera riendo.

Sebastian se inclinó hacia Annabel, algo complicado mientras intentaba seguir mirando a Olivia con la nariz.

—No es mi seno favorito —le susurró.

—No quiero saber lo que acabas de decir —gimoteó Olivia desde detrás de las manos.

—No —asintió Seb—, seguramente no quieras. —Se colocó derecho y sonrió—. Acompañaré a Annabel a casa.

—Como quieras —suspiró Olivia.

Sebastian se inclinó hacia Annabel y susurró:

—La he agotado.

—Me ha agotado a mí.

—No, todavía no.

Annabel volvió a sonrojarse y Sebastian decidió que nunca se había alegrado tanto de no ser daltónico.

—Tienes que darle, al menos, un día para que considere tu propuesta —insistió Olivia.

Sebastian arqueó una ceja y miró a su prima.

—¿Harry te dio un día?

—Eso da igual —murmuró ella.

—Muy bien —dijo Sebastian, mientras se volvía hacia Annabel—, haré caso a los expertos consejos de mi querida prima. Harry fue, al menos, el decimosegundo hombre que le propuso matrimonio. Mientras que yo jamás había pronunciado la palabra «matrimonio» en presencia de una mujer hasta hoy.

Annabel le sonrió. Fue como un amanecer.

—Mañana iré a verte para saber tu respuesta —dijo Sebastian, mientras notaba cómo iba sonriendo poco a poco—. Pero, mientras tanto... —Le ofreció el brazo—. ¿Nos vamos?

Annabel dio un paso hacia él y luego se detuvo.

—En realidad, creo que prefiero volver a casa sola.

—¿Sí?

Ella asintió.

—Imagino que mi doncella sigue aquí y podrá acompañarme. No está lejos. Además... —Bajó la mirada y se mordió el labio inferior.

Él le acarició la barbilla.

—Habla claro, Annabel —le susurró.

Ella no lo miró cuando dijo:

—Es complicado pensar con claridad en su presencia.

Sebastian decidió tomárselo como una muy buena señal.

Annabel cerró la puerta principal con cuidado y se quedó inmóvil escuchando. La casa estaba en silencio; quizás, ojalá, sus abuelos habían salido. Dejó el libro en la mesa de la entrada mientras se quitaba los guantes, después volvió a cogerlo con la intención de subir a su habitación. Sin embargo, antes de llegar al tercer escalón, su abuela apareció en la puerta del salón.

—Ya has vuelto —dijo lady Vickers, visiblemente contrariada—. ¿Dónde diablos estabas?

—He salido a comprar —mintió Annabel—. He visto a unas amigas y hemos ido a tomar un helado.

Su abuela soltó un suspiro furioso.

—Te estropearás la figura.

Annabel le ofreció una sonrisa fingida y levantó el libro que lady Olivia le había dejado.

—Voy a mi habitación a leer.

Su abuela esperó a que hubiera subido otro escalón, y entonces dijo:

—No has visto al conde.

Annabel tragó saliva, incómoda, y se volvió hacia su abuela.

—¿Ha estado aquí?

Su abuela entrecerró los ojos, pero si sospechaba que Annabel había evitado al conde, no lo dijo. Señaló con la cabeza hacia el salón, y estaba claro que esperaba que ella la siguiera. Annabel dio media vuelta, la siguió y se quedó junto a la puerta mientras su abuela se acercaba al aparador y se servía una copa.

—Habría sido mucho más fácil si hubieras estado aquí —dijo lady Vickers—, pero me alegro de decir que hemos mantenido la cordialidad. Se ha pasado casi una hora entera con tu abuelo.

—¿Una hora? —preguntó Annabel, con una voz aguda y profunda.

—Sí, y te alegrará saber que he tenido la oreja pegada a la puerta del despacho todo el tiempo. —Bebió un sorbo y soltó un suspiro de satisfacción—. Tu abuelo se olvidó de mencionar a tu familia de Gloucestershire, así que me tomé la libertad de interceder.

—¿Interceder?

—Puede que tenga cincuenta y un años...

Eran setenta y uno.

—Pero todavía sé salirme con la mía. —Lady Vickers dejó el vaso en la mesa y se inclinó hacia delante, con un aspecto extraordinariamente complacido consigo misma—. Newbury se encargará de que tus cuatro hermanos estudien hasta la universidad, y pagará una graduación de militar al que la quiera. En cuanto a tus hermanas, sólo he podido sacarle una dote irrisoria, pero es más de lo que tienen. —Bebió un buen trago y chasqueó la lengua—. Y tú has conseguido un conde.

Era todo lo que Annabel había soñado. Todos sus hermanos estarían protegidos. Tendrían todo lo que necesitaban.

—No quiere un compromiso largo —dijo lady Vickers—. Sabes que quiere un hijo, y deprisa. Venga, no me mires así. Sabías que esto iba a pasar.

Annabel meneó la cabeza.

—No… No te estaba mirando de ninguna forma. Es que…

—Por Dios —gruñó lady Vickers—. ¿Tengo que darte la charla?

Annabel esperaba que no.

—La tuve con tu madre y con tu tía Joan. Si voy a tener que hacerlo contigo, voy a necesitar una copa más grande.

—No pasa nada —dijo Annabel, enseguida—. No necesito la charla.

Su abuela la miró fijamente.

—¿De veras? —le preguntó, muy interesada.

—Bueno, que no la necesito ahora mismo —contestó Annabel con evasivas—. O quizá… nunca. Contigo —continuó, aunque más despacio.

—¿Cómo?

—Soy de campo —añadió Annabel, con una alegría fingida—. Hay muchos animales y… eh…

—Mira —intervino lady Vickers—, estoy segura de que sabes cosas de las ovejas que yo no quiero ni oír, pero yo sé un par de cosas sobre el matrimonio con un noble con sobrepeso.

Annabel se dejó caer en una butaca. Fuera lo que fuera que su abuela quería compartir con ella, no estaba segura de poder soportarlo estando de pie.

—Todo se reduce a una cosa —dijo lady Vickers, señalándola con un dedo—. Cuando haya terminado, levanta las piernas hacia el techo.

Annabel palideció.

—No, hazlo —insistió su abuela—. Confía en mí. Ayudarás a la semilla a quedarse dentro y cuanto antes te quedes embarazada, antes podrás dejar de acostarte con él. Y esto, querida, es la calve para un matrimonio feliz.

Annabel recogió el libro y se levantó, desplazándose como si estuviera aturdida.

—Voy a tenderme.

Lady Vickers sonrió.

—Por supuesto, querida. ¡Ah! Casi me olvido. Nos vamos de la ciudad esta noche.

—¿Qué? ¿Adónde? —¿Y cómo iba a decírselo a Sebastian?

—Winifred organiza una fiesta en el campo —dijo su abuela—, y estás invitada.

—¿Yo?

—Yo también tengo que ir, maldita sea, la muy estúpida…

Annabel se quedó boquiabierta ante aquella serie de improperios, impresionantes incluso para su abuela.

—Odio el campo —gruñó lady Vickers—. Es una pérdida de aire perfectamente bueno.

—¿Tenemos que ir?

—Por supuesto que tenemos que ir, boba. Alguien tiene que tener la sartén por el mango.

—¿Qué quieres decir? —le preguntó Annabel, con cautela.

—Es una vaca mañosa, pero Winifred me debe un favor —explicó su abuela, resolutiva—. Así que se ha asegurado de que Newbury también acuda. Sin embargo, no he podido evitar que invitara al otro, también.

—¿A Seb…? ¿Al señor Grey? —preguntó Annabel, mientras dejaba caer el libro.

—Sí, sí —dijo lady Vickers, bastante malhumorada. Esperó medio segundo, mientras Annabel, con los nervios, dejaba caer el libro de nuevo y, al final, lo dejó encima de la mesa—. Supongo que no puedo culparla —continuó—. Será la invitación de la temporada.

—¿Y él ha confirmado su asistencia? ¿Aún sabiendo que su tío estará allí?

—¿Quién sabe? Ha enviado las invitaciones esta tarde. —Lady Vickers se encogió de hombros—. Es muy guapo.

—¿Qué tiene que ver eso con…? —Annabel cerró la boca. No quería saber la respuesta.

—Nos vamos dentro de dos horas —dijo lady Vickers, mientras se terminaba la copa.

—¿Dos horas? No puedo estar lista en dos horas.

—Por supuesto que sí. Las doncellas ya han hecho tu equipaje. Winifred no vive demasiado lejos de la ciudad y, en esta época del año, anochece muy tarde. Con buenos caballos, podemos llegar poco después de la puesta de sol. Y prefiero irme esta noche. Detesto viajar por la mañana.

—Has estado muy ocupada —dijo Annabel.

Lady Vickers irguió la espalda y parecía bastante orgullosa de sí misma.

—Sí. Y harías bien de imitarme. Así te he conseguido un conde.

—Pero yo… —Annabel se quedó inmóvil, paralizada por la mirada que le lanzó su abuela.

—Seguro que no ibas a decir que no lo quieres, ¿verdad? —dijo lady Vickers, con los ojos entrecerrados.

Annabel no dijo nada. Nunca había oído ese tono amenazador de su abuela. Muy despacio, meneó la cabeza.

—Bien, porque sé que no querrías hacer nada que pusiera las cosas más difíciles a tus hermanos.

Annabel retrocedió. ¿Era posible que su abuela la estuviera amenazando?

—Oh, por el amor de Dios —le espetó lady Vickers—. No me mires así. ¿Crees que voy a pegarte?

—¡No! Es que…

—Te casarás con el conde y puedes acostarte con el sobrino en secreto.

—¡Abuela!

—No pongas esa cara de puritana. No podrías desear nada mejor. Si tienes un hijo con el otro, al menos todo queda en la familia.

Annabel estaba sin habla.

—Ah, por cierto, Louisa también viene. La arrugada de su tía se ha constipado y no puede hacerle de carabina esta semana, así que he dicho que me la llevaría conmigo. No queremos que se marchite en su habitación, ¿verdad?

Annabel meneó la cabeza.

—Perfecto. Prepárate. Nos vamos en una hora.

—Has dicho dos.

—¿Sí? —Lady Vickers parpadeó y luego se encogió de hombros—. Debo de haberte mentido. Aunque es mejor haberte mentido que no haberte avisado.

Annabel observó, boquiabierta, cómo su abuela salía del salón. Estaba segura de que había sido el día más extraño y trascendental de su vida.

Aunque tenía la sensación de que mañana podía ser todavía más extraño...

Capítulo 19

A la mañana siguiente

Sebastian sabía, exactamente, por qué lo habían invitado a la fiesta de lady Challis. Nunca le había caído bien y, por tanto, nunca lo había invitado a ninguna de sus fiestas hasta ahora. Pero lady Challis, a pesar de su actitud mojigata, era una anfitriona muy competitiva y, si podía organizar la fiesta del año con Annabel, Sebastian y el conde de Newbury todos bajo el mismo techo, por Dios que lo haría.

A Seb no le entusiasmaba ser la marioneta de nadie, pero no iba a permitir que Newbury pudiera acosar a Annabel como quisiera rechazando la invitación.

Además, le había dicho a Annabel que le daba un día para reflexionar sobre su propuesta, y mantendría su palabra. Si la chica estaba en Berkshire, en casa de lord y lady Challis, él también estaría.

Sin embargo, Seb no era estúpido y sabía que lady Vickers, lady Challis y sus demás amigas apoyarían a Newbury en la batalla por quedarse con Annabel. Y como las mejores guerras nunca se ganaban a solas, sacó a Edward de la cama y lo metió en el carruaje camino de Berkshire. A Edward no lo habían invitado, pero era joven, soltero y, por lo que Sebastian sabía, tenía todos los dientes. Lo que significaba que nadie lo echaría de una fiesta. Nunca.

—¿Harry y Olivia saben que les has robado el carruaje? —preguntó Edward, frotándose los ojos.

—El término correcto es requisar y sí, lo saben. —Bueno, eso esperaba. Les había dejado una nota.

—¿Y quién estará? —Edward bostezó.

—Tápate la boca.

Edward le lanzó una mirada letal.

Sebastian levantó la mandíbula mientras miraba por la ventana con impaciencia. La calle estaba abarrotada y el carruaje avanzaba muy despacio.

—Aparte de la señorita Winslow y de mi tío, no tengo ni idea.

—La señorita Winslow —repitió Edward, con un suspiro.

—No —le espetó Seb.

—¿Qué?

—No pongas esa cara que pones cuando piensas en ella.

—¿Qué cara?

—Esta que... —Seb puso cara de estúpido y dejó la lengua colgando—. Esta.

—Bueno, tienes que admitir que la chica es muy...

—No lo digas —lo advirtió Seb.

—Iba a decir encantadora —le informó Edward.

—Mentira.

—Tiene unos...

—¡Edward!

—Ojos muy bonitos. —Edward dibujó una sonrisa de satisfacción.

Sebastian lo miró fijamente, se cruzó de brazos y miró por la ventana. Aunque enseguida los descruzó, volvió a mirar a Edward y le dio una patada.

—¿A qué ha venido eso?

—Por el comentario inapropiado que estabas a punto de hacer.

Edward se echó a reír. Y, por una vez, Seb tuvo la sensación de que no se reía con él, sino de él.

—Debo decir —opinó Edward—, que es muy divertido que te hayas enamorado de la mujer con la que tu tío quiere casarse.

Sebastian se revolvió en el asiento.

—No estoy enamorado de ella.

—No —se burló Edward—, sólo quieres casarte con ella.

—¿Te lo ha dicho Olivia? —Maldita sea, le había pedido a Olivia que no se lo dijera a nadie.

—No. —Edward sonrió—. Me lo acabas de decir tú.

—Cachorro —balbuceó Seb.

—¿Crees que dirá que sí?

—¿Por qué no iba a decir que sí? —se defendió Seb.

—No me malinterpretes. Si fuera una mujer, no se me ocurre nadie con quien preferiría casarme...

—Creo que hablo en nombre de todos los hombres de este mundo cuando digo que me alegro de que no sea una opción factible.

Edward hizo una mueca ante el insulto, pero no se enfadó.

—Newbury puede convertirla en condesa —le recordó.

—Y yo quizá también —respondió Seb.

—Creí que el condado te daba igual.

—Es que me da igual. —Y era verdad. Bueno, aunque ahora quizás un poco menos—. En cualquier caso, a mí me da igual.

Edward se encogió de hombros y ladeó ligeramente la cabeza. Aquel movimiento le resultaba familiar, aunque no sabía dónde lo había visto antes.

Hasta que se dio cuenta que era como mirarse en el espejo.

—Lo odia —dijo.

Edward bostezó.

—No sería la primera mujer que se casa con un hombre al que odia.

—Newbury le triplica la edad.

—Tampoco es el primer caso.

Al final, Seb levantó las manos con cierto aire de frustración.

—¿Por qué me dices todo esto?

Edward se puso serio.

—Sólo quiero que estés preparado.

—Crees que dirá que no.

—Sinceramente, no tengo ni idea. Nunca os he visto a los dos juntos en la misma habitación. Pero preferiría verte gratamente sorprendido que con el corazón destrozado.

—No me destrozará el corazón —gruñó Seb. Porque Annabel no iba a decirle que no. Le había dicho que no podía pensar con claridad en su presencia. Si había alguna mujer que quería aceptar una proposición de matrimonio, era Annabel.

Pero ¿bastaba con que quisiera aceptar? A sus abuelos no les haría ninguna gracia que lo escogiera a él por encima de Newbury. Y sabía que estaba muy preocupada por la precaria situación económica de su familia. Pero estaba seguro de que no se sacrificaría para conseguirles cuatro monedas. No es como si estuvieran al borde de la pobreza. Era imposible si sus hermanos todavía iban al colegio. Y él tenía dinero. No tanto como Newbury; de acuerdo, ni siquiera se acercaba, pero tenía algo. Lo suficiente para pagar la educación de sus hermanos.

Sin embargo, Annabel no lo sabía. La mayor parte de la sociedad lo consideraba un bufón. Incluso Harry creía que iba a desayunar cada día a su casa porque no tenía ni para comprarse su propia comida.

Sebastian debía su puesto en la sociedad a su aspecto y su encanto. Y porque siempre existía la posibilidad de que su tío muriera antes de engendrar otro heredero. Pero nadie creía que poseyera ningún tipo de riqueza. Y lo que nadie sospechaba era que había amasado una pequeña fortuna firmando novelas góticas con el pseudónimo de una mujer.

Cuando el carruaje hubo superado el intenso tráfico de Londres, Edward se quedó dormido. Y permaneció dormido hasta que llegaron a la puerta de Stonegross, la enorme mansión de la época de los

Tudor que servía como una de las casas de campo de los Challis. En cuanto Seb bajó del carruaje, empezó a estudiar los alrededores con ojo clínico.

Era como si volviera a estar en la guerra, buscando localizaciones y observando a los jugadores. Y eso es lo que hacía. Observaba. Nunca fue uno de los soldados del frente. Nunca había entrado en el combate cuerpo a cuerpo ni había mirado al enemigo a los ojos. Lo habían alejado de la acción, siempre vigilando, disparando desde la distancia.

Y nunca fallaba.

Tenía las dos cualidades que poseían los grandes francotiradores: una puntería excelente y una paciencia infinita. Nunca disparaba a menos que el tiro fuera perfecto, y nunca se ponía nervioso. Incluso el día en que casi matan a Harry, acechado por un capitán francés por la espalda, mantuvo la calma. Había observado y esperado, y no disparó hasta el momento oportuno. Harry nunca había llegado a saber lo cerca que había estado de la muerte.

Después, Sebastian había vomitado entre los arbustos.

Era extraño que volviera a sentirse como un soldado. O quizá no era tan extraño. Había estado en guerra con su tío toda la vida.

En el desayuno, lady Challis informó a Annabel y a Louisa que la mayoría de los invitados, entre ellos lord Newbury, no llegarían hasta la tarde. No mencionó a Sebastian, y Annabel no preguntó. Tales preguntas llegarían de inmediato a oídos de su abuela, y ella no quería que se repitiera la conversación que habían mantenido la noche anterior.

Era una espléndida mañana de verano, así que Annabel y Louisa decidieron pasear hasta el estanque, y fueron solas porque, al parecer, a nadie más le apetecía. Cuando llegaron, Louisa enseguida cogió una piedra y la lanzó por encima del agua del estanque.

—¿Cómo lo has hecho? —preguntó Annabel.

—¿Lanzar una piedra? ¿No sabes?

—No. Mis hermanos siempre decían que las chicas no sabían.

—¿Y te lo creíste?

—Claro que no, pero lo intenté durante años y nunca lo conseguí. —Annabel cogió una piedra e intentó lanzarla. Pero se hundió enseguida.

Como una piedra.

Louisa dibujó una amplia sonrisa, cogió otra piedra y la dejó volar.

—Uno... Dos... Tres... Cuatro... ¡Cinco! —exclamó, mientras contaba los saltos—. Mi récord son seis.

—¿Seis? —preguntó Annabel, sintiéndose derrotada—. ¿De veras?

Louisa se encogió de hombros y buscó otra piedra.

—En Escocia, mi padre me ignora tanto como en Londres. La única diferencia es que, allí, en lugar de fiestas y bailes, sólo puedo entretenerme con lagos y piedras. —Encontró una plana y la cogió—. He tenido mucho tiempo para practicar.

—Enséñame a...

Pero Louisa ya había lanzado la piedra al estanque.

—Uno... Dos... Tres... Cuatro. —Soltó un resoplido de irritación—. Sabía que pesaba demasiado.

Annabel observó, incrédula, cómo su prima lanzaba tres piedras más, cada una de las cuales rebotó cinco veces en el agua antes de hundirse.

—Creo que estoy celosa —anunció, al final.

Louisa sonrió.

—¿De mí?

—Mirándote, cualquiera diría que no puedes levantar ninguna de esas piedras, y mucho menos lanzarlas al agua.

—Oye, oye —la riñó Louisa, sin dejar de sonreír—. Sin ofender.

Annabel fingió una mueca.

—No puedo correr deprisa —dijo Louisa—. Me han prohibido participar en cualquier torneo de tiro por la seguridad de los demás participantes, y no sé jugar a las malditas cartas.

—¡Louisa!

Louisa había blasfemado. Annabel no podía creerse que hubiera blasfemado.

—Pero —añadió entonces, lanzando otra piedra—, sé lanzar piedras como una maestra.

—Ya lo veo —respondió Annabel, impresionada—. ¿Me enseñarás?

—No. —Louisa la miró con altivez—. Me gusta ser mucho mejor que tú en algo.

Annabel sacó la lengua.

—Dices que puedes hacer seis.

—Y puedo —insistió Louisa.

—No lo he visto. —Annabel se acercó a una piedra muy grande que había en la orilla y la tocó, para comprobar que estaba seca, antes de sentarse—. Tengo toda la mañana. Y, ahora que lo pienso, también toda la tarde.

Louisa frunció el ceño, luego gruñó, y empezó a buscar más piedras. Hizo cinco, luego cuatro, y luego cinco dos veces más.

—¡Estoy esperando! —gritó Annabel.

—Se me están acabando las piedras buenas.

—Una excusa muy pobre. —Annabel bajó la mirada para comprobar si se había manchado las uñas cuando había cogido una patética piedra. Cuando volvió a levantar la cabeza, una piedra estaba rebotando en el agua. Uno... Dos... Tres... Cuatro... Cinco... ¡Seis!

—¡Lo has conseguido! —exclamó, mientras se levantaba—. ¡Seis!

—No he sido yo —dijo Louisa.

Las dos se volvieron.

—Señoritas —dijo Sebastian, realizando una elegante reverencia. Estaba increíblemente guapo a la luz de media mañana. Annabel nunca se había dado cuenta de lo pelirrojo que era. Se dio cuenta de que nunca lo había visto por la mañana. Se habían conocido a la luz de la luna, y se habían visto por la tarde. Y, en la ópera, lo había visto a la luz de cientos de tintineantes velas.

La luz de la mañana era distinta.

—Señor Grey —murmuró, y de golpe y de forma inexplicable estaba muy tímida.

—¡Ha sido maravilloso! —exclamó Louisa—. ¿Cuál es su récord?

—Siete.

—¿De veras?

Annabel no creía haber visto nunca a su prima tan animada. Excepto, seguramente, cuando había empezado a hablar de esos libros de Sarah Gorely. Que Annabel todavía tenía que leer. Había empezado *La señorita Sainsbury y el misterioso coronel* la noche anterior, pero sólo llevaba dos capítulos. Sin embargo, era impresionante la adversidad a la que la señorita Sainsbury había tenido que hacer frente en apenas veinticuatro páginas. Había sobrevivido al cólera, a una plaga de ratas y se había torcido el tobillo, dos veces.

En comparación, los problemas que ella tenía no parecían tan graves.

—¿Usted sabe lanzar piedras, señorita Winslow? —le preguntó Sebastian, muy educado.

—Para mi vergüenza eterna, no.

—Yo sé dar seis rebotes —dijo Louisa.

—Pero hoy no —dijo Annabel, que no pudo resistirse.

Louisa levantó un dedo con irritación y se dirigió hacia la orilla en busca de otra piedra. Sebastian se acercó a Annabel, con las manos a la espalda.

—¿Lo sabe? —le preguntó, en voz baja, mientras movía la cabeza hacia Louisa.

Annabel meneó la cabeza.

—¿Lo sabe alguien?

—No.

—Ya veo.

Annabel no estaba segura de qué creía que veía, porque ella no veía nada.

—Una invitación muy repentina, ¿no crees? —murmuró él.

Annabel puso los ojos en blanco.

—Sospecho que mi abuela está detrás de todo esto.

—¿Y me ha invitado?

—No, en realidad creo que dijo que no había podido impedir que te invitaran.

Él se rió.

—Me adoran.

El corazón de Annabel dio un brinco.

—¿Qué te pasa? —preguntó él, que se había fijado en su expresión sorprendida.

—No lo sé. Yo...

—¡Esta! —anunció Louisa, regresando hasta donde estaban. Sujetaba una piedra plana y redonda—. Esta es la piedra perfecta para mi lanzamiento.

—¿Puedo verla? —preguntó Sebastian.

—Sólo si promete no lanzarla.

—Le doy mi palabra.

Ella le entregó la piedra y él la giró en la palma de la mano, comprobando la textura y el peso. Se la devolvió encogiéndose de hombros.

—¿No le parece que sea buena? —preguntó Louisa, un poco desconcertada.

—No está mal.

—Está intentando minar tu confianza.

Louisa contuvo la respiración.

—¿Es verdad?

Sebastian se volvió hacia Annabel y le sonrió.

—Me conoce muy bien, señorita Winslow.

Louisa se acercó a la orilla.

—Ha sido muy poco caballeroso por su parte, señor Grey.

Sebastian se rió y se apoyó en la piedra donde Annabel estaba sentada.

—Me gusta tu prima —dijo.

—A mí también.

Louisa respiró hondo, se concentró y lanzó la piedra con lo que a Annabel le pareció un exquisito movimiento de muñeca.

Todos contaron.

—Uno... Dos... Tres... Cuatro... Cinco... ¡Seis!

—¡Seis! —gritó Louisa—. ¡Lo he conseguido! ¡Seis! ¡Ja! —Esto último iba dirigido a Annabel—. Ya te dije que podía hacer seis.

—Ahora tiene que hacer siete —rebatió Sebastian.

Annabel soltó una carcajada.

—No, hoy no —declaró Loüisa—. Hoy pienso disfrutar de mi seisreinado.

—¿Seisreinado?

—Seistitud.

Annabel sonrió.

—Seislación —proclamó Louisa—. Además —añadió, meneando la cabeza hacia Sebastian—, no le he visto hacer siete.

Él levantó las manos, a modo de derrota.

—Eso fue hace muchos, muchos años.

Louisa les ofreció una sonrisa regia.

—Dicho esto, creo que iré a celebrarlo. Os veré después. Quizá mucho después. —Y se marchó y dejó a Annabel y a Sebastian solos.

—¿He dicho que me gusta tu prima? —divagó Sebastian en voz alta—. Creo que la quiero. —Ladeó la cabeza hacia Annabel—. De forma totalmente platónica, claro.

Annabel respiró hondo, pero, cuando soltó el aire, se notó temblorosa y nerviosa. Sabía que Sebastian quería una respuesta, y que se la merecía. Pero no tenía nada. Sólo una horrible y vacía sensación en su interior.

—Pareces cansado —le dijo. Porque era verdad.

Él se encogió de hombros.

—No he dormido demasiado bien. Casi nunca lo hago.

Su voz le sonaba extraña y lo miró fijamente. No la estaba mirando; tenía la mirada perdida en algún punto del horizonte. Al parecer, en la raíz de un árbol. Luego, desvió la mirada hasta sus pies, uno de los cuales estaba dibujando formas abstractas en la tierra. Había algo familiar en su expresión, y entonces lo recordó; era la misma que aquel día en el parque, justo después de que destrozara la diana de un disparo.

Y aquel día no quiso hablar de eso.

—Lo siento —dijo ella—. Odio cuando no puedo dormirme.

Él volvió a encogerse de hombros, pero el gesto empezaba a parecer forzado.

—Yo ya estoy acostumbrado.

Ella se quedó callada un momento, y entonces se dio cuenta de que la pregunta obvia era:

—¿Por qué?

—¿Por qué? —repitió él.

—Sí. ¿Por qué te cuesta dormir? ¿Lo sabes?

Sebastian se sentó a su lado, mirando el agua, donde todavía quedaban algunos círculos del impacto de la piedra de Louisa contra la superficie. Se quedó pensativo un instante y luego abrió la boca como si quisiera decir algo.

Pero no dijo nada.

—He descubierto que tengo que cerrar los ojos —dijo ella.

Eso lo devolvió a la realidad.

—Cuando intento dormirme —aclaró ella—. Tengo que cerrarlos. Si me quedo ahí, mirando el techo, es como admitir mi derrota. Al fin y al cabo, no voy a dormirme con los ojos abiertos.

Sebastian reflexionó sobre esas palabras un momento y luego sonrió con ironía.

—Yo miro el techo —admitió.

—Pues ya está. Ese es tu problema.

Él se volvió hacia ella. Lo estaba mirando con una expresión sincera y los ojos transparentes. Y mientras estaba allí sentado, deseando que aquel fuera su problema, de repente pensó: «Quizá lo es». Quizás algunas de las preguntas más enrevesadas tenían respuestas sencillas.

Quizás ella era su respuesta sencilla.

Quería besarla. Le entraron las ganas de repente, y de forma irrefrenable. Pero sólo quería rozarle los labios. Nada más. Un simple beso de agradecimiento, de amistad, incluso quizá de amor.

Pero no iba a besarla. Todavía no. Había ladeado la cabeza y la forma cómo lo estaba mirando... Quería saber en qué estaba pensando. Quería conocerla. Quería saber sus pensamientos, sus esperanzas y sus miedos. Quería saber en qué pensaba las noches en que no podía dormir, y también quería saber qué soñaba cuando por fin se dormía.

—Pienso en la guerra —dijo, en voz baja. Nunca se lo había dicho a nadie.

Ella asintió. Despacio, en un movimiento casi imperceptible.

—Debió de ser horrible.

—No todo. Pero las cosas con las que pienso por la noche... —Cerró los ojos un momento, incapaz de bloquear el punzante olor de la pólvora, la sangre y, lo peor, el ruido.

Ella le tomó la mano.

—Lo siento.

—Antes era peor.

—Eso está bien. —Le sonrió para animarlo—. ¿Qué crees que ha cambiado?

—He... —Pero no lo dijo. No podía decírselo. Todavía no. ¿Cómo podía explicarle lo de los libros cuando ni siquiera sabía si le gustaban? Nunca le había importado que Harry u Olivia pensaran que los libros de Sarah Gorely eran horribles; bueno, no demasiado. Pero si a Annabel no le gustaban...

Era casi demasiado para poder soportarlo.

—Creo que sólo es cuestión de tiempo —dijo—. Dicen que lo cura todo.

Ella volvió a asentir, ese diminuto movimiento que a Sebastian le gustaba creer que sólo él podía percibir. Ella lo miró con curiosidad, con la cabeza ladeada.

—¿Qué pasa? —preguntó él, observando cómo fruncía el ceño.

—Creo que tus ojos son exactamente del mismo color que los míos —dijo ella, maravillada.

—Tendremos unos hijos con unos ojos grises preciosos —respondió él, antes de pensárselo dos veces.

La mirada alegre de Annabel se esfumó y giró la cara. Maldición. No pretendía presionarla. Todavía no. Ahora simplemente era feliz. Estaba perfecta y completamente cómodo. Acababa de compartir con otro ser humano uno de sus secretos y el mundo no se había venido abajo. Era increíble lo maravilloso que era.

No, esa no era la palabra. Aquello era frustrante. Estaba en el negocio de encontrar la palabra exacta y ahora no sabía cómo explicarlo. Se sentía...

Elevado.

Ligero.

Descansado. Y, al mismo, como si quisiera cerrar los ojos, apoyar la cabeza en una almohada y dormir. Nunca había sentido nada igual.

Y ahora lo había arruinado. Annabel estaba mirando al suelo, con las mejillas demacradas y era como si se hubiera quedado sin color. Estaba igual, ni pálida ni sonrojada y, sin embargo, no tenía color.

Aquello venía del interior. Y le partía el corazón.

Ahora lo veía; su vida como esposa de su tío. La destrozaría, la secaría lentamente.

No podía permitirlo. Sencillamente, no podía permitirlo.

—Ayer te pedí que te casaras conmigo —dijo.

Ella apartó la mirada. No miró al suelo, pero apartó la mirada.

No tenía una respuesta. Sebastian se sorprendió de lo mucho que le dolía esa realidad. Ni siquiera lo estaba rechazando; le estaba suplicando que le diera más tiempo.

Suplicando en silencio, corrigió. Quizá la descripción más correcta era que estaba evitando la pregunta.

Sin embargo, le había pedido que se casara con él. ¿Acaso creía que iba haciendo proposiciones de ese tipo a la ligera? Siempre había creído que, cuando por fin le propusiera matrimonio a alguien, la mujer en cuestión lloraría de alegría, como loca de contenta. Aparecería un arco iris en el cielo, las mariposas revolotearían sobre sus cabezas y todo el mundo uniría sus manos y cantaría.

O, al menos, que diría que sí. Nunca se había considerado el tipo de hombre que propone matrimonio a una mujer que quizá le diga que no.

Se levantó. Estaba demasiado nervioso para quedarse sentado. Toda esa paz y ligereza habían desaparecido.

¿Qué diantres se suponía que tenía que hacer ahora?

Capítulo 20

*A*nnabel observó a Sebastian mientras se acercaba al agua. Se quedó junto a la orilla, tan cerca que casi se le mojan los zapatos. Estaba mirando hacia la otra orilla, con la postura tensa e inflexible.

No era propio de él. Estaba… mal.

Sebastian era ágil y elegante. Cada movimiento de su cuerpo era un baile secreto y cada sonrisa, un poema silencioso. Aquello no estaba bien. No era él.

¿Cuándo había empezado a conocerlo tan bien que, con sólo mirarle la espalda, sabía si era él o no? ¿Y por qué le dolía tanto saber que lo sabía? Que lo conocía.

Después de lo que pareció una eternidad, Sebastian dio media vuelta y, con una desgarradora formalidad, dijo:

—A juzgar por tu silencio, deduzco que todavía no tienes una respuesta para mí.

Ella meneó la cabeza en un gesto muy pequeño, lo suficiente para decir que no.

—Mina la confianza —dijo él—, utilizando tus mismas palabras.

—Todo es muy complicado —dijo Annabel.

Él se cruzó de brazos y la miró con la ceja arqueada. Y, con eso, volvió a ser él. La tensión había desaparecido y, en su lugar, había aparecido la confianza desenfadada y, cuando caminó hacia ella, lo hizo con una arrogancia que la fascinó.

—No es complicado —respondió él—. No podría ser más sencillo. Te he pedido que te cases conmigo y tú quieres hacerlo. Sólo tienes que decir que sí.

—No he dicho que...

—Quieres hacerlo —dijo él, con un increíblemente irritante nivel de certeza—. Y lo sabes.

Tenía razón, por supuesto, pero Annabel no pudo evitar que aquella fanfarronería la provocara.

—Estás muy seguro de ti mismo.

Él se acercó un poco más, sonriendo muy despacio. Seductor.

—¿No debería estarlo?

—Mi familia... —susurró ella.

—No se morirá de hambre. —Le acarició la mejilla y le volvió la cara hacia él—. No soy pobre, Annabel.

—Somos ocho.

Él se lo pensó.

—De acuerdo, nadie se morirá de hambre, aunque quizás adelgacéis un poco.

Ella se rió. Odiaba que pudiera hacerla reír en un momento como ese. No, le encantaba. No, lo quería.

«Dios mío.»

Dio un respingo.

—¿Qué te pasa? —le preguntó él.

Ella meneó la cabeza.

—Dímelo —insistió, y la tomó de la mano mientras la acercaba a él—. Acaba de pasar algo. Lo he visto en tus ojos.

—No, señor...

—Sebastian —le recordó él, mientras le rozaba la frente con los labios.

—Sebastian —dijo ella, con la voz rota. Le costaba hablar cuando lo tenía tan cerca. Le costaba pensar.

Él deslizó los labios hasta la mejilla, con delicadeza.

—Tengo trucos para hacerte hablar —le susurró.

—¿Q... Qué?

Jugueteó con su labio inferior y luego se desplazó hasta la oreja.

—¿En qué estabas pensando? —murmuró.

Ella sólo pudo gemir.

—Tendré que ser más persuasivo. —Deslizó las manos hasta su espalda y descendieron hasta que se posaron sobre las nalgas y la apretaron contra él. Annabel notó cómo echaba la cabeza hacia atrás, lejos del acoso sensual de Sebastian, pero, sin embargo, apenas podía respirar. El cuerpo de Sebastian era tan fuerte, y apasionado, que notó la erección contra el estómago.

—Te deseo —le susurró—. Y sé que tú me deseas.

—¿Aquí? —jadeó ella.

Él se rió.

—Soy algo más refinado que eso, pero —añadió, en tono pensativo—, estamos solos.

Ella asintió.

—Los invitados todavía no han llegado. —Le dio un beso en la delicada piel que unía la oreja y la mandíbula—. Y creo que es sensato asumir que tu maravillosa prima no nos molestará.

—Sebastian, yo...

—Será la madrina de nuestros hijos.

—¿Qué? —Pero casi no pudo pronunciar la palabra. La mano de Sebastian se había colado por debajo de la falda y estaba ascendiendo. Y lo único que quería, Dios santo, se estaba volviendo una fresca, era inclinarse un poco y separar un poco más las piernas para facilitarle lo que fuera que quisiera hacerle.

—Les podrá enseñar a todos a lanzar piedras —dijo él, cuando llegó al tierno punto encima de la rodilla. Annabel se sacudió.

—¿Tienes cosquillas? —le preguntó, con una sonrisa. Siguió subiendo—. Tendremos muchos hijos. Muchos, muchos, muchos.

Annabel tenía que detenerlo. Tenía que decir algo, decirle que todavía no se había decidido, que no podía comprometerse, no hasta que hubiera podido pensárselo con claridad, algo que no podía hacer con él delante. Le estaba hablando del futuro y de hijos, y ella sabía que su silencio era como un sí.

Sebastian deslizó un dedo por la parte interna del muslo.

—No sé cómo no podríamos tener muchos hijos —murmuró. Volvió a pegar los labios a su oreja—. No te dejaré salir de la cama.

A ella le temblaron las rodillas.

Él siguió subiendo el dedo y alcanzó el pliegue entre el muslo y la cadera.

—¿Quieres que te explique lo que pienso hacer allí? ¿En nuestra cama?

Ella asintió.

Él sonrió. Ella notó la sonrisa pegada a su oreja, notó cómo sus labios se movían y oyó cómo su sonrisa se llenaba de alegría.

—Primero —dijo, en voz baja—, haré que sientas placer.

Ella gimió. O quizá fue un grito.

—Empezaré con un beso —dijo él, con la voz apasionada y grave junto a su oído—. Pero ¿dónde?

—¿Dónde? —susurró ella. No fue realmente una pregunta, sino un eco de incredulidad.

Él le rozó la boca.

—¿En los labios? Quizá. —Deslizó el dedo muy lentamente por su escote—. Me encanta esta parte de tu cuerpo. Y estos... —Cubrió uno de los pechos con la mano y gimió mientras lo apretaba—. Podría perderme un día entero en ellos.

Annabel arqueó la espalda porque quería darle más. Su cuerpo había tomado vida propia y lo deseaba desesperadamente. No podía dejar de pensar en lo que le había hecho en el salón de los Valentine. Cómo le había acariciado los pechos. Toda su vida había odiado sus pechos, odiaba cómo los hombres los miraban y silbaban, como si hubieran bebido demasiado, como si creyeran que ya estaba madura para comérsela.

Sin embargo, Sebastian la había hecho sentirse guapa. Había

adorado su cuerpo y aquello había provocado que ella también adorara su cuerpo.

Metió la mano por dentro del escote del vestido y deslizó los dedos por debajo de la camisola para juguetear con el pezón.

—No tienes ni idea —le dijo, con la voz ronca—, de lo mucho que voy a quererte aquí.

Ella contuvo la respiración y se sintió vacía cuando él apartó la mano. Estaba en una posición muy extraña y ella no pudo evitar pensar que, si pudiera quitarse toda la maldita ropa, la tocaría por todas partes. La masajearía, la acariciaría y la lamería.

—Oh, Dios mío —gimió.

—¿En qué estás pensando? —susurró él.

Ella meneó la cabeza. Era imposible que vocalizara esos pensamientos tan libertinos.

—¿Estás pensando en dónde más te besaría?

Santo Dios, esperaba que no quisiera que le respondiera.

—Quizá te besaría en otro sitio muy distinto —dijo, coqueto. La otra mano, la que estaba en la pierna, se aferró al muslo y lo apretó—. Si quiero darte placer —murmuró—, placer auténtico, creo que voy a tener que besarte aquí.

Metió el dedo entre las piernas.

Ella estuvo a punto de echarse hacia atrás. Y lo habría hecho, si el brazo de Sebastian no la hubiera sujetado con fuerza.

—¿Te gusta? —le preguntó, mientras dibujaba círculos cada vez más concéntricos.

Ella asintió. O quizá creyó que había asentido. Pero no dijo que no.

Un segundo dedo se añadió al primero y, con mucha delicadeza, la abrió y le acarició la piel húmeda. Annabel empezó a notar cómo su cuerpo se tensaba y se sacudía, y se aferró a sus hombros, por miedo a que, si se soltara, cayera al suelo.

—Creo que sabrás a gloria —continuó él, que claramente estaba dispuesto a continuar hasta que ella explotara en sus brazos—. Te lamería por aquí. —Le recorrió la piel con el dedo—. Y luego por aquí. —Repitió la caricia en el otro lado—. Y luego vendría aquí. —Le acarició el pliegue más sensible y ella estuvo a punto de gritar.

Sebastian pegó más la boca a su oreja.

—Y esto también lo lamería.

Annabel se aferró a él con más fuerza y apretó las caderas contra su mano.

—Pero puede que ni siquiera eso bastara —susurró—. Eres una mujer sensata y harías que tuviera que esforzarme un poco más para darte placer.

—Oh, Sebastian —jadeó ella.

Él se rió pegado a su piel.

—Quizá tendría que acariciarte de forma más íntima. —Uno de los dedos empezó a dibujar círculos alrededor de la abertura y, luego, lentamente se introdujo en su interior—. Así. ¿Te gusta?

—Sí —gimió ella—. Sí.

Él empezó a mover el dedo.

—¿Y así?

—Sí.

Era perverso, y ella era perversa, y le estaba haciendo cosas perversas. Y sólo podía pensar en que estaban al aire libre y que podía verlos cualquiera, y aquello lo hacía más delicioso.

—Libérate, Annabel —le susurró al oído.

—No puedo —lloriqueó ella, envolviéndolo con las piernas. Algo le dolía por dentro. Se lo estaba provocando él y no tenía ni idea de cómo detenerlo.

O si quería detenerlo.

—Libérate —le susurró otra vez.

—Yo... Yo...

Él se rió.

—Voy a decírtelo muy clarito, Anna...

—¡Oh!

Annabel no sabía si se había liberado o no, pero algo en su interior había explotado. Se aferró a los hombros de Sebastian, como si le fuera la vida y luego, cuando empezó a desfallecer, él la levantó en brazos y la llevó a un trozo de hierba muy suave a varios metros. Annabel se sentó y luego se tendió, permitiendo que el sol le calentara el rostro.

—El verde te sienta de maravilla —dijo él.

Ella no abrió los ojos.

—El vestido es rosa.

—Estarías mejor si te lo quitaras todo —respondió él, mientras le daba un beso en la nariz— y te quedaras desnuda en la hierba.

—No sé lo que acabas de hacerme —dijo ella. Parecía aturdida. Creía que nunca había parecido tan aturdida en su vida.

Él le dio otro beso.

—Se me ocurren diez cosas más que podría hacerte.

—Creo que me matarías.

Él se rió a carcajadas.

—Está claro que tendremos que seguir practicando. Para que cojas fuerzas.

Al final, Annabel abrió los ojos y lo miró. Estaba tendido de lado, con la cabeza apoyada en la mano. Tenía un trébol entre los dedos.

Le hizo cosquillas en la nariz con él.

—Eres preciosa, Annabel.

Ella suspiró encantada. Se sentía preciosa.

—¿Te casarás conmigo?

Ella volvió a cerrar los ojos. Estaba perfectamente lánguida.

—¿Annabel?

—Quiero hacerlo —respondió ella, en voz baja.

—¿Por qué creo que no es lo mismo que un sí?

Ella suspiró otra vez. Le encantaba la sensación del sol en la cara. Ni siquiera le preocupaba que le salieran pecas.

—¿Qué voy a hacer contigo? —preguntó él, en voz alta. Ella lo oyó moverse y luego oyó su voz mucho más cerca de su oído—. Puedo seguir inventándome formas de comprometerte.

Ella se rió.

—Déjame pensar. La número diez...

—Yo también lo hago —lo interrumpió ella, que todavía seguía inspeccionando el interior de sus párpados. La luz del sol los teñía de color rojo anaranjado. Era un color muy bonito y cálido.

—¿El qué?

—Hacer listas de diez cosas. Es un número muy redondo.

Él le mordisqueó el lóbulo de la oreja.

—Me encantan las cosas redondas.

—Para. —Pero ni siquiera a ella le pareció que lo dijera con convicción.

—¿Sabes cómo sé que te casarás conmigo?

Ella abrió los ojos. Parecía muy seguro de sí mismo.

—¿Cómo?

—Mírate. Estás feliz y contenta. Si no fueras a casarte conmigo, estarías corriendo como una gallina... no, perdón, como un pavo, gritando «¿Qué he hecho?», «¿Qué has hecho?» y «¿Qué hemos hecho?»

—Lo estoy pensando —le dijo ella.

Él se rió.

—Ya.

—No me crees.

Él le dio un beso.

—Ni por un segundo. Sin embargo, todavía no ha pasado un día entero, y soy un hombre de palabra, así que no te acosaré. —Se levantó y le ofreció la mano para ayudarla.

Annabel la aceptó y se levantó con una sonrisa de incredulidad.

—¿Lo que me has hecho no ha sido acoso?

—Mi querida señorita Winslow, ni siquiera he empezado a acosarte. —Y entonces, sus ojos se iluminaron con un brillo especial—. Hmmm.

—¿Qué?

Él se rió para sí mismo mientras la acompañaba por la colina hasta el camino.

—¿Se ha celebrado alguna vez una competición de el Winslow con más probabilidades de correr más que un acosador?

Ella empezó a reírse y no paró hasta que llegaron a Stonecross.

Capítulo 21

Esa misma noche

*L*o has visto esta tarde?

Annabel habría levantado la vista y mirado a Louisa, que acababa de entrar en la habitación, pero Nettie le tenía agarrado el pelo con mucha fuerza.

—¿A quién? —preguntó—. ¡Au! ¡Nettie!

Nettie tiró todavía más fuerte, enroscó un mechón y lo fijó con una horquilla.

—Estese quieta y no tardaré tanto.

—Ya sabes a quién —dijo Louisa, mientras se sentaba en una silla.

—Ponte un vestido azul —le dijo Annabel, sonriente—. Es el color que mejor te queda.

—No intentes cambiar de tema.

—No lo ha visto —respondió Nettie.

—¡Nettie!

—Es verdad, no lo ha visto —se defendió la doncella.

—No —confirmó Annabel—. No desde la hora de la comida.

La comida se había servido al aire libre y, como no había sitios predeterminados, Annabel había acabado en una mesa para cuatro con Sebastian, su primo Edward y Louisa. Se lo habían pasado de maravilla, pero, a media comida, lady Vickers había solicitado hablar en privado con ella.

—¿Qué crees que estás haciendo? —le preguntó su abuela, cuando estuvieron lejos del grupo.

—Nada —insistió Annabel—. Louisa y yo...

—No me refiero a tu prima —la interrumpió lady Vickers. Agarró a Annabel del brazo con fuerza—. Hablo del señor Grey que, por cierto, te recuerdo que no es el conde de Newbury.

Annabel vio que el volumen de voz de su abuela estaba llamando la atención de los demás invitados, así que habló en voz baja a ver si ella la imitaba.

—Lord Newbury ni siquiera ha llegado —dijo—. Si estuviera aquí...

—¿Te sentarías con él? —Lady Vickers arqueó la ceja con escepticismo—. ¿Estarías atenta a todas y cada una de sus palabras y te comportarías como una ramera delante de todo el mundo?

Annabel contuvo el aliento y retrocedió.

—Todo el mundo te está mirando —siseó lady Vickers—. Cuando estés casada, podrás hacer lo que te dé la gana, pero de momento tú y tu reputación os mantendréis impolutas como un copo de nieve.

—¿Qué crees que he estado haciendo? —preguntó Annabel en voz baja. Seguro que su abuela no sabía lo que había pasado en el estanque. No lo sabía nadie.

—¿No te he enseñado nada? —Los ojos de lady Vickers, claros y sobrios como Annabel no los había visto nunca, la miraron fijamente—. No importa lo que hagas, sino lo que la gente cree que haces. Y estás mirando a ese hombre como si estuvieras enamorada de él.

Pero es que lo estaba.

—Intentaré mejorar —dijo Annabel, nada más.

Se terminó la comida, porque no quería que nadie la viera correr hasta su habitación después de que su abuela la hubiera regañado en público. Pero, en cuanto terminó de comer, se disculpó y se marchó a su habitación. Le dijo a Sebastian que necesitaba descansar. Y era verdad. Y que no quería estar presente cuando su tío llegara.

Que también era verdad.

Así que se tendió en la cama con la señorita Sainsbury. Y su misterioso coronel. Y se dijo que se merecía una tarde para ella sola. Tenía muchas cosas sobre las que reflexionar.

Sabía lo que quería hacer, y sabía lo que debería hacer, y también sabía que eran dos cosas distintas.

También sabía que si mantenía la cabeza pegada a un libro toda la tarde, podría ignorar todo aquel embrollo durante unas horas.

Cosa que le resultaba terriblemente atractiva.

Quizá, si esperaba el tiempo suficiente, pasaría algo y todos sus problemas desaparecerían.

Quizá su madre encontraría un collar de diamantes que hubiera perdido.

O quizá lord Newbury encontraría a una chica con las caderas todavía más anchas.

O quizás habría una inundación. O una plaga. De veras, el mundo estaba lleno de calamidades. Mira a la pobre señorita Sainsbury. Entre los capítulos tres y ocho, había caído por la borda de un barco, la había capturado un corsario y casi la pisotea una cabra.

¿Quién podía asegurarle que a ella no le sucedería lo mismo?

Aunque, pensándolo bien, lo del collar de diamantes le gustaba más.

Sin embargo, una chica no podía esconderse para siempre, y ahora estaba sentada frente al espejo mientras Nettie la peinaba y Louisa la informaba de lo que se había perdido.

—He visto a lord Newbury —dijo.

Annabel soltó una especie de suspiro gruñido.

—Estaba hablando con lord Challis. Le ha... eh... —Louisa tragó saliva, muy nerviosa, y jugueteó con el encaje de su vestido—. Le ha dicho algo acerca de una licencia especial.

—¿Qué? ¡Au!

—No haga movimientos bruscos —la riñó Nettie.

—¿Y qué ha dicho de la licencia especial? —susurró Annabel, con cierta urgencia. Aunque no había ningún motivo para susurrar. Nettie estaba al corriente de todo. Annabel le había prometido dos sombreros y un par de zapatos para que le guardara el secreto.

—Que había conseguido una. Y que por eso había llegado tan tarde. Ha venido directamente desde Canterbury.

—¿Has hablado con él?

Louisa meneó la cabeza.

—Ni siquiera creo que me haya visto. Yo estaba leyendo en la biblioteca y la puerta estaba abierta. Ellos estaban en el pasillo.

—Una licencia especial —repitió Annabel, con voz grave. Una licencia especial. Significaba que una pareja podía casarse enseguida, sin anunciarlo. Se podrían ahorrar tres semanas y la ceremonia se podía celebrar en cualquier parte y en cualquier parroquia. Incluso a cualquier hora, aunque la mayoría de las parejas seguían la tradición de casarse el sábado por la mañana.

Annabel se miró en el espejo. Era jueves.

Louisa alargó el brazo y la tomó de la mano.

—Puedo ayudarte —dijo.

Annabel se volvió hacia su prima. Había algo en su voz que la incomodó.

—¿Qué quieres decir?

—Tengo... —Louisa se detuvo, miró a Nettie, que estaba clavando otra horquilla en el pelo de Annabel—. Necesito hablar con mi prima en privado.

—Sólo me queda un mechón —respondió Nettie y le dio un último tirón en el pelo, que a Annabel le pareció más vigoroso de lo que era necesario. Lo fijó con una horquilla y se marchó.

—Tengo dinero —dijo Louisa, en cuanto la puerta se cerró—. No mucho, pero suficiente para ayudarte.

—Louisa, no.

—Nunca me gasto todo lo que me dan. Mi padre me da mucho más de lo que necesito. —Se encogió de hombros con tristeza—. Estoy segura de que es para compensar su ausencia en las demás áreas de mi vida. Pero eso da igual. La cuestión es que puedo enviar ese dinero a tu familia. Bastará para, al menos, que tus hermanos sigan en la escuela otro trimestre.

—¿Y el otro? —dijo Annabel. Porque después vendría otro trimestre. Y, a pesar de que la oferta de Louisa era muy generosa, no duraría para siempre.

—Ya lo veremos en su momento. Al menos, habrás ganado un poco de tiempo. Puedes conocer a otra persona. O quizás el señor Grey...

—¡Louisa!

—No, escúchame —la interrumpió Louisa—. Quizá tiene dinero y nadie lo sabe.

—Si lo tuviera, ¿no crees que habría dicho algo?

—¿Y no ha...?

—No —intervino Annabel, mientras odiaba cómo la voz se le quebraba. Pero es que era muy difícil. Era difícil pensar en Sebastian y en todos los motivos por los que no podía casarse con él—. Dice que no es pobre y que no nos moriríamos de hambre, pero cuando le he recordado que somos ocho hermanos, ha hecho una broma diciendo que igual nos adelgazábamos.

Louisa hizo una mueca y luego intentó borrarla.

—Bueno, ya sabíamos que no era tan rico como el conde, pero ¿quién lo es? Y no necesitas joyas ni grandes palacios, ¿verdad?

—¡Claro que no! Si no fuera por mi familia, yo...

—¿Tú qué? ¿Qué, Annabel?

«Me casaría con Sebastian.»

Pero no se atrevió a decirlo en voz alta.

—Tienes que pensar en tu propia felicidad —le dijo Louisa.

Annabel se rió.

—¿Y en qué crees que he estado pensando? Si no hubiera estado pensando en mi propia felicidad, seguramente le habría pedido al conde que se casara conmigo.

—Annabel, no puedes casarte con lord Newbury.

Annabel miró a su prima con sorpresa. Era la primera vez que la había oído levantar la voz.

—No permitiré que lo hagas —añadió, con cierta urgencia.

—¿Acaso crees que quiero hacerlo?

—Pues no lo hagas.

Annabel apretó los dientes frustrada. No con Louisa. Con la vida.

—No tengo tus opciones —dijo, al final, intentando mantener un tono tranquilo y pausado—. Ni soy la hija del duque de Fenniwick, ni tengo una dote tan grande que me permita comprarme un pequeño reino en los Alpes, ni me crié en un castillo, ni...

Se detuvo. La cara dolida de Louisa bastó para que se callara.

—No lo decía en ese sentido —farfulló.

Louisa guardó silencio unos instantes antes de decir.

—Ya lo sé. Pero yo tampoco tengo tus opciones. Los hombres no se pelean por mí en White's. Nadie ha flirteado conmigo en la ópera. Y te aseguro que jamás me han comparado con una diosa de la fertilidad.

Annabel gruñó.

—Lo has oído, ¿eh?

Louisa asintió.

—Lo siento.

—No lo sientas. —Annabel meneó la cabeza—. Imagino que es gracioso.

—No, no lo es —dijo Louisa, pero parecía que intentaba no reírse. Miró de reojo a Annabel, vio que ella también estaba intentando no reírse y se rindió—. Sí que lo es.

Y las dos se echaron a reír.

—Oh, Louisa —dijo Annabel, cuando la risa dejó paso a una bonita sonrisa—. Te quiero.

Louisa alargó el brazo y le dio unas palmaditas en la mano.

—Yo también te quiero, prima. —Y, de repente, echó la silla hacia atrás y se levantó—. Ha llegado la hora de bajar.

Annabel se levantó y la siguió hasta la puerta.

Louisa salió al pasillo.

—Lady Challis dice que, después de cenar, habrá charadas.

—Charadas —repitió Annabel. Parecía algo ridículamente apropiado.

Lady Challis había dado instrucciones a sus invitados para que se reunieran en el salón antes de la cena. Annabel había esperado hasta el último minuto para bajar. Lord Newbury no era estúpido; lo había estado evitando durante días y Annabel sospechaba que lo sabía. Y, por supuesto, en cuanto cruzó la puerta del salón, la estaba esperando.

Annabel vio que Sebastian también estaba cerca de la puerta.

—Señorita Winslow —dijo el conde, interceptándola enseguida—, tenemos que hablar.

—La cena —respondió Annabel, mientras hacía una reverencia—. Eh… Creo que ya casi es la hora de pasar al comedor.

—Tenemos tiempo —dijo Newbury, cortante.

De reojo, Annabel vio que Sebastian se acercaba a ella muy despacio.

—He hablado con su abuelo —dijo Newbury—. Ya está todo arreglado.

¿Estaba todo arreglado? Annabel tenía en la punta de la lengua pedirle si en algún momento se había planteado preguntarle si quería casarse con él. Pero se contuvo. Lo penúltimo que quería era montar una escena en el salón de lady Challis. Sin olvidarse de que, seguramente, lord Newbury se lo tomaría como una invitación para proponerle matrimonio allí mismo.

Y eso sí que era lo último que quería.

—Me parece que no es el momento, milord —contestó ella, con evasivas.

Pero Newbury tensó el gesto. Y Sebastian se estaba acercando.

—Haré el anuncio oficial después de la cena —le dijo Newbury.

Annabel contuvo la respiración.

—¡No puede hacer eso!

Aquella respuesta pareció hacerle gracia.

—¿Ah no?

—Ni siquiera me ha pedido matrimonio —protestó ella. Estuvo a punto de morderse la lengua por la frustración. Básicamente, por no haberle dado la oportunidad.

Newbury se rió.

—¿Ese es el problema? He herido tu pequeño orgullo. Muy bien, pues te presentaré mis respetos y un ramo de flores después de cenar. —Sonrió con lascivia y el labio inferior le tembló por el esfuerzo—. Y quizá tú me des algo a cambio.

Le acarició el brazo y deslizó la mano hasta sus nalgas.

—¡Lord Newbury!

La pellizcó.

Annabel se separó de un salto, pero el conde ya iba camino del comedor con una sonrisa. Y, mientras lo veía alejarse, empezó a tener una sensación muy extraña.

Libertad.

Porque al final, después de evitar, buscar excusas y esperar que sucediera algo para no tener que decir que sí, o no, al hombre cuya proposición de matrimonio solucionaría los problemas de su familia, se dio cuenta de que, sencillamente, no podía hacerlo.

Quizá la semana pasada, quizás antes de Sebastian...

No, se dijo, por encantador y magnífico que fuera, y por mucho que lo adorara y esperara que él la adorara a ella, no era el único motivo por el cual no podía casarse con lord Newbury. Sin embargo, suponía una alternativa espléndida.

—¿Qué diablos acaba de suceder? —le preguntó Sebastian, que se colocó a su lado en menos de un segundo.

—Nada —respondió ella, y estuvo a punto de sonreír.

—Annabel...

—No, de veras. No ha sido nada. Por fin, no ha sido nada.

—¿Qué quieres decir?

Ella meneó la cabeza. Todos iban hacia el comedor.

—Luego te lo explico.

Se estaba divirtiendo demasiado con sus pensamientos como para compartirlos, ni siquiera con él. ¿Quién habría dicho que un pellizco en el culo sería lo que, al final, haría que lo viera todo claro? En realidad, no había sido el pellizco, sino su mirada.

La había mirado como si fuera suya.

En ese momento, Annabel se había dado cuenta de que había al menos diez razones por las que nunca jamás podría comprometerse en matrimonio con ese hombre.

Diez, pero, si se esforzaba, seguramente encontraría cien.

Capítulo 22

*U*na, pensó Annabel alegremente mientras ocupaba su sitio en la mesa, lord Newbury era demasiado viejo. Sin olvidar que dos, estaba tan desesperado por tener un hijo que seguramente le haría daño en el intento por conseguirlo y lo único seguro es que una mujer con la cadera rota no podía llevar a un niño en el vientre durante nueve meses. Además, también…

—¿Por qué sonríes? —susurró Sebastian.

Estaba de pie detrás de ella, supuestamente de camino a su sitio, que estaba en diagonal al suyo, dos sillas más cerca de la presidencia de la mesa. No entendía cómo, para ir a su sitio, tenía que pasar por detrás de ella, pero tampoco le dio demasiadas vueltas aunque dejó claro que, tres, por lo visto, había llamado la atención del hombre más encantador y seductor de Inglaterra y, ¿quién era ella para rechazar tal tesoro?

—Es que me alegro de estar en este lado de la mesa con el resto de los peones —respondió ella, también susurrando.

Lady Challis era una acérrima defensora del decoro y, cuando se trataba de distribuir a los invitados alrededor de la mesa, no se hacía la vista gorda con los rangos sociales. Lo que significaba que, con casi cuarenta invitados entre Annabel y la presidencia de la mesa, lord Newbury parecía estar a kilómetros de distancia.

Y lo mejor era que la habían sentado al lado de Edward, el primo de Sebastian, de cuya compañía había disfrutado mucho en la comida. Y, puesto que sería de mala educación seguir ensimismada en sus pensamientos, decidió asignar a cada uno de sus hermanos los motivos que quedaban, del cuatro al diez. Seguro que la querían lo suficiente para desear que no se casara con ese hombre por ellos.

Se volvió hacia el señor Valentine sonriendo. Con una sonrisa tan amplia que, al parecer, Edward se asustó.

—¿No es una noche maravillosa? —preguntó ella, porque lo era.

—Eh... Sí. —Edward parpadeó varias veces, luego lanzó una mirada rápida a Sebastian, casi como pidiéndole permiso. O quizá sólo para comprobar si los estaba mirando.

—Me alegro mucho de que haya venido —continuó Annabel, observando feliz el plato de sopa. Estaba hambrienta. La felicidad siempre le abría el apetito. Miró al señor Valentine de nuevo, porque no quería que creyera que se alegraba de la presencia de la sopa (aunque también se alegraba; y mucho), y añadió—: No sabía que vendría. —Su abuela había conseguido una lista de los invitados a la fiesta y Annabel estaba segura de que no había ningún Valentine en ella.

—He sido una incorporación de última hora.

—Estoy segura de que a lady Challis le ha hecho mucha ilusión. —Volvió a sonreír; parecía que no podía evitarlo—. Señor Valentine, tenemos cosas más importantes de las que hablar. Estoy convencida de que debe de conocer muchas historias comprometidas de su primo, el señor Grey.

Se acercó un poco a él, con los ojos brillantes.

—Quiero que me las explique todas.

Sebastian no sabía si estaba intrigado o furioso.

No, no era verdad. Había considerado la furia durante dos segundos, y luego había recordado que nunca se enfadaba y se había inclinado por la intriga.

Había estado a punto de intervenir cuando Newbury había arrinconado a Annabel en el salón y, en realidad, cuando había pellizcado a Annabel en el culo, le habían entrado unas ganas irrefrenables de pegarle un puñetazo en el ojo. Sin embargo, justo cuando había decidido intervenir, ella había sufrido una transformación increíble. Por unos momentos, había sido casi como si no estuviera allí, como si su mente se hubiera elevado y se hubiera ido muy lejos, a algún lugar dichoso.

Parecía despreocupada. Ligera.

Sebastian no sabía qué le habría podido decir su tío para hacerla tan feliz, pero había entendido que era inútil interrogarla mientras todo el mundo iba hacia el comedor.

Por lo tanto, decidió que si Annabel no se había enfadado por el pellizco de Newbury, él tampoco lo haría.

Durante la cena, estaba radiante, cosa que, teniendo en cuenta que los separaban dos sillas y la mesa, le fastidiaba. No podía disfrutar de su alegría ni podía llevarse el mérito por ella. Parecía que estaba disfrutando mucho de su conversación con Edward y descubrió que, si se inclinaba un poco hacia la izquierda, podía oír casi la mitad de lo que decían.

Y habría podido oír más de no haber sido porque, a su izquierda, también estaba la anciana lady Millicent Farnsworth. Que estaba casi sorda.

Igual que lo estaría él al final de la noche.

—¿ESO ES PATO? —gritó la señora, señalando un plato de carne de ave que, sí, era pato.

Sebastian tragó saliva, como si aquel gesto pudiera silenciar el eco en su cabeza, y dijo algo de que el pato (que él todavía no había probado) estaba delicioso.

Ella meneó la cabeza.

—NO ME GUSTA EL PATO. —Y luego, en un susurro que él agradeció, añadió—: Me da urticaria.

En ese momento, Sebastian decidió que hasta que no fuera tan mayor como para tener nietos, aquello era más de lo que quería saber de cualquier mujer de setenta años.

Mientras lady Milliscent estaba ocupada con la ternera Borgoña, Sebastian estiró el cuello un poco más de lo considerado sutil, en un esfuerzo por oír de qué hablaban Annabel y Edward.

—He sido una incorporación de última hora —dijo Edward.

Sebastian se imaginó que estaban hablando de la lista de invitados.

Annabel le ofreció, a Edward, claro, no a Sebastian, otra de sus brillantes sonrisas.

Sebastian se oyó gruñir.

—¿QUÉ?

Sebastian se estremeció. Fue un reflejo natural. Apreciaba su oído izquierdo.

—¿No está riquísima la ternera? —le dijo a lady Millicent, y señaló la carne para evitar equívocos.

Ella asintió, dijo algo del Parlamento y pinchó una patata.

Sebastian volvió a mirar a Annabel, que estaba manteniendo una animada charla con Edward.

«Mírame», pensó.

Pero nada.

«Mírame.»

Nada.

«Míra...»

—¿QUÉ ESTÁ MIRANDO?

—Sólo observaba su delicada piel, lady Millicent —respondió Sebastian. Siempre había sabido improvisar—. Debe de ser muy diligente a la hora de no exponerse al sol.

Ella asintió y farfulló:

—Vigilo lo que gasto.

Sebastian se quedó estupefacto. ¿Qué diantres creía que le había dicho?

—COMA TERNERA. —Ella se comió otro bocado—. ES LO MEJOR DE LA CENA.

Y Sebastian le hizo caso. Aunque le faltaba un poco de sal. O, mejor dicho, él necesitaba el salero que resulta que estaba justo delante de Annabel.

—Edward —dijo—, ¿puedes pedirle a la señorita Winslow que me pase la sal, por favor?

Edward se volvió hacia Annabel y le repitió la pregunta aunque, en opinión de Sebastian, no había ninguna necesidad de que sus ojos viajaran más abajo de su cara.

—Por supuesto —murmuró Annabel, y alargó el brazo para coger el salero.

«Mírame.»

Se lo entregó a Edward.

«Mírame.»

Y entonces… ¡por fin! Sebastian le ofreció su sonrisa más seductora, una de las que prometían secretos y placer.

Ella se sonrojó. Desde las mejillas a las orejas y la piel del escote, que quedaba deliciosamente expuesta por encima del encaje del vestido. Sebastian se permitió suspirar complacido.

—¿Señorita Winslow? —preguntó Edward—. ¿Se encuentra bien?

—Perfectamente —respondió ella, abanicándose con la mano—. ¿No hace calor?

—Quizás un poco —mintió Edward. Llevaba camisa, corbata, chaleco y chaqueta y estaba fresco como una rosa. Mientras que Annabel, cuyo vestido dejaba expuesto medio escote, acababa de beber un buen trago de vino.

—Creo que mi sopa estaba demasiado caliente —respondió ella, mientras lanzaba una mirada rápida a Sebastian. Él le devolvió el sentimiento lamiéndose los labios.

—¿Señorita Winslow? —insistió Edward, muy preocupado.

—Estoy bien —respondió ella.

Sebastian se rió.

—PRUEBE EL PESCADO.

—Ahora mismo —dijo Seb, sonriendo a lady Millicent. Se metió un trozo de salmón en la boca, que realmente estaba exquisito. Por lo visto, lady Millicent tenía buen gusto para el pescado. Y luego miró a Annabel que, a juzgar por su aspecto, todavía parecía que necesitaba un buen vaso de agua. Edward, en cambio, tenía aquella mirada vidriosa, la que siempre aparecía cuando pensaba en cierta parte de la anatomía de Annabel...

Sebastian le dio una patada.

Edward se volvió hacia él.

—¿Sucede algo, señor Valentine? —le preguntó Annabel.

—Mi primo —respondió él—, que tiene unas piernas extraordinariamente largas.

—¿Le ha dado una patada? —Se volvió enseguida hacia Sebastian. «¿Le has dado una patada?», le dijo moviendo mudamente los labios.

Él se metió otro trozo de pescado en la boca.

Annabel se volvió hacia Edward.

—¿Y por qué iba a hacerlo?

Edward se sonrojó hasta las orejas. Sebastian decidió que era mejor dejar que Annabel lo averiguara ella sola. Ella se volvió hacia él y le hizo una mueca, a lo que él respondió con un:

—Pero, señorita Winslow, ¿qué le sucede?

—¿HABLA CONMIGO?

—La señorita Winslow se preguntaba qué pescado es este —mintió Sebastian.

Lady Millicent miró a Annabel como si fuera tonta, y farfulló algo que Sebastian no pudo entender. Le pareció oír la palabra salmón. Y quizá también ternera. Y habría jurado que también había dicho perro.

Aquello lo dejó muy preocupado.

Miró el plato y se aseguró de que sabía identificar cada pieza de carne y luego, satisfecho de que todo era lo que debía ser, se comió un trozo de ternera.

—Está buena —dijo lady Millicent, mientras le daba un codazo.

Sebastian sonrió y asintió, feliz de que la señora hubiera decidido utilizar un tono de voz más bajo.

—Debería haber más. Es lo mejor de la cena.

Sebastian no estaba seguro pero...

—¿DÓNDE ESTÁ LA TERNERA?

Y ahí sí que se quedó sordo.

Lady Millicent tenía el cuello estirado y giraba la cabeza de un lado a otro. Abrió la boca para gritar otra vez, pero Sebastian levantó una mano para silenciarla y llamó a un lacayo.

—Más ternera para la dama —le pidió.

Con una expresión de pena, el lacayo le dijo que ya no quedaba.

—¿Y no puede traerle algo que parezca ternera?

—Tenemos pato en una salsa parecida.

—No. Pato no. —Sebastian no tenía ni idea de las dimensiones de la urticaria de lady Millicent, o lo que tardaría en aparecerle, pero no estaba dispuesto a comprobarlo.

Con un gesto exagerado hacia el otro extremo de la mesa, le dijo algo acerca de un perro y, mientras ella miraba hacia el otro lado, le echó lo que le quedaba de ternera en el plato.

Después de no localizar ningún perro (o reno, o cerro, o hierro) al otro lado de la mesa, se volvió hacia Sebastian con una expresión irritada, pero enseguida se la ganó con un:

—Han encontrado una última porción.

Ella gruñó complacida y se lo comió. Seb miró a Annabel, que parecía haber visto toda la escena.

Estaba sonriendo de oreja a oreja.

Seb pensó en todas las mujeres que conocía en Londres, todas las que lo hubieran mirado horrorizadas, o con asco o, si tenían un poco de sentido del humor, habrían contenido una sonrisa o quizá la habrían escondido detrás de la mano.

Pero Annabel, no. Sonreía igual que reía, a lo grande. Sus ojos grises verdosos se tiñeron de color peltre bajo la luz de la noche y brillaron con la broma compartida.

Y allí mismo, al otro lado de mesa del recargado comedor de lady Challis, se dio cuenta de que no podría vivir sin ella. Era tan preciosa, tan gloriosamente mujer, que lo dejaba sin aliento. Su cara, con forma de corazón y con aquella boca que siempre parecía a punto de sonreír; su piel no tan pálida como dictaba la moda, pero perfecta para ella. Tenía aspecto de salud y de vida al aire libre.

Era el tipo de mujer que un hombre quería encontrar al volver a casa. No, era la mujer que él quería encontrar al volver a casa. Le había pedido que se casara con él, pero… ¿por qué? Casi no lo recordaba. Le caía bien, la deseaba y Dios sabía que siempre le había gustado rescatar a damas que necesitaban que las salvara. Pero nunca le había pedido matrimonio a ninguna.

¿Era posible que su corazón supiera algo que su cabeza todavía no había descubierto?

La quería.

La adoraba.

Quería meterse con ella en la cama cada noche, hacerle el amor como si no hubiera mañana y, al día siguiente, despertarse en sus brazos, descansado y saciado, y listo para dedicarse a la singular tarea de hacerle sonreír.

Se acercó la copa a los labios y sonrió. La luz de las velas bailaba encima de la mesa y Sebastian Grey era feliz.

Al final de la cena, las señoras se excusaron para que los caballeros pudieran disfrutar de su oporto. Annabel se reunió con Louisa, que por desgracia había pasado la cena cerca de lord Newbury en la presidencia de la mesa, y las dos se tomaron del brazo y fueron hasta el salón.

—Lady Challis dice que leeremos, escribiremos y bordaremos hasta que los caballeros se reúnan con nosotras —dijo Louisa.

—¿Te has traído algo para bordar?

Louisa hizo una mueca.

—Creo que ha dicho algo de que nos lo darán aquí.

—Ahora empiezo a entender el verdadero motivo de esta fiesta —dijo Annabel, muy seca—. Cuando regresemos a Londres, lady Challis tendrá un juego nuevo de fundas de cojín.

Louisa se rió y luego dijo:

—Voy a pedir que me traigan mi libro. ¿Quieres el tuyo?

Annabel asintió y esperó mientras Louisa hablaba con una doncella. Cuando terminó, entraron en el salón y se sentaron lo más lejos del centro que pudieron. Al cabo de unos minutos, llegó la doncella con dos libros. Les ofreció *La señorita Sainsbury y el misterioso coronel* y las dos alargaron la mano.

—¡Qué gracioso! Las dos estamos leyendo el mismo libro —exclamó Louisa, al ver que ambos libros eran iguales.

Annabel miró a su prima con cara de sorpresa.

—¿No te lo habías leído ya?

Louisa se encogió de hombros.

—Me gustó tanto *La señorita Truesdale y el silencioso caballero* que pensé en volver a leer los tres primeros. —Miró el ejemplar de Annabel—. ¿Por dónde vas?

—Eh… —Annabel abrió el libro y encontró el punto—. Creo que la señorita Sainsbury se acaba de tirar por encima de un seto. O ha caído encima de un seto.

—Ah, la cabra —dijo Louisa, sin aliento—. Me encantó esa parte. —Levantó su ejemplar—. Todavía voy por el principio.

Empezaron a leer pero antes de que ninguna de las dos pudiera pasar la página, lady Challis se les acercó:

—¿Qué están leyendo? —preguntó.

—*La señorita Sainsbury y el misterioso coronel* —respondió Louisa con mucha educación.

—¿Y usted, señorita Winslow?

—En realidad, el mismo libro.

—¿Leen el mismo libro? ¡Qué monas! —Lady Challis llamó a una amiga que estaba al otro lado del salón—. Rebecca, ven a ver esto. Están leyendo el mismo libro.

Annabel no sabía por qué aquello era tan extraordinario, pero se quedó sentada y esperó la llegada de lady Westfield.

—Son primas —le explicó lady Challis—, y están leyendo el mismo libro.

—Yo ya lo había leído —comentó Louisa.

—¿Qué libro es?

—*La señorita Sainsbury y el misterioso coronel* —repitió Annabel.

—Ah, sí. De la señora Gorely. Me gustó bastante. Sobre todo cuando el pirata resultó ser...

—¡No diga nada! —exclamó Louisa—. Annabel todavía no lo ha terminado.

—Uy, sí. Claro.

Annabel frunció el ceño y empezó a pasar página.

—Creía que era un corsario.

—Es uno de mis favoritos —dijo Louisa.

Lady Westfield se volvió hacia Annabel.

—¿Y a usted, señorita Winslow, le está gustando?

Annabel se aclaró la garganta. No sabía si le estaba gustando, pero no le disgustaba. Además, había algo que la empujaba a seguir leyendo. De hecho, le recordaba a Sebastian. La señora Gorely era una de sus escritoras preferidas y lo entendía perfectamente. Partes del libro parecían salidas de su boca.

—¿Señorita Winslow? —repitió lady Westfield—. ¿Le está gustando el libro?

Annabel volvió a la realidad y se dio cuenta de que no la había respondido.

—Creo que sí. La historia es entretenida, aunque un poco inverosímil.

—¿Un poco? —se rió Louisa—. Es completamente inverosímil. Pero por eso es tan maravillosa.

—Supongo —respondió Annabel—. Sólo me gustaría que la narración fuera un poco menos cargada. A veces siento que navego entre adjetivos.

—Oh, acabo de tener una idea maravillosa —exclamó lady Challis, mientras juntaba las manos—. Dejemos las charadas para otro día.

Annabel suspiró aliviada. Siempre había odiado las charadas.

—¡Organizaremos una lectura teatralizada!

Annabel levantó la cabeza de inmediato.

—¿Qué?

—Una lectura. Ya tenemos dos libros, y seguro que yo tengo otro en la biblioteca. Con tres bastará.

—¿Va a leer de *La señorita Sainsbury y el misterioso coronel*? —preguntó Louisa.

—Uy, yo no —respondió lady Challis, colocándose una mano en el pecho—. La anfitriona nunca participa.

Annabel estaba segura de que no era verdad, pero poco podía hacer al respecto.

—¿Quiere ser una de nuestras actrices, señorita Winslow? —le preguntó lady Challis—. Tiene un aspecto muy teatral.

Otra de las cosas de las que Annabel estaba segura: no había sido un cumplido. Sin embargo, aceptó porque, una vez más, no podía hacer otra cosa.

—Debería pedirle al señor Grey que participara —sugirió Louisa.

Annabel decidió darle una patada después, porque ahora no llegaba.

—Es un gran aficionado a las novelas de la señora Gorely —continuó Louisa.

—¿De veras? —murmuró lady Challis.

—Sí —confirmó Louisa—. Hace poco comentamos nuestra admiración mutua por la autora.

—Perfecto —decidió lady Challis—. Será el señor Grey. Y usted también, lady Louisa.

—Oh, no. —Louisa se sonrojó con furia, y ofrecía un aspecto muy furioso—. No podría. No... No se me dan nada bien estas cosas.

—Pues nada mejor que practicar, ¿no cree?

Annabel quería vengarse de su prima, pero incluso ella consideró aquel gesto demasiado cruel.

—Lady Challis, estoy segura de que podemos encontrar a otra persona que quiera participar. ¡O quizá Louisa pueda ser la directora!

—¿Necesitamos una?

—Eh, sí. Claro que sí. ¿Acaso no hay siempre un director en cualquier obra de teatro? ¿Y qué es una lectura teatralizada, sino teatro?

—Muy bien —asintió lady Challis, agitando la mano en el aire—. Pueden acabar de resolverlo ustedes mismas. Si me disculpan, voy a ver por qué los caballeros tardan tanto.

—Gracias —dijo Louisa, en cuanto lady Challis desapareció—. No habría podido leer delante de tanta gente.

—Lo sé —respondió Annabel.

A ella tampoco le apetecía demasiado leer *La señorita Sainsbury y el misterioso coronel* delante de todos los invitados a la fiesta, pero al menos ella tenía un poco de práctica en esas cosas. Sus hermanos y ella solían representar obras de teatro y lecturas en casa.

—¿Qué escena representamos? —preguntó Luisa mientras hojeaba el libro.

—No lo sé. Ni siquiera he llegado a la mitad. Pero —advirtió, levantando el dedo—, nada de cabras.

Louisa se rió.

—No, no. Serás la señorita Sainsbury, por supuesto. Y el señor Grey será el coronel. Dios mío, vamos a necesitar un narrador. ¿Se lo pedimos al primo del señor Grey?

—Creo que sería mucho más divertido si el señor Grey hiciera de señorita Sainsbury —dijo Annabel, despreocupada.

Louisa contuvo el aliento.

—Annabel, eres muy mala.

Annabel se encogió de hombros.

—Yo puedo ser la narradora.

—No, no, no. Si quieres que el señor Grey haga de señorita Sainsbury, tú serás el coronel. Y el señor Valentine será el narrador. —Louisa frunció el ceño—. Quizá deberíamos pedirle al señor Valentine si quiere participar antes de asignarle un papel.

—A mí nadie me ha preguntado —le recordó Annabel.

Louisa se lo pensó unos instantes.

—Es cierto. Muy bien, deja que busque una escena apropiada. ¿Cuánto crees que debería durar la lectura?

—Lo menos posible —respondió Annabel con firmeza.

Louisa abrió el libro y pasó varias páginas.

—Si vamos a evitar la escena de la cabra, será difícil.

—Louisa... —la advirtió Annabel.

—Imagino que la prohibición es extensiva a las ovejas, ¿verdad?

—A cualquier criatura de cuatro patas.

Louisa meneó la cabeza.

—Me lo estás poniendo muy difícil. Tendré que eliminar todas las escenas que transcurren a bordo.

Annabel se apoyó en el hombro de su prima y susurró:

—Todavía no he llegado a esa parte.

—Cabras lecheras —confirmó Louisa.

—¿Qué leen, señoras?

Annabel levantó la mirada y se derritió por dentro. Sebastian estaba de pie a su lado, y seguramente no veía nada, sólo sus cabezas hundidas en el libro.

—Representaremos una escena —dijo, con una sonrisa a modo de disculpa—. De *La señorita Sainsbury y el misterioso coronel*.

—¿De veras? —Se sentó a su lado—. ¿Cuál?

—Estoy intentando decidirlo —le informó Louisa. Lo miró—. Ah, por cierto, usted hará de señorita Sainsbury.

Él parpadeó.

—¿Yo?

Ella ladeó la cabeza ligeramente hacia Annabel.

—Annabel será el coronel.

—Un poco al revés, ¿no le parece?

—Así será más divertido —dijo Louisa—. Ha sido idea de Annabel.

Sebastian la miró fijamente.

—¿Por qué no me sorprende? —murmuró.

Se sentó muy cerca de ella. Pero no la tocó; jamás sería tan indiscreto como para hacer algo así en público. Pero la sensación era que se estaban tocando. El aire entre ellos se había caldeado y la piel de Annabel empezó a erizarse y a temblar.

En un instante, viajó hasta el estanque, con sus manos en su piel y sus labios por todas partes. El corazón se le aceleró y pensó que ojalá se hubiera acordado de traerse un abanico. O un vaso de ponche.

—Su primo será el narrador —anunció Louisa, completamente ajena al estado acalorado de su prima.

—¿Edward? —dijo Sebastian, que se reclinó en el sofá como si nada—. Le va a encantar.

—¿Usted cree? —Louisa sonrió y levantó la mirada—. Sólo tengo que encontrar la escena adecuada.

—Algo dramático, espero.

Ella asintió.

—Pero Annabel ha insistido en dejar fuera a las cabras.

Annabel quería hacer un comentario conciso, pero todavía no tenía la respiración controlada.

—No creo que a lady Challis le hiciera gracia que metiéramos ganado en su salón —asintió Sebastian.

Annabel consiguió, por fin, normalizar la respiración, pero tenía una sensación muy extraña en el resto del cuerpo. Temblorosa, como si necesitara mover las extremidades y empezaba a notar cierta tensión en su interior.

—No se me ha pasado por la cabeza traer una cabra viva —dijo Louisa, riéndose.

—Podría intentar traer al señor Hammond-Betts —sugirió Sebastian—. Tiene mucho pelo.

Annabel intentó mirar fijamente a algún punto delante de ella. Estaban hablando de cabras allí mismo, a su lado, y ella tenía la sensación de que en cualquier momento iba a arder en llamas. ¿Cómo era posible que no se dieran cuenta?

—No sé si se lo tomaría demasiado bien —dijo Louisa, con una pequeña risita.

—Es una lástima —murmuró Sebastian—, porque sería perfecto para el papel.

Annabel respiró hondo otra vez. Cuando Sebastian murmuraba de aquella forma, suave y ronca, ella se retorcía.

—Ah, ya está —dijo Louisa, muy emocionada—. ¿Qué le parece esta escena? —Se pegó a Annabel para dejarle el libro a Sebastian. Y eso significaba que él también tenía que pegarse a Annabel para leer la escena en cuestión.

La manó le rozó la manga. Y sus muslos se tocaron.

Annabel se levantó de un salto y tiró el libro al suelo sin saber quién lo sujetaba (y, sinceramente, le daba igual).

—Perdón —farfulló.

—¿Te pasa algo? —preguntó Louisa.

—Nada, es que… ejem… yo… —Se aclaró la garganta—. Vuelvo enseguida. —Y luego añadió—: Si me disculpáis. —Y luego—. Sólo un momento. —Y luego—. Yo…

—Vete —dijo Louisa.

Y se fue. O, mejor dicho, lo intentó. Annabel caminaba con tanta prisa que no se fijó por dónde iba y, cuando llegó a la puerta, por poco no consiguió chocar contra el caballero que entraba.

El conde de Newbury.

La alegría que la inundaba desapareció al instante.

—Lord Newbury —murmuró, y realizó una respetuosa reverencia. No quería ofenderlo, sólo quería no tener que casarse con él.

—Señorita Winslow. —Sus ojos recorrieron todo el salón antes de volver a mirarla. Annabel se fijó que, cuando vio a Sebastian, se le tensó la mandíbula, pero, aparte de eso, la expresión de su cara era de satisfacción.

Y eso, obviamente, la puso muy nerviosa.

—Voy a hacer el anuncio ahora mismo —le comunicó él.

—¿Qué? —Annabel evitó gritar—. Milord —dijo, esforzándose para sonar firme o, si no, al menos razonable—, seguro que ahora no es el momento.

—Bobadas —le espetó él—. Creo que está todo el mundo.

—No he dicho que sí —gruñó ella.

Él se volvió hacia ella y la fulminó con la mirada. Y no dijo nada más, como si no fuera necesario.

Annabel se enfureció porque se dijo que el conde creía que ella no tenía derecho a responder.

—Lord Newbury —le dijo, con firmeza, mientras lo tomaba del brazo—, le prohíbo que haga ningún anuncio.

La cara del conde, que ya estaba acalorada, se puso casi violeta y se le hinchó una vena en el cuello. Annabel apartó la mano de su brazo y retrocedió por precaución. Era poco probable que le pegara en un lugar tan público, pero había pegado a Sebastian delante de todos los miembros del club. Le pareció que lo más prudente era alejarse un poco.

—No he dicho que sí —repitió, porque él no había dicho nada. La estaba mirando con una expresión aterradora y, por un momento, Annabel se temió que fuera a darle algo. Nunca había visto a nadie tan furioso. La saliva le resbalaba por la comisura de los labios y tenía los ojos muy abiertos. Era horrible. Él era horrible.

—No tienes derecho a decir sí —le espetó, al final, en un seco suspiro—. O no. Te han vendido y yo te he comprado, y la semana que viene vas a abrirte de piernas y vas a cumplir con tu deber marital. Y lo harás una y otra vez hasta que des a luz a un niño sano. ¿De acuerdo?

—No —respondió Annabel, que se aseguró de que la entendiera—. No estoy de acuerdo.

Capítulo 23

A ver, lady Louisa, ¿qué escena ha seleccionado? —sonrió Sebastian mientras recogía el libro, que había caído a la alfombra después de que Annabel lo golpeara al levantarse de forma tan repentina. Le divertía pensar que haría una lectura de su propia obra. Era un poco absurdo que tuviera que interpretar a la señorita Sainsbury, pero tenía confianza de sobras en su hombría para poder hacerlo con aplomo.

Además, sin pecar de orgulloso, esas cosas se le daban muy bien. Daba igual que la última vez que había recitado para un público hubiera caído de la mesa y se hubiera dislocado un hombro. Había hecho llorar a las doncellas. ¡Llorar!

Había sido un momento precioso.

Recogió el libro y se levantó para devolvérselo a Louisa para que pudiera volver a localizar la escena que había seleccionado, pero, cuando vio la expresión preocupada de la chica, se detuvo. Se volvió y siguió la dirección de su mirada.

Annabel estaba cerca de la puerta. Con su tío.

—Lo odio —susurró Louisa con vehemencia.

—A mí tampoco me cae demasiado bien.

Louisa lo agarró del brazo con una fuerza que él jamás habría jurado que tuviera y, cuando se volvió hacia ella, lo sorprendió la ferocidad de su mirada. Era una chica muy pálida y, sin embargo, en esos momentos estaba muy colorada.

—No puede dejar que se case con él —le dijo.

Sebastian se volvió hacia la puerta con los ojos entrecerrados.

—No pienso hacerlo.

No obstante, esperó para ver si la situación se solucionaba sola. Por el bien de Annabel no quería montar ninguna escena. Era muy consciente de que lady Challis había planeado la fiesta con el triángulo amoroso Grey-Winslow-Newbury como principal atracción. Cualquier cosa que oliera a escándalo formaría parte de los cotilleos de Londres al cabo de pocos días. Como era de esperar, todos los ojos del salón estaban mirando a Annabel y a lord Newbury.

Eso si no miraban de reojo a Sebastian.

De veras que su intención era no intervenir. Sin embargo, cuando su tío empezó a temblar y a enfurecerse y se le sacudió la piel mientras le susurraba algo a Annabel, supo que no podía mantenerse al margen.

—¿Algún problema? —preguntó con una voz tranquila y pausada, mientras se situaba al lado de Annabel.

—Esto no es asunto tuyo —le espetó su tío.

—En eso diferimos —respondió Sebastian, muy despacio—. Una dama en apuros siempre es asunto mío.

—La dama en cuestión es mi prometida —dijo Newbury—, y por lo tanto, nunca será asunto tuyo.

—¿Es cierto? —le preguntó Sebastian a Annabel. Y no porque se lo creyera, sino para darle la oportunidad de negarlo en público.

Ella meneó la cabeza.

Sebastian se volvió hacia su tío.

—Parece que la señorita Winslow tiene la impresión de que no es tu prometida.

—La señorita Winslow es idiota.

Sebastian notó una tensión en el estómago y un cosquilleo extraño en los dedos, uno de esos que te obligan a cerrar los puños. Sin embargo, mantuvo la calma y se limitó a arquear una ceja mientras, con ironía, decía:

—¿Y, aún así, quieres casarte con ella?

—No te metas —le advirtió su tío.

—Podría hacerlo —murmuró Seb—, pero por la mañana me sentiría muy culpable por haber permitido que una adorable joven terminara de una forma tan triste.

Newbury entrecerró los ojos.

—Nunca cambiarás, ¿verdad?

Sebastian mantuvo el gesto imperturbable mientras decía:

—Si te refieres a que seré eternamente encantador...

Su tío apretó la mandíbula, casi hasta el punto de que le temblara.

—Algunos incluso dirían que cautivador. —Sebastian sabía que estaba forzando mucho la situación, pero es que no podía resistirse. Esas discusiones eran como un *déjà vu*. No cambiaban. Su tío decía que era una patética excusa para un ser humano y Sebastian se quedaba allí, aburrido, hasta que terminaba. Y por eso, cuando Newbury empezó a despotricar, Sebastian se cruzó de brazos, separó las piernas y se preparó para esperar a que terminara.

—Toda tu vida —dijo, furioso, Newbury—, has sido un holgazán, has ido sin un rumbo fijo, puteando por ahí y fracasando en el colegio...

—Espera, eso no es cierto —lo interrumpió Seb, con la necesidad de defender su reputación ante un público tan numeroso. Nunca había sido de los mejores de clase, pero tampoco de los peores.

Sin embargo, su tío no tenía ninguna intención de callarse.

—¿Quién crees que pagó tu maldita educación? ¿Tu padre? —Soltó una risotada desdeñosa—. Nunca tuvo ni un céntimo. Siempre le pagué todas las facturas.

Por un momento, Sebastian se quedó sin habla.

—Bueno, en tal caso, imagino que debo darte las gracias —respondió, con calma—. No lo sabía.

—Claro que no lo sabías —le espetó su tío—. Nunca prestas atención a nada. Nunca lo has hecho. Vas arrasando a tu paso, acostándote con las esposas de otros, huyendo, y luego te vas del país y los demás tenemos que pagar por tus travesuras.

Eso sí que era demasiado. Pero, cuando Sebastian se enfadaba, se ponía insolente. Y atrevido. Y bastante divertido. Se volvió hacia Annabel y levantó las manos como diciendo: «¿Cómo es posible?»

—Y yo que pensaba que me había unido al ejército. El rey, la patria y todas esas cosas.

A su alrededor se había reunido un reducido grupo. Por lo visto, lady Challis y sus invitados habían decidido dejar de fingir discreción.

—Espero no estar equivocado —añadió, volviéndose hacia su público con un gesto de incredulidad—. Pero creo que disparé a mucha gente en Francia.

Alguien se rió de forma disimulada. Alguien más se cubrió la boca mientras reía. Pero Sebastian se fijó en que nadie hizo ningún gesto para intervenir. Y se preguntó si, de estar él como espectador, lo hubiera hecho.

Seguramente no. La escena habría sido demasiado entretenida. El conde, escupiendo furia; el sobrino, escupiendo ironía. Imaginó que era lo que esperaban de él. Era astuto, su encanto era legendario y nunca perdía los nervios.

El rostro de Newbury se tiñó de un color magenta todavía más intenso. Sabía que, si seguía recurriendo a la baza del humor, el público estaría de su parte. Al final, la mayoría se alinearían con el rango y el dinero, pero por ahora el conde era un bufón. Y Sebastian sabía que lo odiaba.

—No metas la nariz en asuntos ajenos —gruñó su tío. Señaló a Sebastian con un dedo flácido y gordo a escasos centímetros de su pecho—. La señorita Winslow ni siquiera te interesaba hasta que oíste que tenía pensado casarme con ella.

—En realidad, eso no es cierto —respondió Sebastian, casi con afabilidad—. Y, de hecho, creo que habías decidido olvidarte de ella hasta que creíste que yo podría estar interesado en ella.

—Lo último que quiero es una de tus mujerzuelas. Algo en lo que ella —añadió, meneando la cabeza hacia Annabel, que había presenciado toda la discusión boquiabierta y horrorizada—, parece estar a punto de convertirse.

La tensión en el estómago de Sebastian apretó un poco más.

—Cuidado —advirtió, con la voz en un tono peligroso—, estás insultando a una dama.

Lord Newbury puso en blanco sus enrojecidos ojos.

—Estoy insultando a una puta.

Y aquello fue la gota que colmó el vaso. Sebastian Grey, el hombre que huía de la confrontación, el hombre que se había pasado la guerra lejos de la acción y eliminando a los enemigos de uno en uno, el hombre que creía que la rabia era una emoción muy pesada...

Perdió los estribos.

No pensó, sólo sintió, y no tenía ni idea de lo que se hacía o decía a su alrededor. Todo su ser se retorció y se estremeció, y el grito horrible y primitivo que surgió de su garganta... No pudo controlarlo, igual que al resto de su cuerpo, que se abalanzó hacia delante, casi volando por los aires mientras tiraba a su tío al suelo.

Chocaron contra una mesa, el peso de lord Newbury astilló la madera y dos candelabros, con las velas encendidas, cayeron al suelo.

Se oyeron gritos y Sebastian vio, de reojo, cómo alguien sofocaba las llamas, pero ni siquiera la casa en llamas lo habría detenido.

Agarró el cuello de su tío con las dos manos y dijo:

—Discúlpate con la señorita —gruñó, y le golpeó con la rodilla donde más le dolía.

Newbury gritó ante el ofensivo golpe.

Sebastian colocó los pulgares encima de la tráquea de su tío.

—Eso no me ha parecido una disculpa.

Su tío lo miró y le escupió.

Sebastian ni se inmutó.

—Discúlpate —repitió, remarcando cada sílaba.

A su alrededor, la gente gritaba y alguien lo agarró del brazo e intentó levantarlo antes de que matara a su tío. Sin embargo, Sebastian no oía nada de lo que decían. Nada podía superar el rugido de ira que le zumbaba en la cabeza. Había servido en el ejército. Había matado a decenas de soldados franceses desde su puesto de francotirador, pero nunca había deseado la muerte de otro hombre.

Hasta ahora.

—Discúlpate o, que Dios me ayude, pero te mataré —le espetó. Apretó las manos y casi se alegraba de que los ojos de su tío estuvieran a punto de salirse de sus órbitas y que estuviera tan colorado, y...

Y entonces los separaron y oyó cómo Edward resoplaba por el esfuerzo y le susurraba:

—Contrólate.

—Discúlpate con la señorita Winslow —gritó Sebastian a su tío, mientras intentaba soltarse. Pero Edward y lord Challis lo tenían bien agarrado.

Dos caballeros ayudaron a lord Newbury a sentarse, entre las astillas de la mesa. Le costaba respirar y todavía tenía la piel de aquel horrible color rosado, pero tenía suficiente odio en él para intentar escupir a Annabel mientras gruñía:

—Puta.

Sebastian volvió a gritar y se abalanzó sobre su tío, arrastrando a Edward y a lord Challis. Avanzaron varios pasos, pero lo frenaron antes de que pudiera volver a tocar a su tío.

—Discúlpate con la señorita —insistió.

—No.

—¡Discúlpate! —gritó Sebastian.

—No pasa nada —dijo Annabel. O quizá lo gritó. Pero ni siquiera ella podía romper el velo de ira que lo tenía poseído.

Se abalanzó hacia su tío, intentando una vez más golpearlo. La sangre le hervía y tenía el pulso acelerado, y su cuerpo entero quería pelea. Quería hacerle daño. Quería dejarlo lisiado de por vida. Sin embargo, Edward y lord Challis no lo soltaron y optó por respirar hondo y decir:

—Discúlpate con la señorita Winslow o, que Dios me asista, tendré satisfacción.

Varias cabezas se volvieron hacia él. ¿Acababa de sugerir un duelo? Ni siquiera el propio Sebastian estaba seguro.

Sin embargo, lord Newbury consiguió ponerse en pie y dijo:

—Llevároslo de aquí.

Sebastian se mantuvo firme a pesar de que los dos hombres que lo tenían agarrado intentaban llevárselo. Observó cómo Newbury se sacudía las mangas y lo único que podía pensar era que... aquello no estaba bien. No podía terminar así, con su tío yéndose como si nada. No era justo, y no estaba bien, y Annabel se merecía algo mejor.

Y así lo dijo. Esta vez, en voz alta y clara.

—Elige a tus testigos.

—¡No! —gritó Annabel.

—¿Qué diablos estás haciendo? —preguntó Edward, tirándole de un brazo.

Lord Newbury giró sobre sí mismo muy despacio y lo miró con sorpresa.

—¿Te has vuelto loco? —le susurró Edward, aunque con cierta urgencia.

Sebastian se quitó la mano de Edward de encima.

—Ha insultado a Annabel y exijo satisfacción.

—Es tu tío.

—No por elección propia.

—Si lo matas... —Edward meneó la cabeza muy deprisa. Miró a lord Newbury, luego a Annabel, otra vez a lord Newbury y, por último, se volvió hacia Sebastian con expresión de pánico—. Eres su heredero. Todo el mundo pensará que lo has matado por el título. Te meterán en la cárcel.

No, seguramente lo colgarían, pensó Sebastian. Pero sólo dijo:

—Ha insultado a Annabel.

—Me da igual —intervino ella enseguida, colocándose junto a Edward—. De verdad, me da igual.

—Pero a mí no.

—Sebastian, por favor —suplicó ella—. Sólo conseguirás empeorar las cosas.

—Piensa —le dijo Edward—. No ganas nada. Nada.

Sebastian sabía que tenían razón, pero no conseguía calmarse lo suficiente para admitirlo. Su tío se había pasado la vida insultándolo. Lo había llamado de todo; unas cosas con justicia, y otras no. Sebastian siempre había hecho oídos sordos porque era su forma de ser. Pero cuando Newbury había insultado a Annabel...

No podía tolerarlo.

—Sé que no soy una... lo que me ha llamado —dijo Annabel, en voz baja, acariciándole el brazo con la mano—. Y sé que tú también lo sabes. Y eso es lo único que me importa.

Sin embargo, Sebastian quería venganza. No podía evitarlo. Era mezquino e infantil, pero quería hacerle daño a su tío. Quería verlo humillado. Y, de repente, descubrió que ese objetivo era completamente compatible con el otro único objetivo en su vida: convertir a Annabel Winslow en su esposa.

—Retiro el desafío —dijo, en voz alta.

Todos respiraron tranquilos. Por lo visto, la tensión se había apoderado del salón, todos los hombbros estaban encogidos y los ojos, preocupados.

Lord Newbury, que todavía estaba en la puerta que comunicaba con el pasillo, entrecerró los ojos.

Sebastian no perdió el tiempo. Tomó la mano de Annabel y se arrodilló frente a ella.

—¡Dios mío! —exclamó alguien. Otra persona susurró el nombre de Newbury, quizá para evitar que se marchara.

—Annabel Winslow —dijo Sebastian y, cuando lo miró, no fue con una de sus sonrisas apasionadas y carismáticas, de esas que aceleraban los corazones de las señoras, grandes y pequeñas. Tampoco fue con su media sonrisa, la que transmitía que sabía cosas, cosas secretas, y que si se acercaba y las compartía contigo, tú también las sabrías.

Cuando levantó la cabeza y miró a Annabel sólo era un hombre mirando a una mujer, esperando y rezando para que lo quisiera igual que él a ella.

Se acercó la mano a los labios.

—¿Me harás el gran honor de ser mi esposa?

A ella le temblaron los labios y susurró:

—Sí. —Y luego, más fuerte—. ¡Sí!

Él se levantó y la abrazó. A su alrededor, la gente aplaudía. No todos, pero sí los suficientes para que aquel fuera un momento un tanto teatral. Aunque Seb se dio cuenta, un poco tarde, de que no era lo que quería. No negaba que le hacía mucha ilusión haberse burlado de su tío de aquella forma en público (nunca sería tan bueno como para negarlo), pero, mientras abrazaba a Annabel y sonreía pegado a su pelo, varias personas empezaron a gritar: «¡Que se besen, que se besen!», y se dio cuenta de que no quería hacerlo delante de nadie.

Ese momento era sagrado. Era suyo, de los dos, y no quería compartirlo.

Ya tendrían su momento más tarde, se dijo, mientras soltaba a Annabel y sonreía a Edward, Louisa y al resto de invitados de lady Challis.

Después. Tendrían su momento después. A solas.

Sebastian decidió que, si él estuviera escribiendo la historia, así es cómo lo haría.

Capítulo 24

*H*abía alguien en su habitación.

Annabel se quedó inmóvil y apenas respiraba bajo las mantas. Le había costado mucho dormirse; la cabeza le daba mil vueltas y estaba demasiado emocionada y mareada por haber tirado la precaución por la ventana y haber decidido casarse con Sebastian. Sin embargo, la firme determinación y su truco de mantener siempre los ojos cerrados habían surtido efecto y se había dormido.

Pero debía de ser un sueño muy ligero, o quizás es que apenas hacía unos minutos que se había dormido. Porque algo la había despertado. Un ruido, tal vez. A lo mejor sólo el movimiento en la habitación. Pero estaba segura de que había alguien.

A lo mejor era un ladrón. En tal caso, lo mejor era quedarse completamente inmóvil. No tenía nada de valor; todos sus pendientes eran de bisutería. E incluso su ejemplar de *La señorita Sainsbury y el misterioso coronel* era una tercera edición.

Si era un ladrón, se daría cuenta de todo eso y se iría.

Si no era un ladrón... Maldición, estaba en un apuro. Necesitaría un arma y todo lo que tenía cerca era una almohada, una manta y un libro.

Otra vez *La señorita Sainsbury*. Annabel no creía que la joven heroína la salvara.

Si no era un ladrón, ¿debería intentar salir de la cama? ¿Esconderse? ¿Ver si podía llegar hasta la puerta? ¿Debería hacer algo? ¿Debería? ¿Debería? ¿Y si...? Pero quizá...

Cerró los ojos con fuerza, sólo un momento, para intentar calmarse. Tenía el corazón acelerado y tuvo que hacer un enorme esfuerzo por controlar la respiración. Tenía que pensar. Mantener la cabeza fría. La habitación estaba muy oscura. La cortina era gruesa y bloqueaba cualquier atisbo de luz. Incluso en una noche de luna llena, que no era el caso, apenas entraría un pequeño rayo de luz por los extremos. Ni siquiera podía ver el perfil del intruso. Las únicas pistas que tenía para ubicarlo era el ruido que hacía con los pies en la alfombra y algún ocasional crujido de las tablas de madera del suelo.

Se movía despacio. Quien quiera que estuviera en su habitación avanzaba despacio. Muy despacio, pero...

Estaba cerca.

El corazón de Annabel empezó a latir con tanta fuerza que creyó que la cama temblaría. El intruso estaba muy cerca. Se estaba acercando a la cama. No era un ladrón, era alguien que había ido a hacer daño, o malicia, o a provocar dolor, o Dios mío, daba igual... Tenía que salir de allí.

Mientras rezaba para que el intruso viera tan poco como ella en la oscuridad, se deslizó hasta el otro lado de la cama con la esperanza de no hacer demasiado ruido. Se le estaba acercando por la derecha, así que se fue hacia la izquierda, bajó las piernas y...

Gritó. Pero no pudo. Le taparon la boca con una mano y le rodearon el cuello con un brazo y el sonido de su grito quedó ahogado.

—Si sabes lo que te conviene, no te moverás.

Annabel abrió los ojos aterrorizada. Era el conde de Newbury. Reconocía su voz, e incluso su olor, aquella peste a sudor mezclada con brandy y pescado.

—Si gritas —continuó él, que parecía que casi se divertía—, entrará alguien. Tu abuela, quizá, o tu prima. ¿No duerme una de ellas en la habitación de al lado?

Annabel asintió y el gesto provocó que le rozara el fornido antebrazo con la barbilla. Llevaba camisón, pero, aún así, estaba pegajoso. Y a Annabel le dio mucho asco.

—Imagínatelo —dijo él, con un chasquido de lengua malicioso—. Entra la respetable y pura lady Louisa. Gritaría. Un hombre entre las piernas de una mujer... Seguro que se sorprendería.

Annabel no dijo nada. Y, aunque hubiera querido, tampoco hubiera podido con aquella mano tapándole la boca.

—Y luego acudiría toda la casa. Menudo escándalo. Tu reputación quedaría manchada para siempre. Y el idiota de tu prometido no te querría, ¿verdad?

Eso era mentira. Sebastian no la abandonaría. Annabel sabía que no lo haría.

—Serías una mujer arruinada —continuó Newbury, disfrutando mucho de su historia. Deslizó el brazo lo suficiente para palparle los pechos y apretárselos—. Aunque, por supuesto, siempre has sido perfecta para el papel.

Annabel gimió, alterada.

—Te gusta, ¿verdad? —rió él, apretándoselos con más fuerza.

—No —intentó decir ella, pero la mano del conde le tapaba la boca.

—Algunos incluso dirían que tendrías que casarme conmigo —prosiguió Newbury, tocándole los pechos—. Pero yo me pregunto si habría alguien que diría que tendría que casarme contigo. Podría decir que no eras virgen, que habías estado jugando a dos bandas con tío y sobrino para enfrentarlos. Debes de ser muy astuta.

Incapaz de seguir soportándolo, Annabel movió la cabeza hacia un lado, y luego hacia el otro, intentando liberarse de esa mano. Al final, y con una pequeña risa, él la apartó.

—Recuerda —le dijo, acercando sus fofos labios a su oreja—, no hagas demasiado ruido.

—Sabe que no es verdad —susurró Annabel, llena de rabia.

—¿El qué? ¿Lo de tu virginidad? ¿Me estás diciendo que no eres virgen? —Apartó las mantas, la tendió en la cama y se sentó a horcajadas encima de ella. La sujetó con fuerza por los hombros y la clavó al colchón—. Vaya, vaya. Eso lo cambia todo.

—No —gritó ella, en un susurro—. Lo de jugar... —¿Qué sentido tenía? Era imposible razonar con él. Tenía sed de venganza. Contra ella, contra Sebastian, y seguramente contra el mundo entero. Esa noche lo habían dejado en ridículo delante de más de una veintena de sus nobles coetáneos.

Y no era el tipo de hombre que pasaba por alto una humillación como esa.

—Eres una chica muy estúpida —dijo, meneando la cabeza—. Podrías haber sido condesa. ¿En qué estabas pensando?

Annabel se mantuvo inmóvil, conservando la energía. Era imposible liberarse de él cuando tenía todo su peso encima. Tenía que esperar hasta que se moviera, hasta que estuviera desprevenido. E, incluso entonces, necesitaría todas sus fuerzas.

—Estaba convencido de que había encontrado a la mujer que buscaba.

Annabel lo miró con incredulidad. Su voz sonaba casi arrepentida.

—Sólo quería un heredero. Sólo un miserable hijo para que el imbécil de mi sobrino no heredara.

Annabel quería protestar, quería explicarle los mil motivos por los que creía que Sebastian era brillante. Tenía una imaginación increíble y su conversación era maravillosamente astuta. Nadie era más listo que él. Nadie. Y era divertido. Cielo santo, la hacía reír como nadie más en el mundo.

También era muy perceptivo. Y observador. Lo veía todo y se fijaba en todo el mundo. Entendía a las personas, y no sólo sus esperanzas y sus sueños, sino cómo esperaban y soñaban.

Si aquello no era ser brillante, no sabía qué podía serlo.

—¿Por qué lo odia tanto? —susurró.

—Porque es un estúpido —respondió lord Newbury con desdén.

Annabel quería decirle: «Eso no es una respuesta».

—Además, da igual —continuó él—. Se hace ilusiones si cree que busco esposa sólo para frustrar sus ambiciones. ¿Tan mal está que un hombre quiera dejar su casa y su título a su hijo?

—No —respondió Annabel, con suavidad. Porque, si se comportaba como una amiga, quizá no le haría daño. Y porque no estaba tan mal querer lo que él quería. Lo malo era en cómo quería conseguirlo—. ¿Cómo murió?

Lord Newbury se quedó inmóvil.

—Su hijo —aclaró ella.

—De fiebre —respondió él, escueto—. Se cortó la pierna.

Annabel asintió. Había conocido a varias personas que habían contraído la fiebre de la misma forma. Un corte profundo siempre había que vigilarlo. Por si se enconaba, se enrojecía o se ponía caliente. Una herida mal curada normalmente provocaba fiebre y, a menudo, la fiebre provocaba la muerte. Annabel solía preguntarse por qué unas heridas se curaban perfectamente y otras no. Parecía que no había una explicación, sólo un giro injusto y caprichoso del destino.

—Lo siento —dijo ella.

Por un momento, pensó que la creía. Las manos, que la estaban sujetando con fuerza por los hombros, se relajaron un poco. Y sus ojos… Quizá fue un efecto de la escasa iluminación, pero Annabel habría jurado que se habían enternecido. Pero entonces, Newbury se rió y dijo:

—No, no lo sientes.

Y lo irónico era que sí que lo sentía o, al menos, lo había sentido. Sin embargo, cualquier tipo de compasión que hubiera podido sentir hacia él desapareció cuando las manos del conde se deslizaron hacia su cuello.

—Esto es lo que me ha hecho —dijo lord Newbury, echando humo entre los dientes—. Delante de todo el mundo.

Santo Dios, ¿iba a estrangularla? La respiración de Annabel se aceleró y cada nervio de su cuerpo se tensó preparando la huída. Pero lord Newbury era el doble de grande que ella y ni siquiera toda la fuerza que pudiera acumular con el pánico bastaría para quitárselo de encima.

—¡Me casaré con usted! —exclamó, justo cuando sus manos se apoyaban encima de la tráquea.

—¿Qué?

Annabel tosió y jadeó, porque no podía hablar, y él aflojó las manos.

—Me casaré con usted —suplicó—. Dejaré plantado a Sebastian y me casaré con usted, pero, por favor, no me mate.

Lord Newbury soltó una carcajada y Annabel miró de reojo la puerta. Con esa risa despertaría a todo el mundo, justo lo que le había advertido que no hiciera.

—¿De veras crees que iba a matarte? —le preguntó, y apartó una mano para secarse una lágrima que le resbalaba por la mejilla—. Qué gracioso.

Estaba loco. Era lo único que Annabel podía pensar, aunque sabía que no estaba loco.

—No te mataré —dijo, aparentemente muy divertido—. Sería el principal sospechoso y, aunque dudo que me castigaran, resultaría muy incómodo.

Incómodo. Un asesinato. Quizá sí que estaba loco.

—Además, haría que las demás jóvenes se lo pensaran dos veces. No eres la única en quien me he fijado. La pequeña de los Stinson no tiene tanto pecho, pero sus caderas parecen adecuadas para engendrar hijos. Y no abre la boca a menos que le pregunten.

«Porque tiene quince años», pensó Annabel, enfurecida. Santo Dios, quería casarse con una niña.

—Acostarme con ella no será tan divertido como contigo, pero no necesito una esposa para eso. —Se inclinó con un brillo descomunal en los ojos—. Puede que incluso te utilice a ti.

—No —gimió Annabel, antes de pensárselo dos veces. Y, obviamente, él sonrió porque le encantaba hacerla sufrir. Se dio cuenta de que la odiaba. La odiaba igual que a Sebastian. De forma irracional. Y peligrosa.

Sin embargo, cuando bajó la cabeza, levantó las caderas. Annabel aprovechó la ocasión para respirar hondo y entonces, cuando instintivamente se dio cuenta de que quizás aquella sería su única oportunidad, levantó una pierna y la dobló. Lo golpeó con fuerza en la entrepierna y él gritó de dolor. Sin embargo, no bastó para quitárselo de encima, así que repitió la operación, esta vez con más fuerza, y luego levantó los brazos y lo empujó. Lord Newbury aulló de dolor, pero Annabel volvió a doblar la rodilla, esta vez para empujarlo con todas sus fuerzas, apartarlo y salir de la cama.

Él cayó al suelo con un golpe seco y maldijo. Annabel corrió hacia la puerta, pero él la agarró por el tobillo.

—Suélteme —gruñó ella.

La respuesta del conde fue:

—Putita.

Annabel tiró e intentó soltarse, pero él aferró la otra mano a la pantorrilla y la sujetó, mientras intentaba utilizarla para levantar su enorme peso del suelo.

—¡Suélteme! —gritó. Si lograba soltarse sabía que estaba a salvo. Si podía correr más que un pavo, seguro que podía correr más que un... en palabras de su abuela, noble con sobrepeso.

Tiró con fuerza y casi se libera. Los dos avanzaron un poco, aunque lord Newbury lo hizo arrastrándose por la alfombra como un monstruo varado en la arena. Annabel estuvo a punto de caer de bruces, pero, por suerte, estaba cerca de la pared y pudo apoyar las manos. Y entonces se dio cuenta de que estaba cerca de la chimenea. Apoyó una mano en la pared y con la otra palpó a su alrededor, y gritó de alegría cuando localizó el mango de hierro del atizador.

Lo agarró con las dos manos y se volvió hacia lord Newbury.

Estaba intentando levantarse, aunque era complicado con ambas manos aferradas al tobillo izquierdo de Annabel.

—Suélteme —gruñó ella, levantando el atizador por encima de la cabeza—. Suélteme o le juro que…

Newbury aflojó la mano.

Annabel se alejó de un salto y fue hasta la puerta pegada a la pared, pero lord Newbury no se movía.

Ni un dedo.

—Oh Dios mío —susurró—. Oh Dios mío.

Y, entonces, volvió a repetirlo, porque no sabía qué otra cosa decir. O hacer.

—Oh Dios mío.

Sebastian avanzó en silencio por la mansión en dirección a la habitación de Annabel en el segundo piso. Era un experto en el arte de las citas secretas nocturnas, una habilidad que se alegró de descubrir que ya no necesitaría.

Suponía que era un arte y una ciencia. Tenías que investigar un poco antes, localizar la habitación, descubrir la identidad de los ocupantes de las habitaciones contiguas y, por supuesto, recorrer el camino con anterioridad para comprobar si el suelo de madera crujía o había imperfecciones.

A Sebastian le gustaba estar preparado.

No había podido hacer la comprobación de la ruta, porque no había encontrado el momento adecuado después de proponerle matrimonio a Annabel. Pero sabía en qué habitación se alojaba y sabía que su abuela dormía en el lado norte, y su prima, en el lado sur.

Al otro lado del pasillo estaba lady Millicent. Un golpe de suerte, seguro. No lo oiría a menos que disparara con un cañón frente a su puerta.

Lo único que no sabía era si las tres habitaciones estaban comunicadas por puertas interiores. Aunque eso no le preocupaba. Era un detalle importante, pero no algo que tuviera que saber de antemano. Sería muy fácil comprobarlo cuando estuviera dentro.

El suelo de Stonecross estaba bien cuidado y Sebastian no hizo ningún ruido mientras se acercaba a la habitación de Annabel. Agarró el pomo de la puerta. Estaba ligeramente húmedo. Qué curioso. Meneó la cabeza. ¿A qué hora había dicho lady Challis a las doncellas que los pulieran?

Giró el pomo muy despacio, con cuidado de no hacer ruido. Como todo lo demás en aquella casa, funcionaba a la perfección y giró sin un chirrido. Sebastian abrió la puerta y se preparó para entrar por el mínimo espacio posible y luego cerrarla.

Sin embargo, cuando entró tardó menos de un segundo en darse cuenta de que había algo que no estaba bien. La respiración no era pausada, propia del sueño. Era agitada y alterada y...

Abrió la puerta del todo para dejar entrar un poco más de luz.

—¿Annabel?

Estaba junto a la chimenea, con un atizador por encima de la cabeza. Y en el suelo vio a lord Newbury, inmóvil.

—¿Annabel? —repitió. Parecía estar en shock. No se volvió hacia él ni parecía haberse dado cuenta de su llegada.

Sebastian corrió a su lado y le quitó el atizador de las manos.

—No le he golpeado —dijo ella, que no apartó la mirada del cuerpo del suelo ni un segundo—. Ni siquiera le he golpeado.

—¿Qué ha pasado? —Observó el atizador detalladamente. No había ni rastro de sangre ni nada que indicara que había sido utilizado para golpear al conde.

—Creo que está muerto —dijo ella, en aquel extraño susurro monótono—. Me estaba sujetando del tobillo. Iba a golpearlo si no me soltaba, pero entonces me ha soltado y...

—Su corazón —la interrumpió Sebastian para que no tuviera que decir nada más—. Seguramente, ha sido el corazón. —Dejó el atizador en su sitio. Hizo un ruido metálico al volver a su sitio, pero no fue fuerte y Sebastian no creyó que hubiera despertado a nadie.

Volvió a su lado, la tomó de la mano y le acarició la cara.

—¿Estás bien? —le preguntó, con cuidado—. ¿Te ha hecho daño? —Estaba aterrado por la respuesta, pero tenía que preguntarlo. Si quería ayudarla, tenía que saber qué había pasado.

—Estaba... Ha entrado y... —No le salían las palabras y, cuando él la abrazó, se derrumbó al instante y se vino abajo antes de que él pudiera parpadear.

—Shhh —la tranquilizó, acariciándola—. No pasa nada. Estoy aquí. Ya estoy aquí contigo.

Ella asintió contra su pecho, pero no lloró. Tembló y respiró hondo, pero no lloró.

—No... No me ha... Me he escapado antes...

«Gracias a Dios», pensó Sebastian. Si su tío la hubiera violado, por Dios que lo resucitaría para volver a matarlo. Sebastian había visto violaciones durante la guerra; no directamente, pero sí los ojos de las mujeres que las habían sufrido. Todas parecían muertas por dentro y él se dio cuenta de que, en cierto modo, ellas también habían muerto, igual que los hombres que habían ido a la batalla. Aunque para las mujeres era peor, porque sus cuerpos seguían vivos, con almas muertas dentro.

—¿Qué vamos a hacer? —preguntó ella.

—No lo sé —admitió él—. Ya se me ocurrirá algo. —Pero ¿el qué? Sabía cómo salir airoso de casi cualquier situación, pero eso... El cadáver de su tío en la habitación de su prometida...

Santo Dios. Era demasiado incluso para él.

Pensar. Tenía que pensar. Si estuviera escribiendo la historia...

—Primero, cerramos la puerta —dijo con firmeza, intentando transmitir que sabía lo que hacía. Se separó de Annabel muy despacio, asegurándose de que podía tenerse de pie, y se acercó a la puerta. La cerró y luego cruzó la habitación para encender una vela.

Annabel estaba donde la había dejado, abrazándose con los brazos. Parecía que tenía frío.

—¿Quieres una manta? —preguntó él y, teniendo en cuenta las

circunstancias, parecía la pregunta más ridícula del mundo. Pero la chica tenía frío y él era un caballero, y había algunas cosas que tenía demasiado interiorizadas para ignorarlas.

Ella meneó la cabeza.

Seb apoyó las manos en las caderas y miró a su tío, inmóvil y bocabajo en la alfombra. No estaba seguro de cómo creía que las cosas terminarían entre ellos, pero seguro que así no. Maldita sea. ¿Qué se suponía que tenía que hacer, ahora?

—Si estuviera escribiendo la historia... —balbuceó, intentando hacer acopio de toda la creatividad que normalmente reservaba para los personajes—. Si estuviera escribiendo la historia...

—¿Qué has dicho?

Se volvió hacia Annabel. Estaba tan inmerso en sus pensamientos que casi había olvidado que estaba allí.

—Nada —dijo, sacudiendo la cabeza. Seguramente, Annabel creía que decía cosas sin sentido.

—Ya estoy mejor —anunció ella.

—¿Qué?

Ella movió la cabeza hacia los lados y hacia atrás.

—Ya he recuperado la serenidad. Puedo hacer lo que tengamos que hacer.

Él parpadeó, sorprendido por la rápida recuperación.

—¿Estás segura? Puedo...

—Ya lloraré cuando hayamos terminado —dijo ella, escueta.

—Te quiero —dijo Sebastian, mientras se decía que tenía que ser el momento más inapropiado para decírselo. Sin embargo, al verla allí de pie, con su sencillo camisón de algodón, práctica y competente como una diosa, ¿cómo iba a no quererla?—. ¿Te lo había dicho?

Ella meneó la cabeza y sus labios temblorosos dibujaron una sonrisa.

—Yo también te quiero.

—Qué bien —respondió él, porque no era el momento para

grandes declaraciones. Aunque no pudo resistirse a añadir—: Porque sería una jugarreta que no me quisieras.

—Creo que tenemos que llevarlo a su habitación —dijo ella, con una expresión de inquietud.

Sebastian asintió e intentó calcular cuánto debía pesar su tío. No sería fácil, ni siquiera para dos personas.

—¿Sabes cuál es su habitación? —le preguntó.

Ella meneó la cabeza.

—¿Y tú?

—No. —Maldita sea.

—Podemos dejarlo en el salón —sugirió ella—. O en cualquier otro lugar donde haya bebida. Si iba ebrio, habría podido caerse. —Tragó saliva—. ¿Y golpearse la cabeza?

Sebastian soltó el aire muy despacio y colocó los brazos en jarra mientras miraba a su tío. Muerto, todavía era más asqueroso que vivo. Gordo, hinchado… Al menos, nadie dudaría de que su corazón hubiera dicho basta, y menos después de las emociones del día.

—La cabeza, el corazón… —farfulló—. Da igual. Sólo de mirarlo me siento menos sano.

Se quedó de pie un instante, retrasando lo inevitable, y al final irguió la espalda y dijo:

—Yo lo cogeré de los brazos y tú de las piernas. Pero antes tendremos que darle la vuelta.

Le dieron la vuelta, se colocaron en posición e intentaron levantarlo.

—Por el amor de Dios —gruñó Sebastian, entre dientes.

—Esto no va a funcionar —dijo Annabel.

—Tiene que funcionar.

Lo levantaron y lo arrastraron, jadeando del agotamiento, pero no podían mantenerlo en el aire más de unos de segundos. Era imposible que pudieran llevarlo hasta el salón sin despertar a toda la casa.

—Vamos a tener que despertar a Edward —dijo Sebastian, al final.

Annabel abrió los ojos como platos.

—Le confiaría mi vida.

Ella asintió.

—Quizá Louisa...

—No podría levantar ni una pluma.

—Creo que es más fuerte de lo que parece. —Pero Annabel se dio cuenta de que la esperanza la hacía hablar. Se mordió el labio y miró a Newbury—. Creo que vamos a necesitar toda la ayuda que podamos.

Sebastian empezó a asentir, porque era cierto que necesitaban ayuda. Sin embargo, resultó que la ayuda se materializó en forma de la persona más inesperada...

Capítulo 25

Qué diablos está pasando aquí?

Annabel se quedó de piedra. Horrorizada, no. Era algo mucho, mucho peor que el horror.

—¿Annabel? —dijo su abuela, entrando por la puerta que conectaba las dos habitaciones—. Parece que está pasando una manada de elefantes. ¿Cómo esperas que pueda dormir cuando...? ¡Oh! —Se detuvo en seco cuando vio a Sebastian. Luego miró al suelo y vio al conde—. ¡Por Satanás!

Hizo un sonido que Annabel no supo cómo interpretar. No fue un suspiro; más bien un gruñido. De máxima irritación.

—¿Quién de los dos lo ha matado? —preguntó.

—Ninguno —respondió Annabel enseguida—. Se ha... muerto.

—¿En tu habitación?

—No le he invitado —respondió ella, alterada.

—No, nunca harías algo así. —Y habría jurado que había una nota de arrepentimiento en la voz de su abuela. Annabel sólo podía mirarla con sorpresa. O quizá con asombro.

—¿Y tú qué haces aquí? —preguntó lady Vickers, dirigiendo su gélida mirada hacia Sebastian.

—Exactamente lo que está pensando, milady —respondió—. Por desgracia, llegué un poco tarde. —Miró a su tío—. Ya estaba así cuando llegué.

—Mejor —murmuró lady Vickers—. Si hubiera llegado cuando estuvieras encima de mi nieta... Santo Dios, no puedo imaginarme la conmoción.

Annabel pensó que debería sonrojarse. Sí que debería. Pero no encontraba las fuerzas. No estaba segura de si había algo que pudiera avergonzarla en ese momento.

—Bueno, tendremos que deshacernos de él —dijo su abuela, con el mismo tono de voz que Annabel imaginaba que usaría para referirse a un sofá viejo. Lady Vickers ladeó la cabeza hacia Annabel—. Debo admitir que, al final, todo te ha salido redondo.

—¿De qué estás hablando? —preguntó ella, horrorizada.

—Ahora el conde es él —dijo lady Vickers, señalando a Sebastian—, y seguro que es más apetitoso que el pobre Robert.

«Robert», pensó Annabel mientras miraba al conde. Ni siquiera sabía su nombre de pila. Le parecía extraño. Ese hombre quería casarse con ella, la había atacado y luego había muerto a sus pies. Y ella ni siquiera sabía su nombre de pila.

Por unos momentos, los tres se quedaron mirando el cadáver del conde. Al final, lady Vickers dijo:

—Vaya, está gordo.

Annabel se tapó la boca con una mano para intentar no reírse. Porque no era gracioso. No lo era.

Pero tenía muchas ganas de reírse.

—No creo que podamos bajarlo al salón sin despertar a media casa —dijo Sebastian. Miró a lady Vickers—. Imagino que usted no sabrá cuál es su habitación, ¿verdad?

—Como mínimo, está igual de lejos que el salón. Y al lado de los Challis. No conseguiréis dejarlo en su habitación sin despertarlos.

—Había pensado en ir a buscar a mi primo —le explicó Seb—. Quizá podamos hacerlo con una persona más.

—No podremos moverlo ni que seamos cinco más —respondió lady Vickers—. Al menos, no en silencio.

Annabel dio un paso adelante.

—Quizá si...

Sin embargo, su abuela la interrumpió con un suspiro propio del escenario del Covent Garden.

—Venga —dijo, señalando la puerta de la habitación—. Metedlo en mi cama.

—¿Qué? —exclamó Annabel.

—Dejaremos que todos piensen que murió mientras se acostaba conmigo.

—Pero... Pero... —Annabel miró boquiabierta a su abuela, luego a lord Newbury, y luego a Sebastian que, por lo visto, no tenía palabras.

Sebastian. Sin palabras. Al parecer, hacía falta algo así para que aquello sucediera.

—Oh, por el amor de Dios —dijo lady Vickers, irritada con su inactividad—. Como si no lo hubiéramos hecho antes.

Annabel contuvo el aire con tanta fuerza que se ahogó.

—¿Que... qué?

—Fue hace años —respondió su abuela, agitando la mano en el aire como si asustara una mosca—. Pero todo el mundo lo sabía.

—¿Y querías que me casara con él?

Lady Vickers colocó los brazos en jarra y miró a Annabel.

—¿Te parece que es el momento de empezar a quejarte? Además, no estaba tan mal, tú ya me entiendes. Y tu tío Percival ha salido bastante bien.

—Oh, Dios mío —gimió Annabel—. El tío Percy.

—Por lo visto es mi tío Percy —añadió Sebastian, meneando la cabeza.

—Tu primo, mejor dicho —lo corrigió lady Vickers—. Bueno, ¿vamos a moverlo o no? Ah, por cierto, y todavía nadie me ha agradecido que me haya ofrecido a recibir todos los disparos, por decirlo de alguna manera.

Era verdad. Aunque su abuela fue quien la metió en todo ese

embrollo, insistiendo para que se casara con lord Newbury, ahora estaba haciendo lo que podía para salvarle el cuello. Sería un escándalo increíble, y Annabel no quería ni imaginarse los dibujos y las caricaturas que aparecerían en los periódicos sensacionalistas. Aunque sospechaba que a su abuela le gustaría gozar de un poco de notoriedad a su avanzada edad.

—Gracias —dijo Sebastian, que fue el primero que recuperó el habla—. Se lo agradecemos mucho.

—Venga, venga. —Lady Vickers los animó a ponerse en marcha—. No se meterá solo en mi cama.

Sebastian volvió a agarrar a su tío por los brazos y Annabel se colocó a los pies, pero, en cuanto lo agarró y empezó a levantarlo, oyó un ruido muy peculiar. Y, cuando levantó la mirada, lo hizo horrorizada por lo que aquello significaba...

Newbury abrió los ojos.

Annabel gritó y lo soltó.

—Por todos los santos —exclamó su abuela—. ¿Es que ninguno de los dos ha comprobado si realmente estaba muerto?

—Lo supuse —protestó Annabel. Tenía el corazón acelerado y parecía que no podía relajar la respiración. Se apoyó en el borde de la cama. Era como aquella noche de Halloween en que sus hermanos se taparon con sábanas y aparecieron saltando delante de ella, aunque mil veces peor. No, dos mil veces peor.

Lady Vickers se volvió hacia Sebastian.

—Yo la creí —dijo, mientras dejaba la cabeza de lord Newbury otra vez en el suelo. Todos se lo quedaron mirando. Había vuelto a cerrar los ojos.

—¿Ha vuelto a morirse? —preguntó Annabel.

—Más te vale —respondió su abuela muy mordaz.

Annabel miró a Sebastian muerta de miedo. Él también la estaba mirando, con una expresión que obviamente decía: «¿No lo comprobaste?»

Ella intentó responder abriendo los ojos como platos y con gestos, pero tenía la sensación de que no la entendía, hasta que al final Sebastian dijo:

—¿Qué dices?

—No lo sé —gimoteó ella.

—Sois un par de inútiles —se quejó lady Vickers. Se acercó a lord Newbury y se agachó—. ¡Newbury! —gritó—. Despierta.

Annabel se mordió el labio y miró la puerta con inquietud. Hacía un rato que habían dejado de susurrar.

—¡Despierta!

Lord Newbury empezó a hacer un sonido mascullado.

—Robert —le espetó lady Vickers—, despierta. —Y le dio una bofetada. Fuerte.

Annabel miró a Sebastian. Parecía tan atónito como ella, y muy feliz de dejar que su abuela llevara la voz cantante.

Lord Newbury volvió a abrir los ojos y pestañeó como un cruce extraño entre una mariposa y una medusa. Tosió y contuvo el aliento, en un esfuerzo por levantar el torso y apoyarse en los codos. Miró a lady Vickers y parpadeó con incredulidad varias veces antes de decir:

—¿Margaret?

Ella le dio otra bofetada.

—¡Imbécil!

Él volvió a caer al suelo.

—¿Qué diablos es esto?

—Es mi nieta, Robert —dijo lady Vickers entre dientes—. ¡Mi nieta! ¿Cómo te atreves?

Annabel pensó que, de vez en cuando, el amor que su abuela sentía hacia ella salía a relucir. Y, normalmente, de la forma más peculiar.

—Se suponía que tenía que casarse conmigo —farfulló lord Newbury.

—Pues ya no. Y eso no te da derecho a atacarla.

Annabel notó que Sebastian la cogía de la mano, con calidez y apoyo. Ella se la apretó.

—Ha intentado matarme —dijo Newbury.

—¡No es verdad! —Annabel salió disparada hacia delante, pero Sebastian la retuvo.

—Deja que tu abuela se encargue de esto —murmuró.

Sin embargo, Annabel no podía pasar por alto el insulto.

—Sólo me defendía —dijo, muy alterada.

—¿Con un atizador? —respondió Newbury

Annabel se volvió hacia su abuela con gesto de incredulidad.

—¿De qué otra forma querías que me defendiera?

—Robert, por favor —dijo lady Vickers, con sarcasmo.

Al final, el conde consiguió incorporarse y sentarse en el suelo, aunque no sin gruñir y gimotear.

—Por el amor de Dios —les espetó—, ¿es que nadie piensa venir a ayudarme?

Nadie se movió.

—Yo no tengo tanta fuerza —dijo lady Vickers mientras se encogía de hombros.

—¿Qué está haciendo él aquí? —preguntó lord Newbury, moviendo la cabeza hacia Sebastian.

Sebastian se cruzó de brazos y sonrió.

—No creo que estés en posición de hacer preguntas.

—Está claro que tendré que encargarme yo de solucionar todo esto —anunció lady Vickers, como si no lo hubiera hecho hasta hora—. Newbury —gritó—, ahora mismo volverás a tu habitación y te irás a Londres a primera hora de la mañana.

—No —respondió él, enojado.

—Te preocupa que todos piensen que te has ido con la cola entre las piernas, ¿eh? —comentó ella con perspicacia—. Bueno, ten en cuenta la alternativa. Si todavía estás aquí cuando me levante, diré a todo el mundo que has pasado la noche conmigo.

Lord Newbury palideció.

—Suele despertarse tarde —añadió Annabel, con ironía. Empezaba a recuperar el ánimo y, después de todo lo que lord Newbury le había hecho, no pudo evitar el comentario. Y como a su lado oía cómo Sebastian intentaba no reírse, añadió—: Pero yo no.

—Además —continuó lady Vickers, atravesando a Annabel con la mirada por haberse atrevido a interrumpirla—, dejarás esta estúpida búsqueda de esposa. Mi nieta se casará con tu sobrino y tú vas a dejar que él herede.

—Ni habl... —Lord Newbury entró en cólera.

—Silencio —le espetó lady Vickers—. Robert, eres mayor que yo. Es indecoroso.

—Pues ibas a dejar que se casara conmigo —rebatió él.

—Sólo porque creía que te morirías.

Aquello lo dejó sin palabras.

—Compórtate con elegancia —dijo ella—. Por el amor de Dios, mírate. Si te casas, seguramente le harás daño a la pobre en tu intento por dejarla embarazada. O morirás encima de ella. Y vosotros dos... —Se volvió hacia Sebastian y Annabel, que estaban intentando no reírse—. No es gracioso.

—Bueno —murmuró Sebastian—, un poco sí.

Lady Vickers meneó la cabeza y puso una cara como si quisiera deshacerse de todos.

—Y ahora, lárgate —le dijo a lord Newbury.

Él obedeció, con todo tipo de sonidos de rabia. Pero todos sabían que, por la mañana, ya no estaría. Seguramente, retomaría la búsqueda de esposa; lady Vickers no lo intimidaba hasta ese punto. Sin embargo, cualquier amenaza que pudiera suponer para el matrimonio de Sebastian y Annabel había desaparecido.

—Y tú —dijo lady Vickers, de forma dramática. Estaba frente a Annabel y Sebastian, de modo que costaba saber a quién se estaba dirigiendo—. Tú.

—¿Yo? —preguntó Annabel.

—Los dos. —Les ofreció otro suspiro teatral y luego se volvió hacia Sebastian—. Vas a casarte con ella, ¿no?

—Sí —respondió él con mucha solemnidad.

—Perfecto —gruñó ella—. No creo que pudiera soportar otro desastre. —Se colocó la mano encima del corazón—. El corazón, ya sabes.

Annabel sospechaba que el corazón de su abuela estaba más sano que el suyo.

—Me voy a la cama —anunció lady Vickers—, y no quiero que me moleste nadie.

—Por supuesto —farfulló Sebastian y, cuando se dio cuenta de que quizá debería añadir algo más cercano, dijo—: ¿Puedo traerle algo?

—Silencio. Puedes traerme silencio. —Lady Vickers volvió a mirarlo, aunque esta vez con los ojos entrecerrados—. Entiendes lo que quiero decir, ¿verdad?

Él asintió, sonriendo.

—Me voy a mi habitación —repitió—. Aquí podéis hacer lo que queráis, pero... no me despertéis.

Y, dicho eso, dio media vuelta y cerró la puerta que conectaba las dos habitaciones.

Annabel se quedó mirando la puerta y luego se volvió hacia Sebastian, un poco desubicada.

—Creo que mi abuela acaba de darme permiso para arruinar mi reputación.

—De eso me encargo yo —dijo él, sonriendo—. Si a ti no te importa.

Annabel volvió a mirar la puerta y luego lo miró, boquiabierta.

—Creo que se ha vuelto loca —concluyó.

—*Au contraire* —dijo él, colocándose detrás de ella—. Ha demostrado que es la más cuerda de todos. —Se inclinó y le dio un beso en la nuca—. Creo que estamos solos.

Annabel se volvió entre sus brazos.

—Yo no me siento sola —dijo, inclinando la cabeza hacia la habitación de su abuela.

Él la abrazó y pegó los labios al hueco que había encima de la clavícula. Por un momento, Annabel creyó que estaba intentando que se olvidara de sus preocupaciones y buscando intimidad, pero luego se dio cuenta de que se estaba riendo. O, mejor dicho, intentando no reírse.

—¿Qué? —le preguntó.

—Es que me la imagino con la oreja pegada a la puerta —respondió él, con las palabras sofocadas por su cuerpo.

—¿Y eso te parece gracioso?

—Es que lo es. —Aunque no parecía muy seguro de por qué.

—Tuvo un romance con tu tío —dijo Annabel.

Sebastian se quedó inmóvil.

—Si estás intentando apagar mi ardor, te prometo que con esa imagen el objetivo está garantizado.

—Sabía que mis tíos Thomas y Arthur no eran hijos de mi abuelo, pero Percy... —Annabel meneó la cabeza, incapaz de asimilar todo lo que había sucedido esa noche—. No tenía ni idea. —Suspiró y se relajó en sus brazos, empezando a amoldarse a su cuerpo, pero de repente dio un respingo.

—¿Qué pasa?

—Mi madre. No sé si...

—Es una Vickers —dijo Seb con firmeza—. Tienes los ojos de tu abuelo.

—¿De veras?

—El color no, pero sí la forma. —Sebastian le dio media vuelta, la tomó de los hombros y la giró hacia él—. Aquí —dijo, con dulzura, mientras le rozaba la parte externa del ojo—. La misma curva.

Ladeó la cabeza y contempló su rostro con una tierna concentración.

—Y los mismos pómulos —murmuró.

—Me parezco mucho a mi madre —dijo ella, incapaz de apartar la mirada de él.

—Eres una Vickers —concluyó él con una sonrisa sincera.

Ella intentó reprimir una sonrisa.

—Para lo bueno y para lo malo.

—Casi todo es bueno —respondió él, mientras se acercaba para besarle la comisura de los labios—. ¿Crees que ya estará dormida?

Ella meneó la cabeza.

Le dio un beso al otro lado de la boca.

—¿Y ahora?

Ella volvió a menear la cabeza.

Él se separó y ella no pudo evitar reírse mientras lo veía mirando al techo y contando hasta diez en silencio.

Lo observó divertida y con la risa en la punta de la lengua, aunque no la dejó estallar. Cuando Sebastian terminó, la miró con los ojos brillantes, el mismo brillo de un niño que espera ansioso la noche de Navidad.

—¿Y ahora?

Ella abrió la boca y quería regañarlo, pedirle que no fuera impaciente, pero no pudo. Estaba muy enamorada de él, iba a casarse con él y ese día habían pasado tantas cosas que se había dado cuenta de que la vida había que vivirla y que a las personas había que quererlas, y que, si tenía la oportunidad de ser feliz, se aferraría a ella con ambas manos y no la soltaría jamás.

—Sí —dijo, mientras levantaba los brazos y le rodeaba el cuello—. Creo que ahora ya estará dormida.

Capítulo 26

*S*i tuviera que escribir él la historia, pensó Sebastian mientras abrazaba a Annabel, el capítulo terminaría aquí. No, habría terminado hacía al menos tres páginas, sin ningún rastro de intimidad o seducción, y ninguna pista de la infinita lujuria que se apoderó de él en cuanto Annabel lo abrazó y levantó la cabeza.

Además, esas cosas no se podían poner por escrito.

Pero no estaba escribiendo la historia, la estaba viviendo y, mientras la levantaba en brazos y se la llevaba a la cama, le pareció mucho mejor así.

—Te quiero —le susurró, mientras la tendía encima del colchón. Llevaba el pelo suelto, una melena oscura y ondulada. Sebastian quería acariciar cada mechón y dejar que se entrelazara entre sus dedos. Quería notarlos en la piel, cómo le hacían cosquillas en los hombros y le caían por el pecho. Quería sentirla toda por todo su cuerpo, y quería hacerlo cada día durante el resto de su vida.

Se subió a la cama y se colocó un poco a su lado, un poco encima de ella, y se obligó a tomarse un momento para saborear, disfrutar y dar gracias. Ella lo estaba mirando con todo el amor del mundo reflejado en los ojos, y le daba una lección de humildad, lo dejaba sin palabras y sin nada excepto una increíble sensación de reverencia y responsabilidad.

Ahora estaba con alguien. Le pertenecía a alguien. Sus acciones… ya no eran sólo suyas. Lo que hiciera o dijera significaba algo para otra persona. Si le hacía daño o la decepcionaba…

—Estás muy serio —susurró ella, que levantó la mano para acariciarle la mejilla. Tenía la mano fría y él se volvió para darle un beso en la palma.

—Siempre tengo las manos frías —dijo ella.

Él sonrió.

—Lo dices como si fuera un secreto terrible.

—Los pies también.

Él le dio un pequeño beso en la punta de la nariz.

—Prometo pasar el resto de mi vida calentándote las manos y los pies.

Ella sonrió; aquella enorme, preciosa y magnífica sonrisa, que a menudo se convertía en una enorme, preciosa y magnífica risa.

—Prometo…

—¿Quererme incluso si me quedo calvo? —sugirió él.

—Hecho.

—¿Y jugar a los dardos conmigo aún sabiendo que siempre ganaré yo?

—No estoy tan segura.

—¿Y…? —Hizo una pausa—. En realidad, ya está.

—¿De veras? ¿Nada acerca de la devoción eterna?

—Va incluida en lo de quedarme calvo.

—¿Amistad para toda la vida?

—Con los dardos.

Ella se rió.

—Sebastian Grey, eres un hombre fácil de querer.

Él dibujó una modesta sonrisa.

—Lo intento.

—Tengo un secreto.

—¿Ah sí? —Se humedeció los labios—. Me encantan los secretos.

—Acércate —ordenó ella.

Él se acercó.

—Más. —Y luego—. Más.

Sebastian pegó la oreja a los labios de Annabel.

—A tus órdenes.

—Soy muy buena jugando a los dardos.

Sebastian se echó a reír. En silencio; un temblor que le recorrió la barriga, los pies y la espalda. Y entonces acercó la boca a su oreja. Cuando la rozó, dejó que la calidez de su aliento la estremeciera. Y luego susurró:

—Yo soy mejor.

Ella le tomó la cara entre las manos y se la giró, de modo que volvía a estar pegada a su oreja.

—Eres una mandona —dijo él antes de que ella pudiera susurrarle nada.

—La Winslow con más probabilidades de ganar una partida a los dardos—. Fue todo lo que dijo.

—Ah, pero el mes que viene serás una Grey.

Ella suspiró, un sonido de felicidad maravilloso. Sebastian quería pasarse la vida entera escuchando sonidos como ese.

—¡Espera! —exclamó él, de repente, mientras se separaba de ella. Casi lo había olvidado. Esa noche había acudido a su habitación con un objetivo—. Quiero hacerlo otra vez.

Ella ladeó la cabeza y lo miró muy extrañada.

—Cuando te he pedido que te casaras conmigo no lo he hecho como Dios manda —le dijo.

Ella abrió la boca para protestar, pero él se la tapó rápidamente con un dedo.

—Shhh —dijo—. Sé que esto va contra todos tus instintos naturales de hermana mayor, pero ahora vas a estar callada y a escucharme.

Ella asintió, con los ojos brillantes.

—Tengo que volver a preguntártelo —dijo—. Sólo voy a hacer esto una vez… bueno, varias, pero sólo con una mujer y tengo que hacerlo bien.

Y entonces se dio cuenta de que no sabía qué decir. Estaba bastante seguro de que había planificado algo, pero ahora, mirándola a la cara y viendo cómo lo miraba y movía los labios, en silencio...

Se quedó sin palabras.

Era un hombre de palabras. Escribía libros, conversaba sin ningún esfuerzo y ahora, cuando más importaban las palabras, no tenía ninguna.

Pero es que no existían, pensó. No existían palabras suficientemente buenas para lo que quería explicarle. Cualquier cosa que le dijera no sería nada comparado que lo que sentía en su corazón. Una línea recta en lugar de un exuberante lienzo con espirales de aceites y colores. Y Annabel, su Annabel, era como una exuberante espiral de color.

Pero iba a intentarlo. Nunca jamás había estado enamorado, y no tenía pensado volver a estarlo, pero, en ese momento, mientras la tenía entre sus brazos a la luz de las velas, iba a hacerlo bien.

—Te pido que te cases conmigo —dijo—, porque te quiero. No sé cómo ha sucedido tan deprisa, pero sé que es de verdad. Cuando te miro...

Tuvo que parar. Tenía la voz ronca, se ahogaba y tuvo que tragar saliva y darse un momento para eliminar el nudo de emoción que se le había formado en la garganta.

—Cuando te miro —susurró—, lo sé.

Y se dio cuenta de que, a veces, las palabras más sencillas eran las correctas. La quería, y lo sabía, y no había que darle más vueltas.

—Te quiero —dijo—. Te quiero. —Le dio un tierno beso—. Te quiero y sería un honor que me concedieras el privilegio de pasarme el resto de mi vida haciéndote feliz.

Ella asintió con los ojos llenos de lágrimas.

—Sólo si tú me dejas hacer lo mismo —susurró ella.

Él la volvió a besar, esta vez con más pasión.

—Será un placer.

Y el tiempo para las palabras terminó. Sebastian se arrodilló, se sacó la camisa de la cintura de los pantalones y se la quitó por la cabeza en un movimiento fluido. Ella abrió los ojos cuando lo vio medio desnudo ante ella y él se sacudió de placer mientras observaba cómo alargaba la mano para tocarlo.

Y, cuando lo hizo, cuando su mano rozó el latido de su corazón, gruñó porque no se podía creer que una sola caricia pudiera excitarlo tanto.

La deseaba. Dios santo, la deseaba como no había deseado nunca nada y como jamás se había imaginado que podría hacerlo.

—Te quiero —dijo, porque lo tenía dentro y necesitaba sacarlo. Una y otra vez. Lo dijo mientras le quitaba el camisón y lo dijo cuando se quitó la última pieza de ropa. Lo dijo cuando estuvieron piel contra piel, sin nada entre ellos, y lo dijo cuando se colocó entre sus piernas, preparado para dar el último paso, penetrarla y unirlos para siempre.

Annabel estaba ardiendo, húmeda y abierta, pero él se reprimió y se obligó a mantener a raya el deseo desbordado.

—Annabel —dijo, con la voz ronca. Le estaba dando una última oportunidad para decir que no, que no estaba preparada, o que antes necesitaba intercambiar votos frente a Dios. Sería horrible, pero no continuaría. Y rezó para que ella lo entendiera, porque no creía que pudiera decir nada más, y menos formar una frase entera.

Bajó la mirada hasta su cara, encendida de pasión. Annabel respiraba de forma acelerada y él lo notaba en el movimiento de su pecho. Quería agarrarla de las manos y sujetárselas encima de la cabeza, secuestrarla y tenerla así una eternidad.

Y quería besarla con ternura por todas partes.

Quería pegarse a ella y demostrarle que era suya, y de nadie más, de la forma más primitiva.

Y quería arrodillarse frente a ella y suplicarle que lo quisiera para siempre.

Lo quería todo con ella.

Quería cualquier cosa con ella.

Quería oírla decir...

—Te quiero.

Lo susurró y las palabras le nacieron en lo más profundo de la garganta, en el centro de su ser, y bastó para que Sebastian se relajara.

La penetró y gimió cuando notó que ella lo acogía y que lo atraía hacia sí.

—Eres tan... tan... —Pero no pudo terminar. Sólo podía sentir, y percibir, y dejar que su cuerpo tomara la iniciativa.

Había nacido para esto. Para ese momento. Con ella.

—Oh, Dios mío —gimió—. Oh, Annabel.

Con cada embestida, ella jadeaba y arqueaba la espalda, alzaba las caderas y lo acercaba un poco más. Sebastian intentaba ir despacio, para darle tiempo a acostumbrarse a él, pero cada vez que jadeaba era como una chispa que encendía su sangre. Y cuando se movía, sólo conseguía unirlos más.

Le tomó un pecho con la mano y estuvo a punto de volverse loco, sólo con eso. Era perfecta, el pecho era más grande que su mano, suave, redondo y glorioso.

—Quiero saborearte —dijo, casi sin aliento, mientras acercaba la boca a su piel, lamía la delicada cumbre y sentía un momento de auténtico triunfo masculino cuando ella gimoteó y arqueó la espalda.

Cosa que, por supuesto, hizo que su pecho se adentrara más en la boca de Sebastian.

La succionó mientras pensaba que debía ser la criatura más gloriosa y femenina que jamás se había creado. Quería quedarse con ella para siempre, enterrado en su interior, queriéndola.

Simplemente, queriéndola.

Quería que ella lo disfrutara. No, quería que creyera que era espectacular. Pero era su primera vez y siempre le habían dicho que, para las mujeres, la primera vez no era demasiado agradable. Y se sentía tan nervioso que estaba a punto de perder el control y conseguir su propio placer antes de ayudarla a alcanzar el suyo. No recordaba la última vez que se había puesto nervioso haciendo el amor con una mujer. Aunque, claro, lo que había hecho hasta ahora... no había sido hacer el amor. No se había dado cuenta hasta este momento. Había una diferencia, y la tenía entre los brazos.

—Annabel —susurró, aunque apenas reconoció su propia voz—. ¿Es...? ¿Estás...? —Tragó saliva e intentó formar una idea coherente—. ¿Te duele?

Ella meneó la cabeza.

—Sólo ha sido un momento. Ahora es...

Él contuvo el aliento.

—Extraño —terminó la frase ella—. Maravilloso.

—Y va a mejorar —le aseguró él. Y lo haría. Empezó a moverse en su interior, y no en movimientos dubitativos como al principio, cuando quería tranquilizarla, sino algo real. Se movió como un hombre que sabía lo que hacía.

Deslizó una mano entre los dos cuerpos y la tocó sin dejar de penetrarla. Cuando encontró el botón de placer, las caderas de Annabel casi se levantan de la cama. La acarició y jugueteó con ella, animado por la respiración acelerada de ella. Ella se aferró a sus hombros, con fuerza y tensión y, cuando pronunció su nombre, lo hizo a modo de súplica.

Lo quería.

Le estaba suplicando que la liberara.

Y él se juró que lo haría.

Acercó la boca al pecho otra vez y lamió y mordisqueó. Si hubiera podido, le habría hecho lo mismo por todas partes, a la vez, y quizás ella sentía que lo hacía porque, cuando Sebastian creyó que no podría soportarlo más, ella se retorció y se tensó debajo de él. Annabel le clavó las uñas en la piel y lo abrazó con las piernas, con mucha fuerza. Estaba tan tensa y sus músculos estaban tan fuertes que casi lo expulsa de su interior, pero él volvió a embestirla y, antes de que pudiera pensárselo dos veces, se había derramado en su interior y había alcanzado el clímax justo cuando ella empezaba a relajarse del suyo.

—Te quiero —le dijo, y se acurrucó a su lado. La pegó a él, como dos cucharas en un cajón, cerró los ojos y durmió.

Capítulo 27

*E*n esa época del año, amanecía temprano y cuando Annabel abrió los ojos y miró el reloj que había en la mesita de noche, comprobó que eran las cinco y media. La habitación todavía estaba en penumbra, así que salió de la cama, se puso una bata y se acercó a la ventana para abrirlas. Puede que su abuela hubiera dado a Sebastian un permiso tácito para quedarse esa noche, pero sabía que no podía estar allí cuando el resto de invitados se despertaran.

Su habitación estaba encarada al este, así que se tomó un momento para disfrutar de la salida del sol. Casi todo el cielo todavía conservaba los tonos violeta de la noche, pero, por el horizonte, el sol ya dibujaba una intensa franja de color naranja y rosa.

Y amarillo. Por debajo de todo empezaba a asomar el amarillo.

«La luz de la mañana», pensó Annabel. Todavía no había terminado el libro de Sarah Gorely, pero aquella primera frase la recordaba perfectamente. Le gustaba. La entendía. No era una persona particularmente visual, pero había algo en aquella descripción que hacía que se reconociera en ella.

A su espalda, oyó que Sebastian se movía en la cama y se volvió. Parecía que estaba parpadeando mientras se despertaba.

—Ya es de día —dijo ella, sonriendo.

Él bostezó.

—Casi.

—Casi —asintió ella, y se volvió hacia la ventana.

Lo oyó bostezar otra vez y, luego, cómo salía de la cama. Se colocó tras ella, la abrazó y apoyó la barbilla en su cabeza.

—Es un amanecer precioso —murmuró.

—En los pocos minutos que hace que lo miro, ya ha cambiado mucho.

Annabel notó cómo asentía.

—En esta época del año casi nunca veo el amanecer —dijo ella, que notó cómo le venía un bostezo—. Siempre es demasiado temprano.

—Creía que te despertabas temprano.

—Sí, pero no tanto. —Se volvió dentro de sus brazos y levantó la cara—. ¿Y tú? Me parece algo que una mujer debería saber acerca de su futuro marido.

—No —respondió él, en voz baja—. Cuando veo el amanecer, es porque hace demasiadas horas que estoy despierto.

Annabel estuvo a punto de hacerle una broma acerca de salir y acudir a demasiadas fiestas, pero cuando vio su mirada de resignación, se reprimió.

—Porque no puedes dormir —dijo.

Él asintió.

—Esta noche has dormido —dijo mientras recordaba el sonido de su respiración estable—. Y profundamente.

Él parpadeó y adoptó un gesto de sorpresa. Y quizá también de asombro.

—Es verdad.

De forma impulsiva, Annabel se puso de puntillas y le dio un beso en la mejilla.

—Quizás hoy también es un nuevo amanecer para ti.

Él se la quedó mirando unos instantes, como si no supiera bien qué decir.

—Te quiero —dijo, al final, y le dio un delicado beso cargado de amor en los labios—. Salgamos —dijo, de repente.

—¿Qué?

La soltó y se acercó a la cama, donde toda su ropa estaba arrugada en el suelo.

—Venga —dijo—. Vístete.

Annabel se tomó un momento para admirar su espalda desnuda, aunque luego volvió a la realidad.

—¿Para qué quieres salir? —le preguntó, aunque ya estaba buscando algo que ponerse.

—No pueden encontrarme aquí —explicó él—, pero detesto la idea de dejarte. Diremos a todo el mundo que nos hemos encontrado para un paseo matutino.

—No nos creerán.

—Claro que no, pero no podrán demostrar que mentimos. —Sonrió. Su entusiasmo era contagioso y Annabel acabó vistiéndose casi a toda prisa. Antes incluso de que pudiera ponerse un abrigo, Sebastian la tomó de la mano y cruzaron la casa corriendo y sofocando carcajadas. Algunas doncellas ya estaban despiertas y se encargaban de llevar jarras de agua a todas las habitaciones, pero Annabel y Sebastian las evitaron y avanzaron hasta que llegaron a la puerta principal y salieron al aire fresco de la mañana.

Annabel respiró hondo. Aquella sensación era magnífica, con el aire fresco y limpio, y con la humedad justa para que se sintiera rociada y nueva.

—¿Quieres que vayamos al estanque? —preguntó Sebastian. Se inclinó y le dio un beso en la oreja—. Tengo unos recuerdos maravillosos de ese estanque.

Annabel se sonrojó, a pesar de que le parecía que ya no debería hacerlo.

—Te enseñaré a lanzar piedras —le dijo.

—No creo que lo consigas. Lo intenté durante años. Mis hermanos se dieron por vencidos.

Sebastian le lanzó una perspicaz mirada.

—¿Estás segura de que no sabotearon el aprendizaje?

Annabel lo miró boquiabierta.

—Si fuera tu hermano —dijo—, y creo que los dos estamos agradecidos de que no lo sea, me divertiría bastante darte instrucciones falsas.

—Ellos no lo harían.

Sebastian se encogió de hombros.

—No puedo estar seguro, porque no los conozco, pero te conozco a ti y te digo que yo lo haría.

Ella le dio un empujón en el hombro.

—Seguro —continuó él—. La Winslow con más probabilidades de ganar a los dardos y la Winslow con más probabilidades de correr más que un pavo…

—En esa competición quedé tercera.

—Eres irritantemente competente.

—¿Irritantemente?

—A un hombre le gusta sentir que está al mando —murmuró él.

—¿Irritantemente?

Le dio un beso en la nariz.

—Irritantemente adorable.

Habían llegado a la orilla del estanque, así que Annabel se soltó la mano y se acercó a la arena.

—Voy a buscar una piedra —anunció—, y si al final del día no me has enseñado a tirar, te… —Se detuvo—. Bueno, no sé qué te haré, pero no te gustará.

Él se rió y se acercó, sin prisas, a la orilla.

—Primero tienes que encontrar una piedra adecuada.

—Ya lo sé —respondió ella, enseguida.

—Tiene que ser plana, y no demasiado pesada…

—Eso también lo sé.

—Empiezo a entender por qué tus hermanos no querían enseñarte.

Ella le lanzó una mirada letal.

Y él se rió.

—Toma —dijo, mientras se agachaba para recoger una piedra pequeña—. Esta está bien. Tienes que sujetarla así. —Se lo demostró y luego le colocó la piedra en la palma de la mano y la rodeó con los dedos—. Deberías doblar la muñeca un poco y...

Ella levantó la cabeza.

—¿Y qué?

Sebastian había dejado la frase inacabada y estaba mirando el estanque.

—Nada —respondió él, meneando la cabeza—. Sólo cómo se refleja el sol en el agua.

Annabel se volvió hacia el estanque y luego, otra vez hacia él. El reflejo del sol en el agua era precioso, pero prefería mirar a Sebastian. Estaba observando el estanque con tanta intensidad, con tanta concentración, como si estuviera memorizando cada rayo de sol. Sabía que tenía fama de ser un encanto desenfadado. Todo el mundo decía que era gracioso y divertido, pero ahora, cuando estaba tan pensativo...

Se preguntó si había alguien, incluso de su familia, que lo conociera de verdad.

—La luz oblicua de la mañana —dijo ella.

Él se volvió al instante.

—¿Qué?

—Bueno, supongo que ya ha pasado ese momento, pero no hace mucho.

—¿Por qué has dicho eso?

Ella parpadeó. El comportamiento de Sebastian era muy extraño.

—No lo sé. —Se volvió hacia el agua. La luz del sol todavía era bastante plana, y casi de color melocotón, y el estanque parecía mágico, entre colinas y árboles—. Supongo que me gustó la imagen. Me pareció una muy buena descripción. Es de *La señorita Sainsbury*.

—Ya lo sé.

Ella se encogió de hombros.

—Todavía no lo he terminado.

—¿Te gusta?

Ella se volvió hacia él. Parecía muy intenso. Poco habitual en él.

—Supongo —respondió ella, de forma diplomática.

Él la miró unos instantes más. Y entonces abrió los ojos con impaciencia.

—Las cosas te gustan o no te gustan.

—Eso no es verdad. Hay cosas que me gustan bastante y otras que no tanto. Pero creo que necesito terminarlo antes de emitir cualquier veredicto.

—¿Cuánto te falta?

—¿Por qué te importa tanto?

—No me importa —protestó él. Pero su actitud fue igual que la de su hermano Frederick cuando ella lo acusó de estar enamorado de Jenny Pitt, que vivía en su pueblo. Frederick había colocado los brazos en jarra y había dicho: «No es verdad», pero estaba claro que sí—. Sólo es que me gustan mucho sus libros.

—Y a mí me gusta el pudín Yorkshire, pero no me ofendo si a los demás no les gusta.

Sebastian no tenía respuesta a eso, así que ella se encogió de hombros y se volvió hacia la piedra que tenía en la mano, intentando imitar la forma en que él la había cogido.

—¿Qué no te gusta? —preguntó él.

Ella levantó la mirada y parpadeó. Creía que ya habían terminado esa conversación.

—¿Es el argumento?

—No —respondió ella mientras lo miraba con curiosidad—. El argumento me gusta. Es un poco inverosímil, pero ahí está la gracia.

—Y entonces, ¿qué es?

—No lo sé. —Frunció el ceño y suspiró, intentando encontrar

una respuesta a su pregunta—. A veces, la prosa resulta un poco pesada.

—Pesada —repitió él.

—Hay muchos adjetivos, pero —añadió, con una sonrisa— es muy buena en las descripciones. Al fin y al cabo, me gusta la luz oblicua de la mañana.

—Escribir una descripción sin adjetivos sería complicado.

—Cierto —cedió ella.

—Podría intentarlo, pero...

Cerró la boca. De repente.

—¿Qué acabas de decir? —preguntó ella.

—Nada.

Pero estaba claro que había dicho algo importante.

—Has dicho... —Y entonces, contuvo el aliento—. ¡Eres tú!

Él no dijo nada; se limitó a cruzarse de brazos y a mirarla con una expresión como si no supiera de qué le estaba hablando.

La mente de Annabel se aceleró. ¿Cómo no se había dado cuenta? Había muchas pistas. Cuando su tío le puso el ojo morado y dijo que uno nunca sabía cuándo necesitaría describir algo. Los libros autografiados. Y en la ópera, había dicho que un héroe nunca se desmaya en la primera página. ¡No en la primera escena, sino en la primera página!

—¡Eres Sarah Gorely! —exclamó—. Eres tú. Incluso tenéis las mismas iniciales.

—Annabel, por favor...

—No me mientas. Voy a ser tu mujer. No puedes mentirme. Sé que eres tú. Incluso pensé que el libro me recordaba a ti mientras lo leía. —Sonrió con vergüenza—. De hecho, eso es lo que más me gusta.

—¿De veras? —Se le iluminó la mirada y ella se preguntó si se daba cuenta de que acababa de admitirlo.

Ella asintió.

—¿Cómo lo has mantenido en secreto tanto tiempo? Imagino

que nadie lo sabe. Estoy segura de que lady Olivia no habría dicho que esos libros son horribles si hubiera sabido que... —Hizo una mueca de dolor—. Vaya, es terrible.

—Y por eso no lo sabe —respondió él—. Se sentiría muy mal.

—Tienes muy buen corazón. —Y, de repente, contuvo el aliento—. ¿Y sir Harry?

—Tampoco lo sabe —confirmó él.

—¡Pero si te está traduciendo! —Hizo una pausa—. Bueno, tus libros.

Sebastian se encogió de hombros.

—Ay, el pobre se sentiría fatal —dijo Annabel mientras intentaba imaginárselo. No conocía demasiado bien a sir Harry, pero, aún así, ¡eran primos!—. ¿Y nunca han sospechado nada?

—Creo que no.

—Dios mío. —Se sentó en una enorme roca plana—. Dios mío.

Él se sentó a su lado. Con cautela, dijo:

—Seguro que hay a quien le pueda parecer una actividad estúpida e indigna.

—A mí no —respondió ella enseguida, meneando la cabeza. Santo Dios, Sebastian era Sarah Gorely. Iba a casarse con Sarah Gorely.

Hizo una pausa. Quizá no debería pensarlo en esos términos.

—Me parece maravilloso —declaró, y levantó la cabeza hacia él.

—¿De veras? —La miró a los ojos y, en ese momento, Annabel se dio cuenta de lo importante que era para él su opinión. Era muy sensato y estaba muy seguro de sí mismo. Fue una de las primeras cosas que descubrió, incluso antes de saber cómo se llamaba.

—Sí —respondió ella, y se preguntó si era mala persona por adorar aquella mirada vulnerable en sus ojos. No podía evitarlo. Le encantaba significar tanto para él—. Será nuestro secreto. —Y entonces, se rió.

—¿Qué te pasa?

—Cuando te conocí, antes incluso de saber tu nombre, recuerdo que pensé que sonreías como si tuvieras una broma secreta y que quería ser partícipe de ella.

—Siempre —dijo él, con solemnidad.

—Quizá pueda ayudarte —sugirió ella, con una sonrisa pícara—. *La señorita Winslow y el misterioso escritor.*

Él tardó unos segundos en entenderlo, pero entonces se le iluminaron los ojos.

—No puedo volver a utilizar «misterioso». Ya he tenido un misterioso coronel.

Ella soltó una expresión de irritación.

—Vaya, el negocio editorial es muy complicado.

—*¿La señorita Winslow y el espléndido amante?* —sugirió él.

—Demasiado morboso —respondió ella, pegándole en el hombro—. Perderás a tu público y entonces, ¿qué será de nosotros? Tenemos unos futuros niños con ojos grises que alimentar, ¿lo sabes?

Los ojos de Sebastian se llenaron de emoción, pero, a pesar de todo, siguió con el juego.

—*La señorita Winslow y el precario heredero.*

—Uy, no lo sé. Es cierto que es posible que no heredes, aunque gracias a Dios yo no habré tenido nada que ver en eso, pero «precario» suena demasiado…

—¿Precario?

—Exacto —respondió, aunque el sarcasmo de Sebastian no le había pasado inadvertido—. ¿Qué te parece señora Grey? —sugirió, en voz baja.

—Señora Grey —repitió él.

—Me gusta cómo suena.

Él asintió.

—*La señora Grey y el sumiso marido.*

—*La señora Grey y el amado marido.* No, no, *La señora Grey y su amado marido* —rectificó, haciendo hincapié en «su».

—¿Será una historia que tendrá continuación? —preguntó él.

—Yo creo que sí. —Levantó la cabeza para darle un beso, y luego se quedaron allí, con las narices pegadas—. Siempre que no te importe escribir un final feliz cada día.

—Parece mucho trabajo… —murmuró él.

Ella se separó lo suficiente para mirarlo con severidad.

—Pero que merece la pena.

Él se rió.

—No ha sido una pregunta.

—Habla claro, señor Grey. Habla claro.

—Es lo que me encanta de ti, futura señora Grey.

—¿No crees que debería ser señora futura Grey?

—¿Ahora me editas?

—Sólo era una sugerencia.

—Pues resulta —respondió él, pegando la nariz a la de Annabel—, que tengo razón yo. El «futura» tiene que ir delante del «señora» porque, si no, parece que antes fuera señora Lo Que Sea.

Annabel lo pensó.

Y él la miró con la ceja arqueada.

—Está bien —dijo ella—, pero yo tengo razón en todo lo demás.

—¿En todo?

Ella sonrió con gesto seductor.

—Te he elegido a ti.

—*El señor Grey y su amada esposa.* —Le dio un beso, y luego otro—. Creo que me gusta.

—Me encanta.

Y era verdad.

Epílogo

Cuatro años después

*L*a clave para un matrimonio feliz —dijo Sebastian desde su mesa—, es casarse con una mujer espléndida.

Puesto que el comentario había surgido sin motivo aparente, después de una hora de amigable silencio, Annabel Grey normalmente se habría mostrado escéptica. Aunque cuando Sebastian quería que ella dijera que sí a algo o, al menos, no dijera que no en asuntos que nada tenían que ver con lo que acababa de decir, solía empezar las conversaciones con extravagantes halagos hacia su mujer.

Sin embargo, había diez cosas de aquella frase que le llenaban de amor el corazón.

Una, que Seb estaba particularmente guapo cuando la decía, con la mirada cálida y despeinado, y, dos, que la mujer en cuestión era ella, que tres, había realizado todo tipo de preciosos actos maritales esa mañana, algo que, teniendo en cuenta su historial, seguramente provocaría que, cuatro, tuviera otro niño de ojos grises dentro de nueve meses, que habría que sumar a los tres que ya estaban haciendo de las suyas en la habitación de los juegos.

De menor importancia, aunque significativa, era que, cinco, ninguno de sus tres hijos se parecía a lord Newbury, que debió de asustarse tanto después del desmayo en la habitación de Annabel hacía cuatro años, que se puso a dieta y se casó con una viuda de evidente capacidad reproductora pero, que seis, no había conseguido engendrar ningún otro hijo, varón o hembra.

Lo que significaba que, siete, Sebastian todavía era el presunto heredero del condado, aunque no importaba demasiado porque, ocho, estaba vendiendo montañas de libros, sobre todo desde el lanzamiento de *La señorita Spencer y el salvaje escocés* que, nueve, el propio rey había definido como «delicioso». Esto, combinado con el hecho de que Sarah Gorely se había convertido en la escritora más popular de Rusia, significaba que, diez, todos los hermanos de Annabel estaban encaminados, lo que provocaba que, once, ella nunca tuviera que preocuparse de que haber perseguido su felicidad personal influyera en la de sus hermanos.

Once.

Sonrió. Había algunas que eran tan maravillosas que superaban el diez.

—¿Por qué sonríes?

Ella miró a Sebastian, que estaba sentado a la mesa, fingiendo que trabajaba.

—Ah, de muchas cosas —respondió ella, alegremente.

—Qué intrigante. Yo también estoy pensando en muchas cosas.

—¿Ah sí?

—En diez, para ser exactos.

—Yo estaba pensando en once.

—Eres muy competitiva.

—La Grey con más probabilidades de correr más que un pavo —le recordó—. Por no mencionar el lanzamiento de piedras.

Había conseguido llegar a seis. Había sido un momento excelente. Y más porque nadie había visto que Sebastian hiciera siete nunca.

Él arqueó una ceja, le ofreció su expresión de condescendencia y dijo:

—Yo siempre defiendo la calidad por encima de la cantidad. Pero estaba pensando en diez cosas que me gustan de ti.

Ella contuvo el aliento.

—Una —anunció él—, tu sonrisa. Sólo superada por, dos, tu risa. Que a su vez se alimenta de, tres, la autenticidad y generosidad de tu corazón.

Annabel tragó saliva. Se notaba las lágrimas acumuladas en los ojos y sabía que, dentro de nada, le estarían resbalando por las mejillas.

—Cuatro —continuó él—, sabes guardar un secreto y, cinco, por fin has aprendido a no hacer sugerencias sobre asuntos que pertenecen a mi carrera literaria.

—No —protestó ella, a través de las lágrimas—. *La señorita Frosby y el lacayo* habría sido maravillosa.

—Me habría hundido en la miseria.

—Pero...

—Te habrás dado cuenta de que en esta lista no aparece que me gusta que me interrumpas —se aclaró la garganta—. Seis, me has dado tres hijos maravillosos y siete, eres una madre magnífica. Yo, en cambio, soy un egoísta, por lo que, ocho, me encanta que me quieras de forma tan espléndida. —Se inclinó hacia delante y movió las cejas—. De todas las maneras posibles.

—¡Sebastian!

—De hecho, creo que eso será el nueve. —Le ofreció una sonrisa particularmente cálida—. Creo que se merece su propio número.

Annabel se sonrojó. No podía creerse que, después de cuatro años de matrimonio, todavía la hiciera sonrojarse.

—Diez —dijo, en voz baja, mientras se levantaba y caminaba hacia ella. Se arrodilló, la tomó de las manos y se las besó—, eres, sencillamente, tú. La mujer más increíble, inteligente, bondadosa y ridículamente competitiva que he conocido. Y corres más que un pavo.

Ella lo miró fijamente, sin importarle que estuviera llorando, o que tuviera los ojos rojos o que... Dios santo, necesitara desesperadamente un pañuelo. Lo quería. Era lo único que importaba.

—Creo que han sido más de diez —susurró.

—¿Ah sí? —Sebastian le secó las lágrimas a besos—. He dejado de contar.

www.titania.org

Visite nuestro sitio web y descubra cómo ganar
premios leyendo fabulosas historias.

Además, sin salir de su casa, podrá conocer
las últimas novedades de
Susan King, Jo Beverley o Mary Jo Putney,
entre otras excelentes escritoras.

Escoja, sin compromiso y con tranquilidad,
la historia que más le seduzca
leyendo el primer capítulo de cualquier libro
de Titania.

Vote por su libro preferido y envíe su opinión
para informar a otros lectores.

Y mucho más...